# GREEK
# MYTHOLOGY
# FOR CHILDREN

希腊神话全书 全6册

# VI

## 奥德修斯归家记

〔希腊〕莫奈劳斯·斯蒂芬尼德斯 (Menelaos Stephanides) 著
〔希腊〕雅尼斯·斯蒂芬尼德斯 (Yannis Stephanides) 绘
彭 萍 等译

中国出版集团
中译出版社

GREEK MYTHOLOGY FOR CHILDREN

by Stephanides Brothers

Copyright © 1991: Sigma Publications, Menelaos Stephanides, Yannis Stephanides.
Simplified Chinese translation copyright © 2024 by China Translation and Publishing House
ALL RIGHTS RESERVED.

著作权合同登记号：图字 01-2021-1120 号

#### 图书在版编目（CIP）数据

希腊神话全书：全6册 /（希）莫奈劳斯·斯蒂芬尼德斯著；（希）雅尼斯·斯蒂芬尼德斯绘；彭萍等译. 北京：中译出版社，2024.7. -- ISBN 978-7-5001-7728-9

Ⅰ. I545.73

中国国家版本馆CIP数据核字第2024U6E746号

**希腊神话全书（全 6 册）**
XILA SHENHUA QUANSHU (QUAN LIU CE)

| 出版发行 | 中译出版社 |
|---|---|
| 地　　址 | 北京市西城区新街口外大街 28 号普天德胜大厦主楼 4 层 |
| 电　　话 | （010）68005858，68359827（发行部）68357328（编辑部） |
| 邮　　编 | 100088 |
| 电子邮箱 | book@ctph.com.cn |
| 网　　址 | http://www.ctph.com.cn |
| 出 版 人 | 乔卫兵 |
| 总 策 划 | 刘永淳 |
| 策划编辑 | 赵　青　朱安琪 |
| 责任编辑 | 黄亚超 |
| 文字编辑 | 赵　青　马雨晨　朱安琪 |
| 装帧设计 | 黄　浩　潘　峰 |
| 排　　版 | 北京竹页文化传媒有限公司 |
| 印　　刷 | 北京瑞禾彩色印刷有限公司 |
| 经　　销 | 新华书店 |
| 规　　格 | 880mm×1230mm　1/16 |
| 印　　张 | 88.25 |
| 字　　数 | 891 千字 |
| 版　　次 | 2024 年 7 月第 1 版 |
| 印　　次 | 2024 年 7 月第 1 次印刷 |

ISBN 978-7-5001-7728-9　定价：368.00 元（全 6 册）

版权所有　侵权必究
中译出版社

# 作者序
## 青少年读者应如何看待希腊神话

在远古时代，人类像小孩子一样喜欢神话故事。由于当时无力抵抗各种自然力量，人们过着难以想象的艰苦生活。可怕的自然力量在人类的世界横行无忌，一不留神就会遭受灭顶之灾。但与此同时，自然界雄伟壮美的景色又常常使他们心醉神迷，让人类对生活充满热情。

为了增加对现实生活的了解，希腊先民们苦苦搜寻着给他们带来恐惧和欢乐的自然现象的内在原因。由于科学知识的限制，他们寻求解释的种种努力总是以失败告终。因此，人们只好依靠想象力继续探索，这种想象力任意驰骋，创造出成百上千情节丰满、情感激荡的动人故事。而这些故事从某种程度上来讲，往往折射着先民们现实生活的艰辛，故事内核则涌动着一股强烈的悲情。

如此，便产生了神话和神话学。

对我们当今的读者来讲，神话里充满了传闻与幻想，它们似乎都是一些虚无缥缈的神仙故事。事实并非如此，在这些曲折、离奇的故事背后，隐藏着先民们曾经历过的、真实且永恒的事件。实际上，每一个民族的神话中，都可以窥见这个民族在古代生活的真实点滴，并且以他们自己的所见所闻和能够阐释的形式表现出来。更为重要的是，我们可以从中找到古人对人性、生活和宇宙本质的洞察与见解。

希腊的土地上，诞生了古老民族中体系最庞大的神话。希腊人出于对壮丽山河、日常生活和一切美好事物的热爱，创造了自己独特的神话。希腊人崇敬那些神话中的英雄群体，崇敬他们依靠丰富想象力所创造出来的神灵——奥林匹斯山上的众神。希腊神话具有诗歌般的隽永意境，诸神又展现出超脱或世俗的特质，他们的言行蕴含着古老的道德观念及价值观念。

希腊神话历经数千年的口耳相传，原本存在于普通人心目中不朽的众神最终都会消失，为希腊神话故事所替代，完整地保存在各类哲学、历史、文学和艺术著作中。古往今来，灿若繁星的哲学家、史学家、文学家和艺术家从中汲取营养，取得了卓越的成就，留下浩如烟海的传世佳作。

因此可以说，希腊神话是西方文明不朽的源头活水。即便在今天，希腊神话仍然指导着不同年龄的读者理解美和善的含义。正是这种美和善以及希腊神话的可爱之处，促使我们尽心尽力改编、出版了这套图文并茂的青少年读物。

这套神话作品是专门为青少年设计的，历经 25 年的精心编写和打磨，目的是为青少年朋友们提供一套具有指导和教育意义的读物。同时我们也想使它成为一套能培养青少年优秀品格的图书，促使青少年远离市面上那些看起来有诱惑力但内容庸俗、浅薄的读物。

为了达到这一目的，我们采取了适当手法，把神话引入现实生活，而又不违背原作的内容和古典风格。我们清醒地认识到，高质量的插图不仅能吸引孩子们去阅读，而且能使他们对神话本身有更生动、更直观的了解，有助于在他们心中留下难以磨灭的印象。

对文字的处理，需要特别仔细、认真。将神话故事编成引人入胜的读物，则需要作者有深厚的文字功底。毫无疑问，我们已经尽心尽力。为了使这套《希腊神话全书》（全 6 册）具有教育价值，作者必须有正确的指导原则。

首先，那种认为希腊神话不适合青少年阅读的观点是片面、武断的。我们认为，希腊神话蕴含极其丰富的教育意义。有人说，希腊神话描述了某些天神言行中不公正的现象，不适合孩子们阅读。我们的观点恰恰与此相反。

希腊先民们根据他们生活中的现实素材创作了神话，在那个艰难困苦的远古时代，实际生活中的不公正现象比比皆是。如果我们用动听的言辞去美化那些不公正的现象，那才是不可取的，也是我们着力避免的。

还有人说，希腊神话之所以在人文教育领域占有一席之地，只是因为它有幸流传下来。这个观点也过于简单。具有永恒魅力的作品应归功于那些与荷马一样有出众才华的诗人，这与那些为了其他目的而编造的低俗神话毫无共同之处。

以上述观点作为指导思想，我们在浩如烟海的不同版本的神话作品中进行筛选，剔除了那些低级庸俗、违背现代教育宗旨的作品。我们发现，所有那些比较有意义的神话都很符合现代教育的需要。为此，我们深感欣慰。

我们编撰工作的最高目标是为了开发、弘扬希腊神话中丰富的优秀遗产，同时我们也尽量避免那种自以为是的说教腔调。我们沿袭着古希腊伟大剧作家的足迹，从希腊神话中选取素材，描述值得全世界推崇的、具有首选价值的故事。我们改编、出版这些神话故事的最根本原因和动力，是我们心里永远想着青少年读者。

我们不能要求每个孩子，尤其是年龄较小的孩子，都能理解这些深刻的思想。但是，即使他们不能完全理解，他们对某些情感和真谛还是能明白的。蕴含在神话中的寓意，实际上能增加青少年的阅读兴趣，促进他们对现实社会的理解。至于能否快速理解其中的深层含义，也没有太大关系，我们充分相信青少年读者的理解能力，并且鼓励他们从文字中获得探寻的乐趣。

我们的做法在多大程度上能使读者受益，只有请读者自己来做评价。

斯蒂芬尼德斯兄弟（Stephanides Brothers）

目 录

第 一 章　特洛伊战争结束后 ……………………………… 001

第 二 章　忒勒马科斯寻访父亲下落 ……………………… 017

第 三 章　返乡路上的奥德修斯 …………………………… 033

第 四 章　奥德修斯与独眼巨人 …………………………… 059

第 五 章　金眸女巫喀耳刻 ………………………………… 075

第 六 章　拦路的海妖 ……………………………………… 089

第 七 章　返回伊萨卡 ……………………………………… 099

第 八 章　父子相见 ………………………………………… 113

第 九 章　求婚者的恶报 …………………………………… 139

| 第 十 章 | 家人终团聚 | 161 |
| --- | --- | --- |
| 后　　记 | 关于《伊利亚特》和《奥德赛》的作者 | 171 |
| 译 后 记 | | 175 |

第一章

# 特洛伊战争结束后

缪斯，我的女神啊，请助我记下这美妙的歌声，它颂唱那足智多谋的奥德修斯多舛的命运。自从奥德修斯在特洛伊城圣墙下取胜，就盼望和同伴们重返故乡。但这么多年来，他在海上劈波斩浪，历尽坎坷。他的同伴们因屠杀太阳神赫利俄斯的神牛而遭众神惩罚，唯有奥德修斯幸免于难。

那些通过了战争和怒海生死考验的希腊人都陆续返回家园，而思乡心切的奥德修斯却仍未归来。光彩照人的女神卡吕普索想与他结为夫妻，把他囚禁在山洞中。时光荏苒，期盼已久的返乡时刻终于到来，奥德修斯却不知道，在自己的宫殿中，纷争已起。虽众神皆同情他，海神波塞冬却极其憎恨奥德修斯，不愿让他回到心爱的故土伊萨卡岛。但在这时，海神碰巧远在埃塞俄比亚。当地人供奉的丰厚祭祀让他甚是欢欣而无暇他顾，众神则齐聚在奥林匹斯山。

宙斯最先发话。他此前一直在想埃吉斯托斯，还想着俄瑞斯忒斯如何通过杀死埃吉斯托斯而赢得至高荣耀的事。"人类真是愚蠢啊，"他说，"把他们的痛苦归咎于我们神灵，实则是他们自己行事鲁莽以致不可收拾，岂能是命运之过。就埃吉斯托斯来说，他趁着阿伽门农打仗外出，窃取他的妻子和王位，还在国王回来后把他害死在国王自己的宫殿里。我们曾派赫尔墨斯警告他别做如此伤天害理的事，还劝他把克吕泰涅斯特拉王后还给她丈夫。然而，我们信使的好言相劝他听进去了吗？不，他没有！现在他终为恶行付出了代价。"

雅典娜接着说："埃吉斯托斯得到了他应有的惩罚。愿那些如此堕落的人都有同样的下场。最让我心痛的是智勇双全的奥德修斯被折磨了多年，远离自己的子民，竟成了无边大海中一座孤岛上的囚犯。阿特拉斯的女儿卡吕普索已经把他扣留在岛上快十年了，试图用花言巧语抹去他对故土所有的记忆，而这可怜的家伙唯一的心愿只是想在自己死前，还能遥望到一缕从伊萨卡岛山上升起的炉烟。奥林匹斯山的众神啊，你们如何能不为他感到心痛？难道你们对他供奉的祭品很失望，才会如此生气？"

"我的孩子，你怎么能说出这种话呢？"宙斯回答道，"我能忘记那个盖世英雄奥德修斯吗？能忘记他无人能及的力量和智慧，还有他供奉给我们的丰盛祭品吗？但是所有的海洋都归波塞冬统辖，海洋之神对他的无情仇恨完全是因为奥德修斯弄瞎了他的儿子独眼巨人波吕斐摩斯。这才是波塞冬不让他回家还用无尽苦痛折磨他的原因。不过现在也该让我们帮助他回家了，波塞冬不能违逆我们的意愿，永远对奥德修斯怀恨在心。"

雅典娜听到他的话十分高兴。

"主神宙斯，"她说，"既然我们已经决定是时候让奥德修斯回家了，何不派出赫尔墨斯飞往奥杰吉厄岛，去把我们的决定告诉卡吕普索女神？我会亲自去找奥德修斯的儿子忒勒马科斯，给他信心，教他如何应对那些可恨的求婚者。这些人不仅为向他母亲求婚而彼此争斗，还把王宫的饭也都快吃光了。我还要告诉他去皮洛斯和斯巴达寻找他父亲回家的消息。"

宙斯和众天神都同意后，雅典娜拿起她那杆沉重的战枪，如闪电般穿云驾雾，从奥林匹斯山直奔伊萨卡岛。到达后，她就化作塔弗斯国王门泰什的样子，径直朝宫殿入口走去。打眼一看，那些求婚者竟然聚在庭院里玩骰子来打发时光。他们的仆人和侍者正忙着给他们准备餐食：有人擦桌子，有人在切肉，而其他人则取出浓香美酒，倒入酒杯。

忒勒马科斯最先注意到这位不速之客，当时他正在想念他的父亲。他坐在那里，被求婚者的喧哗震得耳朵嗡嗡作响。"哎，要是父亲能马上出现，赶走他们，夺回自己的权力就好了！"他自言自语道。刚想到这儿，他看到了一位新来的客人，就起身朝他走去，毕竟让客人落单很不礼貌。走到客人身旁，他友好地与其握手并帮他放下手中沉重的长矛。

"欢迎您，异乡人，"忒勒马科斯对他说，"请进来，不用拘束。先坐下来吃点东西，然后告诉我们您是谁，以及您来这里的原因。"

说完这些话，他把扮作塔弗斯国王门泰什的雅典娜带入宏伟的宫殿。一进门，他把雅典娜的兵器放到一座精美雕刻的矛架上，而矛架上其他的武器都属于他父亲奥德修斯。然后,他安排女神在一尊装饰华丽的宝座上就座。这宝座上铺有精美的麻布围边,底下设有脚凳。忒勒马科斯也拿过一把精雕细刻的椅子,坐到她旁边,远离那些求婚宾客,这样,他打听父亲的消息时就不会被他们打扰。

很快,一位侍女端来清水倒在他们手上,好让他们在银盆里净手。然后,这位侍女又给他们搬来一张光洁如镜的桌子。管家摆上了一道道美味佳肴,他们身边还有侍从体贴周到地帮他们添茶倒酒。

这时,求婚者们的餐桌上也摆好了饭菜,他们开始狼吞虎咽起来,一杯接一杯地痛饮美酒。酒足饭饱后,他们的兴趣就转到歌舞上。于是有人把竖琴带上来交到歌手斐弥俄斯手中。他的嗓音如天籁般美妙,却被这些求婚者强行指定为供他们消遣取乐的艺人。就在斐弥俄斯用指尖划过琴弦开始表演时,忒勒马科斯弯下腰向陌生的访客凑过去,这样其他人就听不见他们的对话了。

"尊敬的阁下,请不要因我要开口而认为我鲁莽无礼,正如您所见,这里的其他人都只关心享乐。这里的主人至今下落不明,而他们却恬不知耻地拿着他的钱吃喝玩乐。但凡我父亲能突然出现在他们面前,他们只怕都会心甘情愿拿金山银山来换双跑路快的靴子!现在,尊贵的异乡人,请告诉我您的高姓大名,来自哪个国家,为什么光临敝岛,以及我们能为您做些什么。请您告诉我,您是第一次来伊萨卡岛吗?或者说,您是我们王室的老朋友吗?毕竟我也知道父亲总是对善良可敬的人惺惺相惜。"

雅典娜的回答早已成竹在胸。

"我叫门泰什,"她答道,"我是赫赫有名的安基阿洛斯的儿子,我统治着一个叫作塔弗斯的国度,我的子民以海为生。这次我要赶赴塞浦路斯购买一批青铜,正好途经贵岛,所以决定来短暂拜访一下。你父亲和我可是老交情了。你得去看看你祖父,老而弥坚的勇士莱尔提斯,到时可别忘了代我向他问好。我知道他不再来城里了,在山上过着艰难困苦的生活。有人说你祖父只留下了一位年迈的女仆照顾他自己。当他在陡峭山坡上的葡萄园里、拖着老腿辛苦劳作

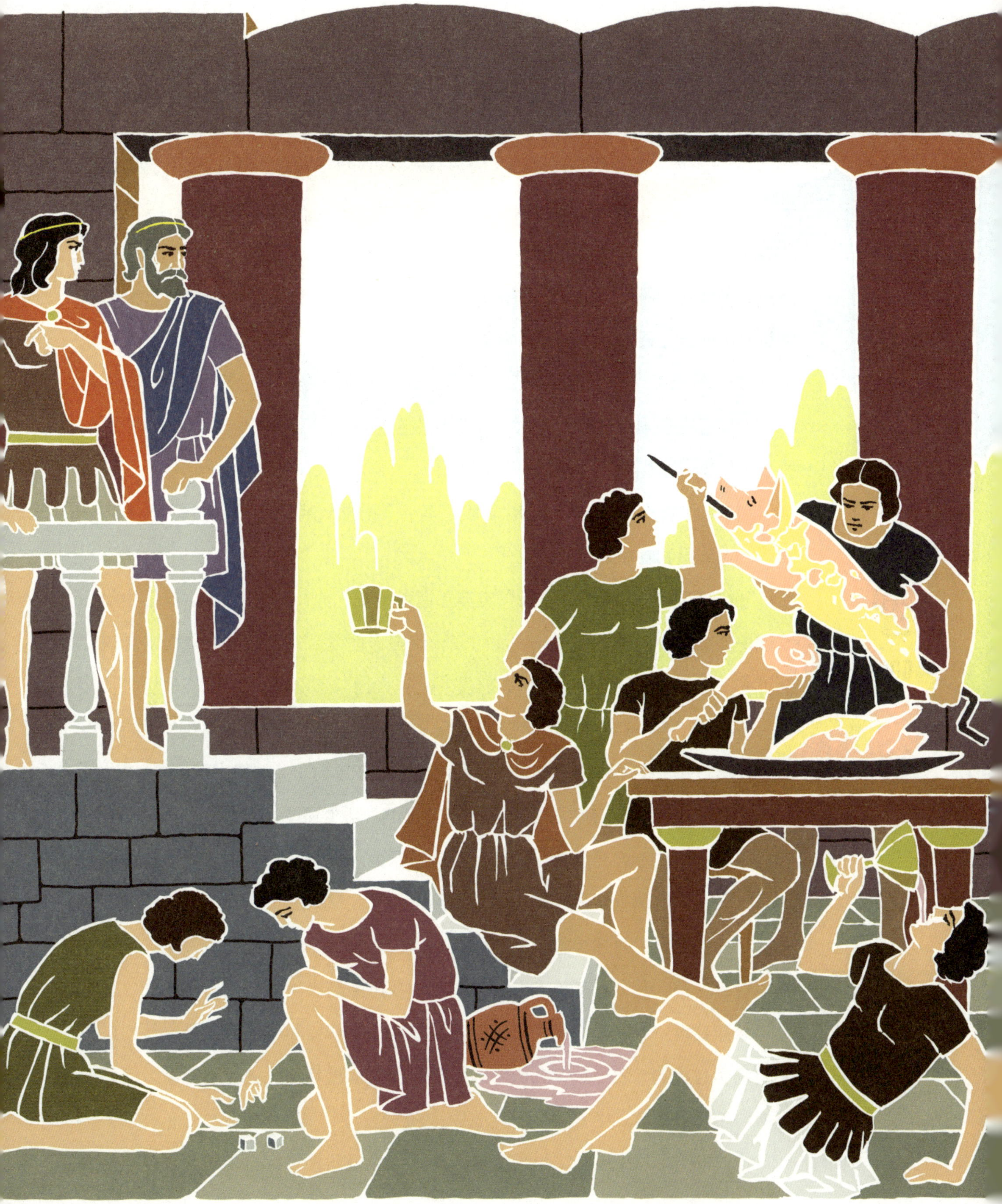

到必须停歇的时候，才让这仆人为他送些酒饭。

"言归正传，我来这儿的原因是因为有人告诉我，他的儿子奥德修斯已经回来。然而，似乎还有神灵试图从中作梗，阻止他返乡。你父亲还活着，只不过他被恶人囚禁在一座距此遥远、怒涛环绕的岛上。但是，还请您听我一言，虽然我不是先知，不能解读这些迹象，可我相信，就算他们用锁链困住他，他也会想办法逃出生天，不久就会回来了。

"像奥德修斯这样足智多谋的人可不多见。但请你说实话，你真的是他的儿子吗？你已经长得这般伟岸高大、仪表堂堂！你和他不仅面貌酷似，连眼神和举止都如出一辙！"

"我是他的儿子，"忒勒马科斯叹息着，"我的父亲却是这世上最不幸的人——这就是我的命运。"

"他却有一个这么好的儿子，"雅典娜温柔地安慰他，"众神可不会放任如此卓越的血脉黯然消逝！还请允许我问你：这些人都是谁，他们怎敢继续这样放肆下去？任何一个正派人都会对此怒发冲冠！"

"既然您是真朋友，我就向您诉诉苦，"忒勒马科斯回答，"如果我父亲能在这里，这将是个多么幸福的家啊，可是他因为众神对他功绩的妒火而不知所踪。唉，要是他在特洛伊和他的同伴们一起英勇献身，至少还能让人有所慰藉吧——起码人们会为他立起纪念碑，我也会永远怀念他。而事实却是，他极不光彩地消失了，还给我留下了无尽的烦恼。我不但得为我父亲的失踪而伤神，还得应付这群蜂拥而至的财产觊觎者。他们是贵族的后代，分别来自扎金索斯、凯法洛尼亚岛，德利琴岛和伊萨卡岛，都抢着和我母亲结婚。他们利用我们的好客之道肆意妄为，赖在我们家坐吃山空。除非我母亲嫁给其中一人，否则他们是不会善罢甘休的。我们就这么眼睁睁地看着财富慢慢耗尽。更糟糕的是，他们还威胁着我的性命。"

雅典娜因愤怒而涨红了脸，厉声训道："忒勒马科斯，你已经长大了，不要再拿自己当孩子了。只要你父亲奥德修斯在这里,凭借他无可匹敌的智谋和胆识,披盔戴甲,手握两只战枪,如我印象中那样,晴天霹雳般赶到这儿,出现在门口,你就会看到这些家伙们吓得跪地求饶,因为奥德修斯的眼神已经预示了他们的末日!

"不管怎样,还是让我给你一些建议。首先,你要召集岛上所有居民来开会,告诉他们这些求婚者给你带来的灾难和痛苦,然后命令这些寄生虫收拾行李滚回去。你还要让众神见证你的决心:如果他们还赖在宫殿不走,定让他们追悔莫及。

"此外,如果你明白其中的利害关系,就会克服万难来查明你父亲是否还活着这件事。所以带上二十名最好的桨手,坐最快的船前往皮洛斯岛寻找年迈的奈斯托尔。就算他什么都不知道,起码也能给你出个好主意。然后前往斯巴达拜见他们的国王——墨奈劳斯。因为他是最后一个从特洛伊回来的人,所以,你肯定能在他那儿打听到一些关于你父亲的消息。如果听到你父亲还健在的消息,就要耐心等待,他终将归来。

"但是如果听到他已去世的消息,就要把他的墓丘修高,供奉葬礼的祭品。等这一切都结束后,你一定要摆脱这些吃干饭的家伙。你已经成年,忒勒马科斯,所以,不管采取任何手段,你都得想办法赶走他们所有人。你应该知道俄瑞斯忒斯的事吧,他在杀掉埃吉斯托斯报其杀父之仇后,获得了无上荣耀。你也是个高大优秀的年轻人,所以向世人展示你的力量和胆识吧,这样后人提到你时才会心存敬畏。现在我必须走了。我的手下都在等我,而我也待得太久。好好想想我的话,找到解决这一切问题的方法。"

"异乡人,您同我讲话的样子真像一位父亲,"忒勒马科斯感激地答道,"我不会忘记您给我的忠告和建议,但还请您不要这么匆忙离去。请您留下来沐浴休息,然后再精神抖擞地返回贵船,最好还能带上我发自内心为您准备的礼物。这礼物漂亮而又珍贵,我只会送给最敬爱的朋友。"

"我必须走了,忒勒马科斯,"雅典娜答道,"所以不用再挽留我了。至于你要送我的礼物，就留到下一次我来的时候再说吧，我也会回赠你一份同样珍贵的礼物。"

说完这些话，雅典娜就变作一只雄鹰，飞向天空。忒勒马科斯抬起头，惊奇地注视着飞走的女神。他现在才知道这个和他交谈的人不是门泰什国王，而是雅典娜本人。这也让他心中涌起一股全新的力量和勇气，他愿意完全按照女神的建议来行事。

此时斐弥俄斯还在歌唱，而所有人都安静地倾听着。他歌唱的是阿开亚人从特洛伊返乡的故事。

楼上房间内的王后珀涅罗珀听到这歌声后，在两位侍女的陪伴下走下了台阶，眼中含满了晶莹的泪水。

"斐弥俄斯，你知晓很多其他的故事，这些故事也都编成了取悦人们的歌谣。你就给在座的人演唱其中一首，让他们静静地享用美酒吧。但是别再唱这首歌了，因为它让我肝肠寸断。只要我还活着，我就永远不会忘记我那威名传遍整个希腊的丈夫！"

"母亲，您为什么要怪罪唱这首歌的人呢？"忒勒马科斯理智地回答他的母亲，"他有什么错呢？要怪就怪宙斯吧，是他号令所有人遵从他的意志。再者，我父亲难道是唯一没能回家的人吗？还有很多人也都没能归来。所以请您回房忙些您喜欢的事情，让仆人们各司其职，其他的事由家里的男人们来处理，就由我来开个头吧——因为现在我才是一家之主！"

珀涅罗珀听到儿子的话竟一时语塞，因为从未看到忒勒马科斯为她挺身而出过。"他已经长成一个男子汉了！"她欣慰地自言自语，这份突如其来的喜悦冲淡了先前的痛楚，然后她愉悦地听从了儿子的安排。

当姣美如月的珀涅罗珀离开后，求婚者们炸开了锅。

"安静！"忒勒马科斯的怒吼打断了众人的喧嚣，"我不会再拿你们当客人了，明天我会召集民众，向他们宣告他们敬爱的君王家里都发生了什么！"

求婚者们都紧咬嘴唇，懊恼无比，想知道忒勒马科斯这个毛头小子哪来的勇气敢和他们这样讲话。

他们中最放肆的安提诺俄斯起身喊道："你怎么胆敢这样和我们说话，还是说这也许是众神的旨意？别指望有朝一日宙斯还会让你接过王位，就算你是奥德修斯的儿子也白搭！"

"就别为难孩子了，安提诺俄斯。"欧律马科斯不屑地说。他是另一个"准新郎官"，为人阴险狡诈。

"谁会统治伊萨卡只有神说了算。但还请你告诉我，"他向忒勒马科斯问道，"之前和你说话的那个人是谁？他来拜访是为了转告你父亲的消息，还是因为自己的事情？他看起来是个尊贵的人，但是他怎么能到离开前都没跟我们打个招呼呢？"

"我不担心王位的归属，只关心我父亲的下落！"忒勒马科斯回敬道，"我不会相信我母亲请来的任何一位占卜师，因为他们只能骗小孩，欧律马科斯。至于这个异乡人，我能告诉你，他是我父亲的一位老朋友，来自塔弗斯。他叫门泰什，是大名鼎鼎的安基阿洛斯的子嗣。"

他言止于此，尽管他知道异乡人其实就是雅典娜。

第二天，带着忒勒马科斯的命令，传报员召集所有人来开会。很多人都聚在会场，当然求婚者们也在其中。最后到场的正是奥德修斯那无与伦比的儿子——忒勒马科斯。他身着上好的战袍，腰间配着一把有扣带的剑，脚上则穿着一双制作精良的鞋子。忒勒马科斯丰神俊朗，有一股王者之气。当他坐在他父亲的宝座上时，他似乎不是一个凡人，而像一尊天神。

众人中最先发言的是一位饱经风霜的老战士，名叫埃古普托斯。他对忒勒马科斯说："你看上去是个明事理的年轻人。愿你受到众神的庇佑和宙斯的保护。请告诉我，为什么要开会？自从奥德修斯前往特洛伊之后，我们就再也没相聚在宫殿里。或许你有好消息？我们的战士要回来了吗？我真希望能看到我儿子回来，我就怕他永远回不来了。"说完这些话，他掩面而泣。

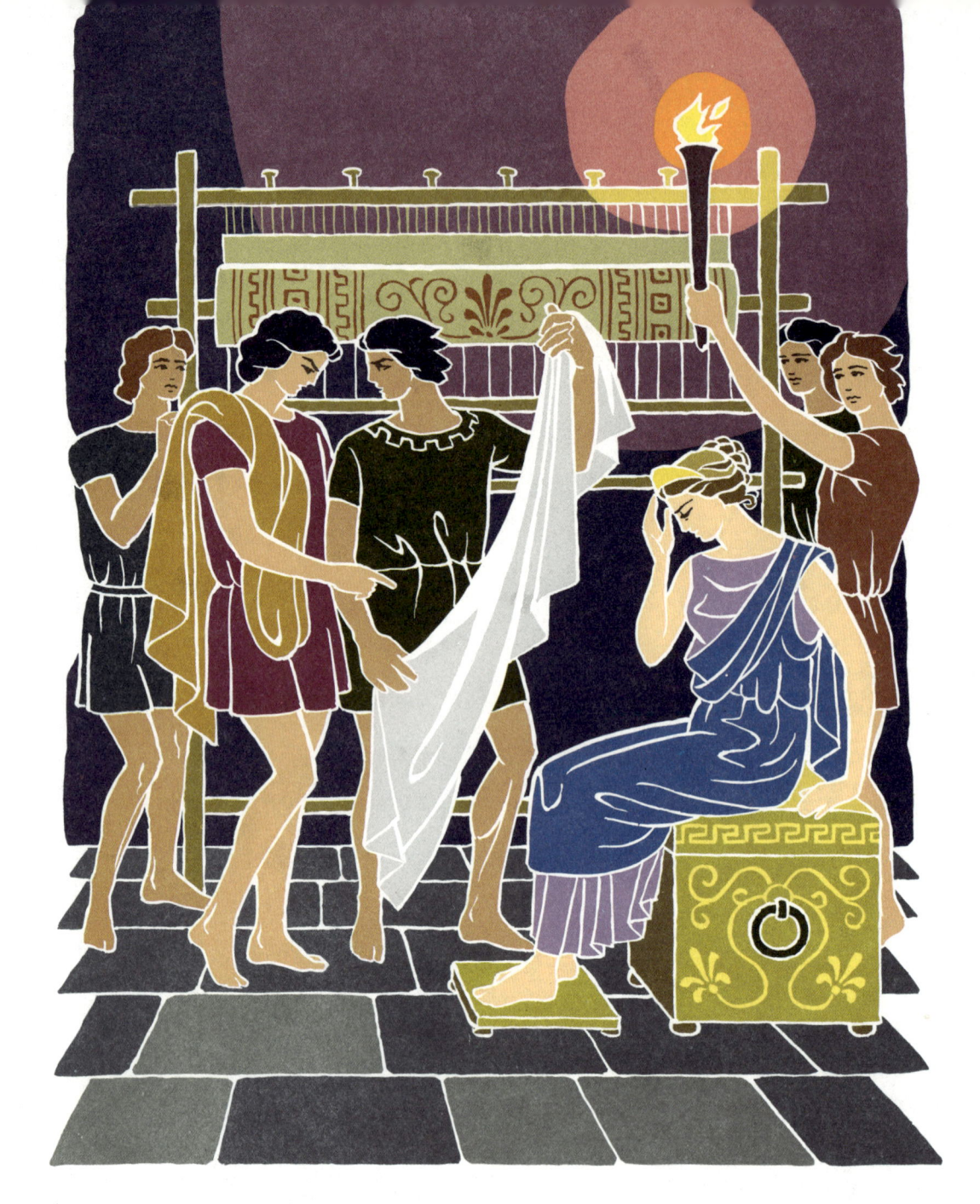

接着，传召人把权杖交给忒勒马科斯。拿过权杖，他站起身说道："我真心希望能有亲人返乡的消息通知大家。如果真是这样，我也会知道我父亲的消息。但是我真的不知道。我召集大家前来，是想告诉你们我眼下的两大难题。

"第一件事是，对我们所有人恩重如山，能让我们过上平静安宁、秩序井然生活的那个人已经不见踪影。第二件也是最重要的事，虽然我母亲很讨厌那些求婚者，可他们已经把我们的好客当作软弱可欺，赖在这里有三年之久。他们毫无羞耻地在骑在我们头上撒野，吃光我们的存粮，杀光我们的牲畜，喝光我们的美酒，全然无视这些行为是多么卑劣无耻。最糟糕的是，这里没人有父亲那般的勇气来把他们赶走。所以我别无选择，只能靠自己来和他们抗争，无论结果如何。

"听好了，你们这些求婚者！如果你们还敬畏神灵，现在就走吧，免得他们的怒火降临到你们头上。难道是我父亲对他的人民施行暴政，而我正因为他的罪过而遭受惩罚吗？不！我父亲他与人为善、通情达理，这所有人都知道。"

言已至此，他厌恶地将权杖扔到一边，眼中噙满无助和愤怒的泪水。

众人都很同情他，求婚者们可不会。安提诺俄斯甚至还有胆量站起来反驳他："管住你的嘴，年轻人。错不在我们求婚者身上，要怪就怪你母亲她自己吧。她比世上任何女人都诡计多端。你可知道，她骗我们说，只要她亲手为你的祖父织完寿衣后，就会从我们当中选一人出嫁。但是她到现在织完了吗？没有！这狡猾的漂亮女人，每天晚上都会把白天织好的部分拆开，像这样把我们当傻子整整骗了三年，直到我们逮住她在夜里偷偷拆线。

"现在你给我听好了：把你母亲送到她父亲那儿去，让他自己或者你母亲帮着从我们当中选一个来做他的女婿。否则，我警告你们娘俩，如果她只想戏弄我们或利用我们来沽名钓誉，那我们就在这里把你们吃到倾家荡产！"

"听着，安提诺俄斯，"忒勒马科斯反驳道，"我母亲给了我生命，把我养大，不论我父亲是生还是死，我绝不会让她离开这个家。如果你们心中还有一星半点礼数，你们就该离开我父亲的宫殿，返回家中并逐一以好客之道来回报我们。如果你认为吃光别人的家财也可以心安理得的话，我就请神灵相助，伟大的宙斯会让你们为所做的一切付出代价，你们这些可怜虫到时就等着他派卡戎带着镰刀来这儿收你们的魂吧！"

忒勒马科斯的话音刚落，宙斯就下神谕令两只雄鹰前去助他一臂之力。这两只雄鹰舒展它们宽阔的翅膀，盘旋在集会人群的上方，确定无疑地昭示即将来临的灾难。接着他们冲向彼此，用匕首一般的利爪撕扯对方的头颈。而最后，他们离开并飞向了东方，就好像这一切就是众神要传递的寓意。

在场的每个人都想知道接下来会发生什么，很多人都面露惧色。然后，素以解读征兆而著称的先知长者——阿里忒尔塞斯走到众人面前说道:"所有人仔细听好了,尤其是那些求婚者,残酷的命运在等待着你们。离奥德修斯现身的日子不远了;而当那天到来时,他也必将为你们带去死亡和毁灭。所以,尽管为时已晚,我还是希望你们停止这种倒行逆施的行径。我只能言止于此。你们都知道,我从不轻易预言,除非我真切感受到了神明的力量。我当年曾和奥德修斯说过的话都正在成为现实,我曾说过,你会在第二十个年头归来,无人知

晓你的回归，而你的同伴都会客死他乡。现在，一切都要应验了。"

阿里忒尔塞斯的预言换来的却是欧律马科斯轻蔑的讽刺。

"去别的地方讲你这些算命的话吧，老家伙！"他讥讽道，"这是讲给孩子们听的故事，我们可消受不起。他们的安危才是你该操心的事。我'预言'的本领可不比你逊色半分。天上飞的本来就都是鸟，而它们能飞的地方不是这儿就是那儿嘛。可你就是要我们相信这是说奥德修斯要回来了！不过他永远也回不来了，可惜你没和他一起上西天，所以不要再对我们耍那套算命的把戏了！我们不害怕任何人，就算是忒勒马科斯开口用神灵来威胁我们也没用。不，既然他母亲一直想用拖延联姻的方法来愚弄我们，我们就是要把这宫殿吃个底朝天来让他们自食恶果！可别让亲爱的珀涅罗珀以为这样就能让我们打退堂鼓了。我们个个都想娶她。"

"听着，欧律马科斯，还有你们这些求婚者，"忒勒马科斯话语严厉，"我可没打算跪下来求饶，你们的话根本不值一提。现在让众神目击这一切，让人们都明白真相就足够了。我要做的就是先找艘船去皮洛斯，再去斯巴达打听我父亲的消息。如果听说他还活着，我就等他回来；反之，我就为他修建陵墓，供奉相应的葬礼祭品。在此之后，如果我母亲愿意，我就能告诉她可以改嫁了。"

接着，奥德修斯的老管家门托尔站起身来，他不仅是一位睿智的老人，更是一位忠诚的朋友。

"伊萨卡的人们，请听我一句肺腑之言，"他说道，"我们的国王真该是一位冷酷无情的人，由他来对我们进行残酷的统治——因为我们只配拥有这样的君王。我们都忘记了奥德修斯对我们有多好，忘记了他像慈父一般对待我们所有人。至于这群求婚者，如果他们一定要如此无礼行事，那就暂如他们所愿吧。等到我们的国王赫然归来时，这些人就会知道自己将付出怎样的代价了。但是你们其他人怎么能置之不理？你们团结起来还不能让这些骄纵的家伙低头就范吗？"

这时，另一个求婚者里奥克里特斯进行了粗鲁的反驳："门托尔，你有什么资格来大放厥词！我告诉你，我们可是出自这片土地上最优秀家族的人中俊杰。你以为你们这些岛民还有胆来挑战我们？就算奥德修斯回来后发现我们吃空了他的粮仓，想把我们赶出门，他也休想再见到他那心爱的妻子一眼。不会有机会的，他只会惨死在自己家中！所以别胡说八道了，赶紧滚吧！要是你愿意，带上阿忒尔塞斯一起滚吧，准备一艘船好让忒勒马科斯实现他夸口的远航。不过这只是白费工夫，因为这小子宁愿在伊萨卡坐着干等，也不会冒着生命危险在陌生的世界里晕头转向！这就是我要说的，现在让我们各行其是吧！"

说完这些话，求婚者们就离开了，聚会就此结束。忒勒马科斯动身前往海边。他在咸咸的海水中把手洗净，然后抬起手来伸向天空，口中喊道："宙斯之女啊，昨天您来到这里给我带来希望和勇气，现在请帮我完成您所建议的航行吧。"

话音未落，雅典娜就变成奥德修斯忠诚的管家门托尔走到他跟前："忒勒马科斯，你可以实现你的目标，因为你是奥德修斯名副其实的儿子。很少有子女能像他们的父亲一样出色。大多数年轻人都远逊其父辈，能青出于蓝而胜于蓝的更是少之又少。但是你既不缺勇气，又不乏你父亲的智慧，所以我相信你会马到功成。不要再管那些求婚者了，他们的傲慢和邪恶终会使他们毁灭。有我相助，这次航行你尽可放心。我会替你找好一艘快船和可靠的船员，也会作为向导亲自和你一起出发。现在，你只需要返回宫殿，备好你需携带的干粮补给。"

忒勒马科斯当然不知道和他说话的正是雅典娜本人，他很高兴能得到门托尔的帮助，于是心情舒畅地回家了。

此时，求婚者们都在庭院里忙着剥羊皮。他们看到忒勒马科斯，就决定戏弄他一番。

安提诺俄斯首先嘲讽地大笑一声，上前抓住他的手："忒勒马科斯，我骄傲的小公鸡！来，为什么不坐下来和我们一起享用美食呢？小伙子，我们会给你找艘船，而且派给你岛上最好的水手，好让你去寻找你那敬爱的父亲。"

"够了！安提诺俄斯！"忒勒马科斯怒斥道，"你以为我会和你们这帮醉鬼称兄道弟吗？我对你们已经忍无可忍了。我自有办法，你们等着瞧！"说罢，忒勒马科斯甩开他的手拂袖而去。

见识了忒勒马科斯的怒火，另一个年轻人嘲弄地转身对其他恶霸说："听到忒勒马科斯的话，你们可别伤心。他真是个好孩子，只可惜他就要离开了。只怕他也会重蹈覆辙，像他的父亲奥德修斯一样不知所踪，那时候我们还得操心怎么瓜分他的全部家当！当然了，我们不打这宫殿的主意，它只属于那个娶他母亲的人。"

然而，忒勒马科斯还有更重要的事去处理，懒得去理会这些人的奚落。无视他们自以为是的信口雌黄，忒勒马科斯前去寻找与他十分亲近的奶妈欧律克勒亚。忒勒马科斯小的时候，她像照顾自己的孩子一般抚养他，日日夜夜悉心看护，直到他长大成人。

欧律克勒亚小的时候，就被老国王莱尔提斯以二十头公牛的价钱从她父亲那儿买走。虽然莱尔提斯因为惧怕妻子的妒火而从未与欧律克勒亚有过肌肤之亲，但她是那般善良纯朴、品德高尚，使得他能够像敬爱自己的妻子安提克勒亚那样敬重她。

忒勒马科斯和她一起来到了酒窖，在那里收拾好此次航海所需要的粮食，欧律克勒亚帮他装满十二坛酒，然后把所有东西都在角落里堆好。

忒勒马科斯说："我今晚就要出发去找他们了。我要先坐船去皮洛斯，然后再到斯巴达，我想去打听父亲的消息。"

欧律克勒亚听到他的话忍不住浑身颤抖，她呜咽着，继而号啕大哭："你着了什么魔啊？我的孩子，不要走！否则你也会消失在异国他乡。而且你前脚走，后脚那些求婚者就会马上想法子来阻止你回来，好能瓜分你的财产。这些恶棍一定会设下埋伏，等你一回来就把你除掉。别走了，忒勒马科斯，你不必跑到吉凶未卜的地方去冒险啊！"

但是虎父无犬子，忒勒马科斯明白什么是必须去做的事情。

"振作起来，嬷嬷，"他安慰着抽泣不已的奶妈，"如果背后没有神灵支持我，我是不会这样匆忙出海的。我只请您发誓，在我动身十二天以后您再告知我的母亲。我不希望她知道我走了，而把美丽的容颜哭得过于憔悴。"

欧律克勒亚别无选择，只得庄严地发了誓。

与此同时，雅典娜这次化身为忒勒马科斯去挑选出行所用的船只。最后挑好的那艘船主人叫诺蒙，是奥德修斯的老朋友。而后，她又选出忠于忒勒马科斯的二十名船员。船员们马不停蹄，开始整备船只以出海远航。

接下来，雅典娜飞快地赶回宫殿，并施法使求婚者们贪杯更胜以往。很快，他们就烂醉到酒杯都从手上滑落下来，然后都一个个东倒西歪地返回城中的住所睡觉去了。做完这件事，雅典娜再次变成门托尔去找忒勒马科斯。

"我已经为这次出海做好了准备，"她告诉他，"现在我们的船已停在港口，船员们也已就位。我们必须立刻动身，没有时间可以浪费了。"

说完，他们马不停蹄地来到海边。那艘快船就稳稳地停在海中，漂亮极了。忒勒马科斯满心赞叹地打量了它一番，随后大声召唤着古铜色皮肤的年轻水手们："伙计们，快下来帮我把这些食物装船吧！请大家一定要悄悄进行，不要走漏了风声。现在除了我那忠心的老嬷嬷外，没人知道我们要出航。"

借着夜幕的掩护，他们把所有的食物和酒都搬上船，然后就出发了。雅典娜扮的门托尔坐在船尾，忒勒马科斯则在她身边站定。有女神的鼎力相助，他们的船如利箭般劈波斩浪，第二天早上就抵达了皮洛斯的海岸。

就在他们驶入港湾时，岸上正在举行向海神波塞冬祭献丰厚贡品的盛大仪式。到场的皮洛斯人数量众多，共分为九队，每队多达五百人，每队人都为海神献上了九头公牛。年事已高的奈斯托尔和他的儿子们也来到了这里。

# 第二章

## 忒勒马科斯寻访父亲下落

忒勒马科斯和门托尔上了岸，穿过沙滩来和他们会面。奥德修斯的儿子既年轻又缺乏经验，他踟蹰着："我该如何面对睿智的奈斯托尔呢？又该如何请教这位已统治了三代人的老国王呢？"好在雅典娜赋予了他所需的勇气和信心。

　　"大胆去吧，"她鼓励道，"他是个善良、正直的人，一定会耐心听完你的话。谦虚地恳求告知情况，他绝不会用谎言来搪塞你。"

　　他们走上前去，门托尔走在最前面。当他们走近老国王和他的儿子们就座的祭台时，国王的幼子庇西特拉图赶忙站起来向他们问好。一走到他们身边，他便伸出手以示欢迎，并把他们领到他父亲的邻桌入座。之后他又切下两份牛肝递给客人们，并将一杯盛满美酒的金杯先递到门托尔手中。

　　"请向波塞冬祈祷吧，异乡人，"他发话道，"因为您恰好在我们向他献祭的时刻到来。当您向海神表达完敬意并喝下您的酒之后，请将这杯子传到您的同伴手上，这样他也能献上自己的敬意。不过他看上去年纪要小些——也许和我一般大，所以我就先把杯子交给了您。"

　　雅典娜很满意小王子对她所扮人类的尊敬，所以她向波塞冬献上了祭品，并请求他能将健康和幸福赐予奈斯托尔和他的儿子们，以及全体皮洛斯人。当她完成后就把酒杯递到了忒勒马科斯手上，让他将最后几滴酒献给海神并许下自己的心愿。

　　与此同时，祭祀的肉已被从烤叉上取下，被仔细地分给每一个人，以保证大家都能得到与其身份相称的分量，一点也不少。当所有人都享用完后，年长的奈斯托尔起身说道："现在是时候让我向我们的客人问几个问题了。请问几位都是谁，为何跨越重洋来到这儿呢？"

　　忒勒马科斯回答老国王时，心中充满女神所给予的勇气，他说："尊敬的奈斯托尔国王，大名鼎鼎的涅琉斯之子，我是奥德修斯的儿子，我从伊萨卡来就是想向您打听我父亲的消息，特洛伊高高的城墙就是我父亲攻破的。您和他并肩作战过，也许知道一些情况。我们知道每一个没能返乡的人都是如何战死沙场的，唯独我父亲却音信全无。所以我跪下来恳请您告诉我您知道的一切。比如，他是已经死去，还是他虽活着，却在某个地方遭受痛苦和不幸的折磨？我乞求您不要因为同情而对我隐瞒真相，无论有多么残酷，都请您如实相告。"

"啊，你让我又想起那些难忘的岁月了，小伙子！"这位高贵的老战士叹了一口气，"我们能攻下普里阿摩斯的城市，可谓经历了千难万险，后来更是经历了万般磨难才返回家园。多亏了那些奋勇杀敌的勇士，我们才能活着回来。我怎么可能把发生的所有一切都告诉你？如果真要说，这故事长到很多天都讲不完，可能我才刚讲到一半，你就会听烦了要走。不过说起来，站在我面前的可是奥德修斯的儿子！孩子，你刚才的一席话说得真好，就像你父亲一样：既中听又有说服力。我们从没起过冲突，因为我们两个一心所想的都是阿开亚人的荣光。唉，只因冒犯天神宙斯，在我们启程返乡时，所有船只都失散了，从此我再没见过他。我很幸运，因为不久之后我就毫发无损地回到了皮洛斯。但是，大多数人的返乡之旅都没少遭罪。有的人就此失踪，还有人被狂风骇浪卷到各个地方，颠沛流离了多年。"

接下来，这位尊敬的老人又讲述了墨奈劳斯和海伦在海上历经八年重返斯巴达的冒险故事。他也说到了阿伽门农，讲他刚到迈锡尼就惨死在卑鄙的埃吉斯托斯手里的故事。老人的口中讲了一个又一个人的故事，却没有一个是关于奥德修斯的。

他最后说道："还是去斯巴达吧。墨奈劳斯可能知道些情况，因为他是我们当中最后一个回来的。你可以坐你来时的船，或者把它停在这儿，我给你配上战车和快马，走陆路到他那儿去，这样更安全，我还会派我的儿子来给你带路。"

"听您吩咐，陛下，"雅典娜答道，"不过现在也该休息了，我们得回船上去了。"

"在船上睡？"奈斯托尔抗议道，"难道我穷到这个地步，不能给你们提供舒适的床铺、精纺的盖毯？我怎么能让好友的儿子在坚硬的甲板上过夜？"

"您说得是，"雅典娜再次回答他，"忒勒马科斯不应该辜负您的好意。不过，我一定要留在船上，我得把我们的安排告诉水手。而且明天我自己有事要办，必须拜访你们的邻居考肯尼安人。就如您所说，让您的一个儿子给他带路，送忒勒马科斯去斯巴达吧。"

雅典娜话音刚落，突然又变换身形，由门托尔变成一只鹰，扶摇飞向高空。

老奈斯托尔看到这一切惊诧不已，他一把抓住忒勒马科斯的手，然后说："我的朋友，有神相助也就证明你不会是弱者，也不会是懦夫。我的眼力向来很准，刚刚站在你身旁的就是帕拉斯·雅典娜！"

翌日清晨，曙色微明时，奈斯托尔国王的儿子们已经备好了坚固的战车，并牵来最快的马匹，套上车辕，年轻的庞西特拉图则主动当起了向导。老国王也亲自来给他们送行，并祝愿他们能带着好消息平安归来。

庞西特拉图与忒勒马科斯一行人花了两天时间就到了斯巴达的地界，然后一路行至王宫的大门前。一看到他们，墨奈劳斯的一位亲信士兵马上疾步上前告诉国王这一消息。

他喘着粗气说："尊敬的陛下，有两个异乡人刚刚到来，他们英俊挺拔，有着宙斯儿孙一般的气概。他们驾乘着一辆华丽的战车，就停在王宫门外。请您下令，是让他们进来，还是让我把他们送往别处加以款待？"

墨奈劳斯愠怒地反诘："以后不要再问我这么愚蠢的问题了！你难道已经忘记了吗？我们流落他乡、饥寒交迫地在外乞讨时，总会有陌生人给我们食物、给我们临时的栖身之所。既然我们可以尽点好客之道，又怎能让那些宙斯遣来的人去别处过夜？赶紧去给他们的车马卸掉辕套，再把这两个年轻的贵客带到我们桌前！"

墨奈劳斯的命令很快就得到了执行。

忒勒马科斯和他的同伴被带进雄伟的大厅后，立刻被这宫殿的富丽堂皇震慑得头晕目眩。他们尚未看够四周的奢华艳丽，就来了几个仆人带他们去了一间大理石砌成的澡堂。仆人给他们擦拭干净，涂好香脂后，又侍奉他们穿上精美的齐膝束腰衫衣，然后把他们带到墨奈劳斯身旁的位子上坐下。很快，另外又有侍女送上面包和丰富的配菜；接着，各种肉食被整整齐齐地呈上桌，管家则往金色酒杯里倒上美酒。

"欢迎，欢迎，"墨奈劳斯说话了，"请先享用摆在你们面前的美食吧。用完餐以后，我们再来请教你们几位青年才俊的尊姓大名，因为你们的贵气藏都藏不住。"

说完这些话，他特意从仆人专门为他呈上的烤肉中选了上好的两份送给他们。两个年轻人酒足饭饱后，忒勒马科斯倾过身子，低声对庞西特拉图说了几句话，不想被人听见。

"这财富太不可思议了！"他小声说，"我光看着都觉得头晕眼花，也只有宙斯才能拥有这么富丽堂皇的宫殿吧！"

尽管他的声音很轻，但墨奈劳斯还是听到了，于是他回答道："不，孩子。这世间没有哪个凡人能拥有和万能的宙斯一样多的财富。也许我的宫殿并不怕拿来和其他凡人比较，但还远远不能和神相提并论。还有，不要看我拥有多少奇珍异宝，其实我为得到它们所克服的困难比珍宝本身还要多上万倍。在从特洛伊启程到最终回到家乡之前，我在异国的土地上漂泊了整整八年。的确，我在返乡路上，途经塞浦路斯、腓尼基、埃及、埃塞俄比亚和利比亚时得到了无数财宝；但在此之前，我自己也付出了巨大的代价。你们的父辈肯定都告诉过你们，我的损失是多么惨重。很多人在特洛伊为我而牺牲，我将他们铭记在心，每每想起来就泪流不止。但是，他们当中有一个人最让我感到思念的悲伤，一想起他，我就夜不能寐、食不甘味。那个人就是奥德修斯，他受的苦难比谁都深重。我也为他那些悲痛的亲人们感到揪心：年迈的莱尔提斯失去了儿子；他的妻子珀涅罗珀在他临行前的预感一语成谶；他可怜的儿子——忒勒马科斯在父

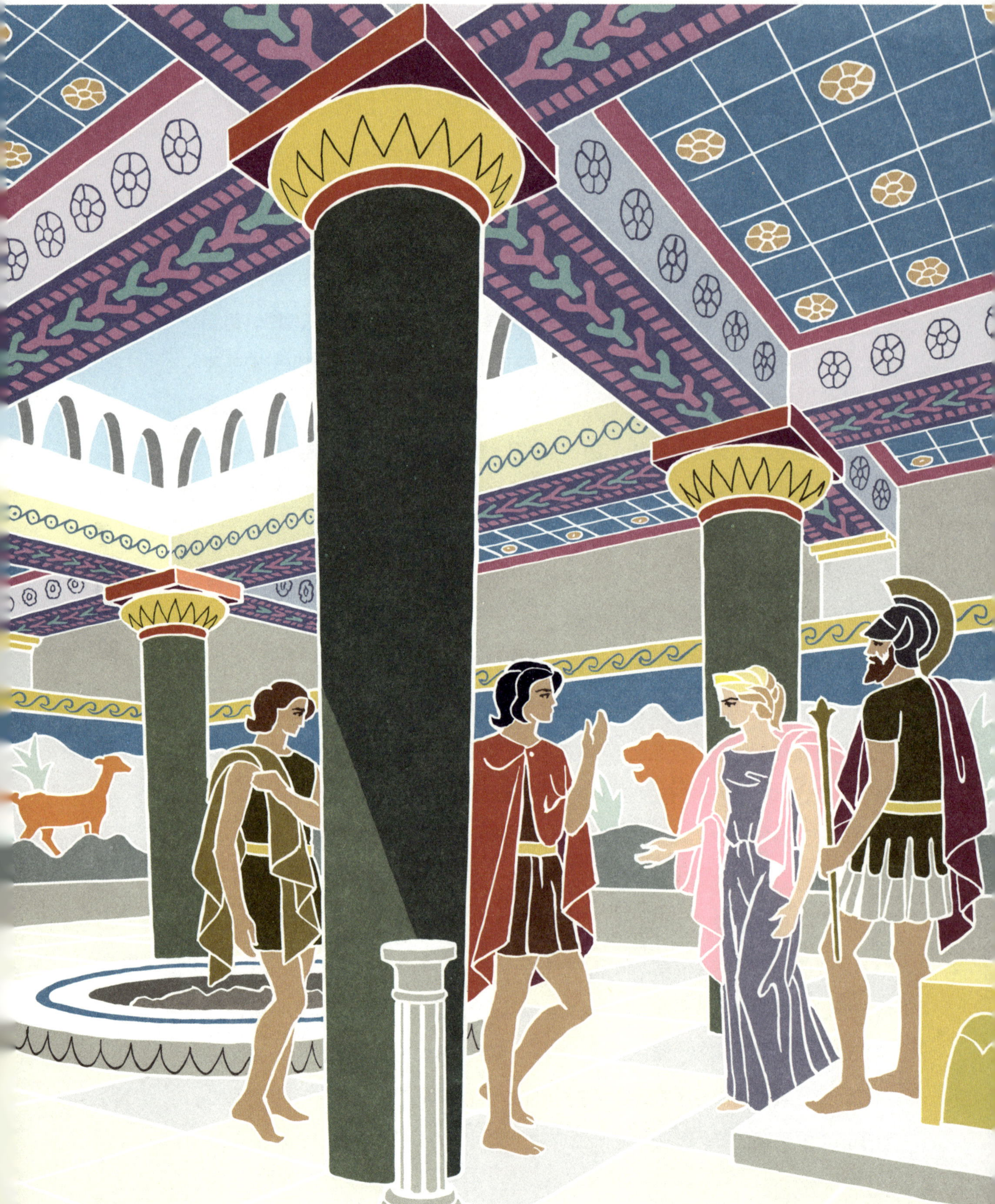

亲奥德修斯离开时还在母亲的襁褓之中。然而，整整二十年过去了，奥德修斯还是没有任何回来的迹象。"

　　亲耳听到父亲的名字，忒勒马科斯再也无法抑制自己的情感，于是，他用身上的紫色长袍掩住脸庞，这样国王就不会看到自己流下的泪水。但他骗不了墨奈劳斯，国王立刻猜到这年轻人可能就是奥德修斯的儿子。正当他准备直接向忒勒马科斯发问时，他那美若天仙的妻子海伦从房间里走了出来。她美艳绝伦，仪态雍容，俨然就是女神阿尔忒弥斯降临人世。

　　两名侍女立刻抬来雕花的宝座，上面铺设着精细的羊毛毯。另一个侍女则将装满羊毛纱线的银色篮放好，卷线杆横放在上头。海伦在宝座上落座，并将双足置于宝座前的脚凳上，向丈夫问道："陛下，您认识这两位高贵的年轻人吗？其中一个看上去和奥德修斯像极了，是不是就是他当年留下的那个儿子呢？"

　　"这正是我想问的事，"墨奈劳斯回答说，"我留意到刚刚我在说奥德修斯为我所承受的苦难时，他遮住了自己的脸，不想让我看到他的眼睛。"

　　这时庞西特拉图站了起来："两位都猜对了，他就是忒勒马科斯。但他毕竟年纪尚轻，害怕说出了不该说的话。我叫庞西特拉图，是奈斯托尔国王之子，奉我父亲的命令带他从皮洛斯来寻求您的高见——因为他的父亲离开家的时间太久，他现在已经举步维艰了。"

　　墨奈劳斯被这番话深深地打动了，他说："原来是我最好的朋友的儿子来了！如果他父亲也站在我面前该有多好，那样的话我会腾出一座城市送给他，他就可以带着自己的人民来这里生活。这样我们就可以互相走访，永不分离，直到死亡的阴影将我们笼罩。但现在似乎有某个神灵在从中作梗，在奥德修斯回家的路上设置了重重障碍。"

　　他说出这番话时已是热泪盈眶，海伦和忒勒马科斯也潸然泪下，甚至庞西特拉图也忍不住哭了，因为他想起了另一个不归之人——他那葬身于特洛伊城墙下的哥哥安提罗科斯。

眼睛里还噙着泪水的海伦给所有人都倒上了美酒。酒中还添加了几滴药剂，这药剂是由一种她从埃及带回的神奇草药提炼而成的。任何人，即便是失去至亲、悲痛不已的人，在喝完这药酒后，这一整天也不会再流泪了。

药剂生效后，他们停止了啜泣，声音也不再颤抖，谈话自如多了。海伦最先开口，她回想起奥德修斯诸多伟大的功绩，说到有一次他神不知鬼不觉地潜入特洛伊，盗走了帕拉斯·雅典娜神像。当时为了避免被认出，奥德修斯穿了一身乞丐的褴褛衣衫，还逼着狄俄墨得斯狠下心来拿皮鞭把他抽打得遍体鳞伤。除了海伦以外，没有人能认出他来，而海伦也没有向特洛伊人泄露这个秘密。

当奥德修斯完成这一艰巨的任务，并在杀死许多敌军后成功回到自己阵营时，海伦并没有和那些特洛伊女人一起趴在她们丈夫的尸体上哭泣，反而满心欢喜。因为长久以来，她早就后悔离开家乡，离开了她的女儿和她那总是洋溢着笑容、无比善良的丈夫。但这一切都要怪众神，罪魁祸首就是阿佛洛狄忒，正是她用激情蛊惑海伦来达到自己的目的。

海伦说完后，墨奈劳斯开始讲话。他告诉他们木马计的故事，讲他和奥德修斯，还有众位勇士是怎么一起藏在木马肚子里进城的，还有奥德修斯是如何在计谋即将暴露之际拯救了所有人，等等。他讲完故事后，问忒勒马科斯为什么不远万里从家乡来到这里。

忒勒马科斯回答："墨奈劳斯陛下，被众神如此青睐的人，我来是想问您是否知晓我父亲的情况。我想听您的实话，不管这实话有多么不幸和痛苦，父亲不在身边的日子里，我已经被剥夺了所有皇族应继承的权利。现在，伊萨卡的宫殿里盘踞着一伙无情的恶棍，成天幻想着我可怜的母亲会同意改嫁给他们当中的某一人。"

墨奈劳斯听到这些话后勃然大怒。

"这些豺狼难道不知道他们想抢的是狮子的地盘吗？"他咆哮道，"总有一天奥德修斯会如神兵天降，像发狂的猛兽一样扑向他们，他们无耻的生命就走到了尽头。因为奥德修斯还活着,我告诉你!这是从一位神通广大的海上老预言家普罗丢斯那里得知的消息,他的预言一直没错过。我会把整件事毫无保留地告诉你们,我们从头说起:

"我们离开特洛伊时受到了众神的残酷惩罚,不过这并不怪他们,因为我们在出发前忘记供奉早该献上的祭品。就因为这件事,众神掀起无可抵挡的北风吹向我们的船只,使我们远远偏离了航线。八年间,我被迫辗转于相隔遥远的不同大陆间,直到我被众神丢弃在一个临近埃及海岸的名为法罗斯的岛上。我们被困在岛上长达二十天之久,没有一丝风能让我们扬帆起航。就在所有粮食被耗尽、我的战士们精神濒临崩溃之际,我一个人孤单愁苦地徘徊着,渐渐远离了所有同伴,这时我遇到了一位海仙女。她的名字叫埃多塞娅,正是普罗丢斯的女儿。她为我的绝望所打动,决定帮助我。

"她告诉我:'我父亲普罗丢斯每天都来这儿,他能预见未来,而且从不出错。如果这世上还有人能帮助你找到回家的路,应该就非他莫属了。不过,你们只能用计逼迫他说出你们想知道的事情,因为他从不把自己的知识白白送给其他人。'

"'我区区一个凡人又如何能迫使一位神灵来告诉我他本不愿泄露的秘密呢?'我问她。

"'我会助你一臂之力,'仙女回答道,'你要做的就是挑出你手下最好的三名水手,然后在明天太阳升到最高的时刻回到这里。我会带你们去我父亲经常午睡的地方,他喜欢在海后安菲特里忒的海豹群中舒展身体。虽然他总要仔细数过每一只海豹后才会闭上眼,但是他不会意识到你们也混在其中,因为我会设法帮你们隐匿在他的视线外。一旦发现他已入睡,你们四个人就一起跳到他身上并紧紧抓住他。他在挣扎想要逃走时会不停变换自己的模样,比如从人变成野兽,从野兽变成扭动的毒蛇,甚至还会变成火和水的样子。但无论他变成什么样子,你们都绝不能松手,直到他再变回人形并询问你们想知道什么的时

候。当他开口向你问话时，马上松手，并求他告诉你曾经冒犯了哪位神灵，如何找到返乡之路以及任何其他你想知道的消息。'

"说完这些话，她就潜入水中，在波涛之中消失了踪影。

"第二天，我挑选了三名强壮可靠的士兵一起去了埃多塞娅说的地方。不久，她就带着四张海豹皮出现了。她领着我们来到一些洞穴附近，并在沙地里挖了四个坑。她让我们藏身在沙坑之中，然后用她带来的海豹皮将我们盖住。

"随后，一大群海豹赶了过来，并在我们身边陆续躺下。果不其然，在正午时分，老普罗丢斯来了。在躺下休息之前，他清点了包括我们在内的所有'海豹'，丝毫没有察觉到我们已为他设下圈套。当他睡着以后，我们悄悄起身，用强壮的手臂紧紧地抱住他。他奋力挣脱，一会儿把自己变成一只狮子，一会儿变成一条蛇，接着又成了一头豹子和一头野猪，最后化作流水和一棵枝叶繁茂的高树。

"但我们还是咬牙坚持着，拼尽全力压住他。直到最后他累得精疲力竭，只好变回原形，向我问道：'是哪个不朽的神灵帮你抓住我的，阿特柔斯之子？这也无关紧要，告诉我你想知道什么，然后把我放了。'

"'既然您已经知道了，为什么还要问是谁帮了我们？'我大胆地回应，'只要告诉我是哪个神灵把我困在这座岛上，以及我如何才能返乡就行了。'

"'在你们一行人从特洛伊出发回家之前，你们本应该向宙斯和奥林匹斯众神献祭。现在你必须先航行到埃及的尼罗河岸边，在那里补上你仍未奉上的祭品。到那时，不朽的神灵才会怜悯你。'

"'我一定照您的吩咐办，'我应声道，'我恳请您再回答我最后一个问题：我们的同伴都从特洛伊安全返回故乡了吗？还是有人已经殒命他乡，再也无法重见天日了？'

"他回答说：'在所有的希腊联军首领中，只有两个人在返航途中失踪。那些战死沙场的人，你都已经知道了；除此之外，还有一个人仍漂泊在惊涛骇浪中。第一个在归家途中丢了性命的是小埃阿斯，俄伊琉斯之子。波塞冬把他扔在埃维厄岛岸边的岩石上，以取悦雅典娜，而他在特洛伊也确实犯下了人神共愤的恶行，雅典娜完全有理由对其恨之入骨。即使这样，如果他尊重神灵，其实也可以保全自己的性命，而他竟然夸口说就算众神反对，他也会在沉船的时候活下来。波塞冬听到了他的话，就用自己的三叉戟把他紧紧抓住的岩石劈成两半，一半留在原地，另一半则带着小埃阿斯一起滚入了汹涌的大海。他就这样死了，死前除了咽下他那亵渎神灵的话，还吞下一肚子的海水。

"现在我要告诉你另一个英雄死去的经过，你的兄长阿伽门农。他也差点丧命于埃维厄岛崎岖的海岸上，幸亏天后赫拉救了他。最后，当他终于踏上了故乡的海岸时，他亲吻着自己热爱的那片土地，泪洒如雨。然而，此时的迈锡尼已经在埃吉斯托斯的掌控之下，他已占有阿伽门农那不忠的妻子。刚听说国王归来的消息，这逆贼就设下毒计来除掉他。在克吕泰涅斯特拉的帮助下，他举行了盛大的宴会，并假装以极高的规格来欢迎他。然后，埃吉斯托斯就突然拿刀砍向毫无防备的阿伽门农，就像屠夫杀掉待宰的牲口一样了结了他的性命。

"我知道老普罗丢斯的话语句句是真，不由得双腿一软跪倒在沙滩上，在艳阳下双手掩面，为死去的兄长号啕大哭。

"此时普罗丢斯对我柔声说：'别哭了，墨奈劳斯。眼泪毫无用处，还不如抓紧时间返乡，虽然我现在不知道你还能不能及时赶回去，活捉埃吉斯托斯，也不清楚阿伽门农的儿子俄瑞斯忒斯是否已经杀死他以报仇雪恨。'

"尽管还是悲痛难当，但听到他最后这几句话时，我的心情还是轻松了许多，又鼓起勇气继续问了一些问题。

"'你已经把这两个失踪者的情况都告诉了我，'我说，'可是我还想知道第三个人的情况。我恳请您告诉我，他是谁？他是困在泡沫飞溅的海上，还是像其他人一样已经命殒黄泉？我想听您讲讲他，就算再让我流下苦涩的泪水又何妨。'

"'第三个人就是奥德修斯，莱尔提斯之子，伊萨卡的国王，'老先知回答道，

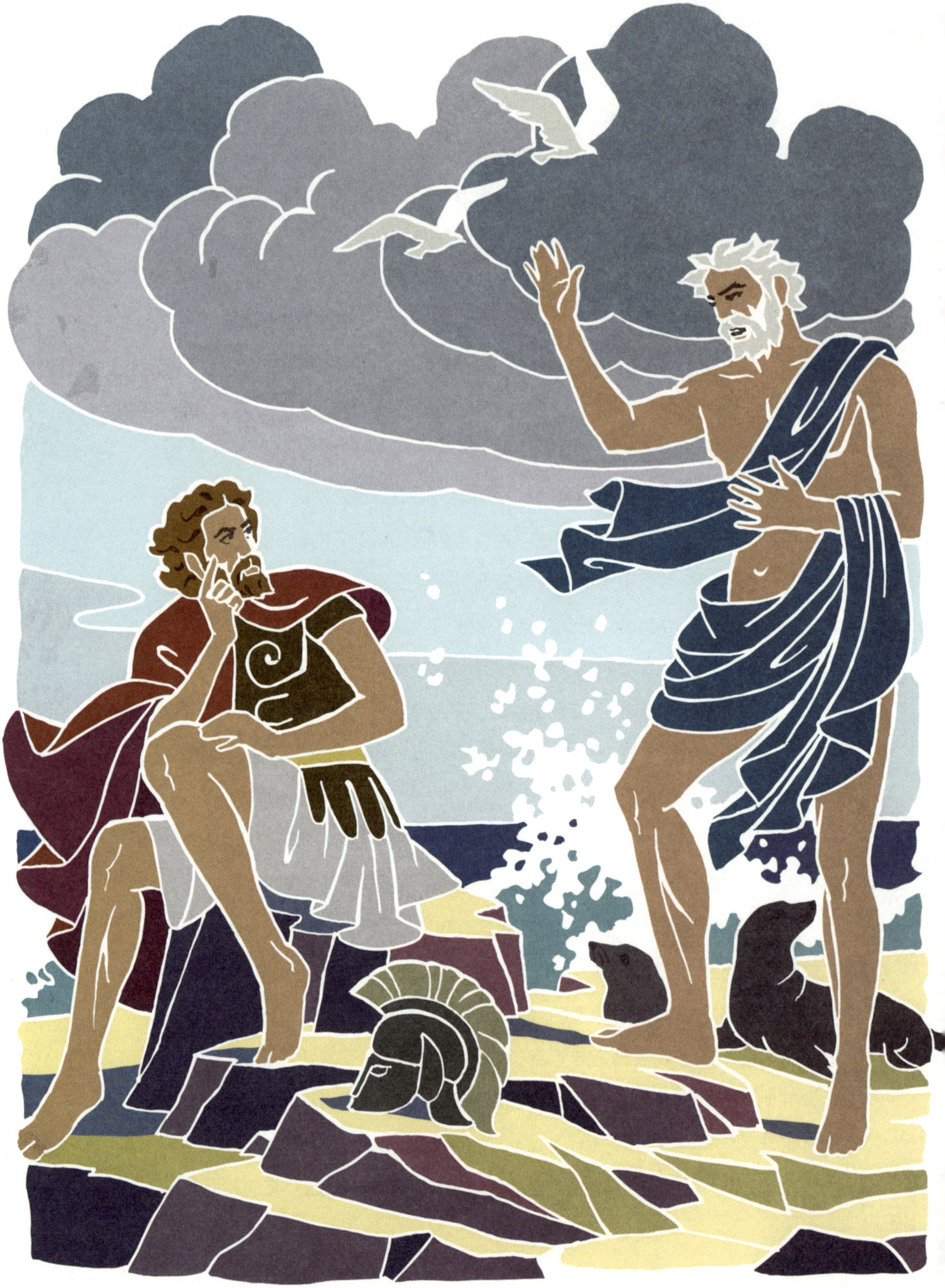

'我亲眼看见痛哭失声的他被囚禁在女神卡吕普索的岛上。虽然他渴望再次看到故乡，但女神是不会让他离开的。而且，这个不幸的人既没有船也没有水手，没法横渡大海。'

"至此，这位出没海洋深处的长者说完了所有关于你父亲的事，随后他就跳入水中，消失在了海浪之下。

"接下来，我命令我的同伴们备好船只，早上，我们就把船从抛锚处划出来，向尼罗河驶去，在那里向众神奉上了我们亏欠已久的祭品。之后，我们回到船上，众神的怒火已经平息下去，我们就此一路顺风顺水地回到了思念已久的家乡。这些就是我此前的冒险经历。但是现在，忒勒马科斯，请在我家住上十天左右，让我将你当作尊贵的客人来款待。我还为你准备了珍贵的礼物：一辆配有三匹快马的豪华战车，还有一只用来向众神祭酒的圣杯，这样你一生都会记得我。"

"敬爱的陛下，不必挽留我长久在此，"忒勒马科斯客气地推辞道，"您的故事真是太精彩了，我可以一直坐在这里听您讲下去，甚至把我的人民和家乡抛之脑后。但是我的船员还在皮洛斯等着我，我已经离开他们太久了。至于您要赠送的礼物，我一定会倍加珍惜的。不过，我不会从您这里牵走您的骏马。我的故乡既没有平原或草地可以供它们吃草，也没有开阔的大道任凭它们驰骋。我的国家虽然风景远胜平原地区，但道路坎坷崎岖。所有岛国都是如此，但伊萨卡岛的险峻壮美无与伦比。"

墨奈劳斯听闻此言甚是欣喜，他不由得抓住忒勒马科斯的手说："你真不愧是奥德修斯的儿子，难怪你说话这么伶俐。不如我给你换一件礼物吧，这只纯金镶边的碗可是赫菲斯托斯的杰作，也是难得一见的稀世珍品。它是我在西顿国王那里做客时他所赠送的礼物——现在它归你了！"

与此同时，在伊萨卡岛上，奥德修斯那座巍峨宫殿的庭院里，得意扬扬的求婚者们正在举行体育竞赛，以此来消磨时光。安提诺俄斯赢得了掷铁饼的比赛，而欧律马科斯则在标枪比赛中名列第一。

然而就在这时，船长诺蒙来了，他问道："欧律马科斯，你知道忒勒马科斯什么时候会回来吗？他借走了我的船，但现在我得出海去埃利斯，需要自己的船。"

诺蒙的话让所有人都又惊又怕，因为谁也不相信忒勒马科斯会真的扬帆远航，他们原以为他还在附近的哪个地方，或许在忙田里的事呢。

安提诺俄斯暴跳如雷，他气势汹汹地追问道："快说！他是什么时候离开的，谁跟他一起去的？还有一件事也得告诉我：他是霸占了你的船拿去用，还是请你帮他的忙借去用？"

诺蒙回答说："他向我借船，我就借给了他。当国王的儿子表明来意时，我们除了同意还能做什么呢？岛上最好的水手也和他一起走了。他们的向导看起来像是门托尔，但一定是某位天神所扮。不然为什么在我看到他和其他人一起出海之后，我昨天又能在镇上见到门托尔本人呢？"

说完，诺蒙就离开了，但他的话让求婚者们惊呆了，以至于他们完全忘记了正在进行的比赛。

满腔怒火的安提诺俄斯大发雷霆："你们现在都知道忒勒马科斯正在忙什么了吧？我们当时还以为他没胆这么做。当我们坐在这里的时候，这个乳臭未干的小子却已经干净利落地溜出了我们的手掌心，谁知道他会用什么样的手段来对付我们呢？！不过不用怕，他也不会有时间来坏我们的事。在宙斯的帮助下，我们可以一劳永逸地把他解决掉。来吧，备好一艘快船，我们挑出二十个人，由我来指挥，航行至萨墨海峡，在那里埋伏好等他回来。他要为他的愚蠢付出代价！"

他们都同意安提诺俄斯的计划，却被奥德修斯的传令官墨冬听到了，他跑去把此事告诉给珀涅罗珀。他敲了敲门，但还没等他开口，王后就出现在门口，大声对他说："传令官，是谁派你来的？你是来吩咐侍女为那些恶人准备筵席吗？但愿众神能让那顿饭成为他们临终的一餐！他们整天坐在这里，吞食我的儿子忒勒马科斯一出生就拥有的东西,就好像他们的长辈从来没有告诉他们奥德修斯是谁一样!奥德修斯从来没有刻意伤害过一个人,他从来没有对任何人恶言相加,他也从来不像其他国王,偏爱一些人却仇恨其他人。至于这些人,你可以从他们卑劣的行径中看到他们无耻的灵魂。他们对慷慨解囊的主人没有丝毫情义,这些忘恩负义的卑鄙小人!"

"我真希望情况不会更糟了,夫人,"墨冬毕恭毕敬地答道,"但现在他们正在谋划一件比这还要恶毒万分的事:他们计划杀死忒勒马科斯!而忒勒马科斯现在已经乘船去斯巴达,打听他父亲的消息了。"

珀涅罗珀听到这句话,膝盖都软了,她瘫坐在地上,心痛欲裂,很长一段时间她都说不出话来。最后她好不容易恢复了说话的能力,哀号道:"传令官,他为什么要离开?究竟是什么能让我的儿子在汹涌的海洋上冒险?这孩子想要王室后继无人吗?"

"我不知道,夫人,"墨冬回答说,"也许他是遵从某位神灵的指示行事,也许这就是他自己的决定。您放心,他可是您的儿子忒勒马科斯。"

珀涅罗珀伤透了心,把女仆人拿给她的椅子使劲推到一边,泪流满面地靠在门柱上坐了下去。

"你们为什么没有一个人来叫醒我呢?"她终于啜泣起来,"为什么不警告说我儿子要走了?也许我那时还有时间阻止他。别跟我说你们谁都对此一无所知!"

这时欧律克勒亚如实回答:"拿刀杀了我吧,我的夫人,如果您愿意,还请您恕我死罪。我知道忒勒马科斯的事,但没有告诉你。虽然当时我乞求他不要离开,我还是给了他食物和酒。他让我发毒誓,在他离开十二天之后才能把这件事情说出来,因为他不想看见您因为伤心流泪而容颜憔悴。"

束手无策的珀涅罗珀只能向雅典娜祈求庇佑。"伟大的女神,"她哭喊道,"看在奥德修斯曾在您神圣祭坛上献祭过无数肥壮牛羊的分上,我求求您,救救我的孩子,把我们从这些阴险、邪恶的求婚者手中解救出来吧。"

雅典娜听到了她的请求,但这些长久以来折磨珀涅罗珀的虎狼之徒已将他们的计划付诸行动,他们连夜赶至一个位于萨墨和伊萨卡岛之间的荒岛,设下两处埋伏。他们藏在那里,等待奥德修斯儿子的到来。

同一天晚上,对珀涅罗珀深感同情的雅典娜女神派珀涅罗珀的妹妹伊芙茜墨前去和她在睡梦中相会。

伊芙茜墨在梦中的虚影对珀涅罗珀说:"别这么伤心,姐姐,众神很欣赏你的儿子,他会平安归来。"

珀涅罗珀回答说:"我亲爱的妹妹,你是如何从千里之外来到我这儿的?你又怎么能劝我放下这让人发疯的悲痛呢?我先是失去了我的丈夫,这个世界上最出色的希腊男子,而现在,我那冲动鲁莽、年少无知的儿子,已经身处险地,敌人正等着他一回来就杀了他。我怎能不为我的厄运而哭泣,我怎能不因痛苦而伤心绝望呢?"

伊芙茜墨的虚影告诉她:"别害怕,姐姐!有雅典娜为忒勒马科斯带路和出谋划策,女神的力量是无可匹敌的,也是她亲自派我来这儿安慰你的。"

说完这些话,影子就渐渐隐去,从门口穿过,消失在外面的黑夜里。珀涅罗珀则继续酣睡,待她醒来,想起女神派来的梦中人,心情也轻松了许多。

# 第三章

## 返乡路上的奥德修斯

奉万能的宙斯之命，赫尔墨斯飞至俄古癸亚岛向女神卡吕普索传达众神的裁决：必须让奥德修斯踏上返乡之路。

赫尔墨斯长满羽毛的脚刚落地，就发现了女神栖居的宏大洞穴。洞中炉火熊熊，饱含树脂的木头经过炙烤散发出浓郁的香味。洞外的那片空地令人心旷神怡。树荫下凉风吹过，五彩斑斓的小鸟在林间欢唱，岩石间潺潺流动的泉水不时从各处流淌出来。赫尔墨斯沉醉于眼前的秀美景色，静静站了许久没有离开。

当他走入洞内时，看到卡吕普索坐在织机旁，一边织布一边唱着甜美的歌谣。但奥德修斯不在这洞中，此刻他正在海岸边，边流泪边眺望着大海尽头的地平线，像往常一样期盼着归家的时刻早日到来。

神灵们虽然住的地方都相隔较远，却不会因此而彼此生疏，所以卡吕普索一眼就认出是赫尔墨斯来了。

"是什么风把您吹到了我这片遥远的海岸上，亲爱的赫尔墨斯？请告诉我您的要求，我也向您保证，只要在我能力范围以内，我都能办好。不过，请先进来，让我为您接风洗尘。"

就在话语间，她已摆好了一桌神肴和仙酒。直到赫尔墨斯把嘴唇上最后一滴琼浆玉液也舔干净之后，他才转过身去，对美丽的卡吕普索说："你刚才问我为什么从远方赶来，说实话，是宙斯派我前来，我不得不来，虽然我很不愿意在这无边无际的大海上飞行。在这荒无、空旷的海上哪有供我们神灵享用的美味佳肴，空气中都闻不到祭品的芳香。现在不提这些，我来这里的原因就是你和一个凡人在一起。这个最不幸的人曾经征服了特洛伊，却在返家途中的海上失去了所有同伴，他独自一人被狂风巨浪扔到了这个岛上。宙斯想让他离开这儿。他说奥德修斯并非注定要永远和你在一起，他终究要再见到他深爱的故乡和人民。"

听到这些话，卡吕普索很不高兴。

她痛苦地回答说："你们这些住在奥林匹斯山上的众神都是一帮铁石心肠的家伙。你们只要看到我们这些不如你们的神仙和凡人相爱，心中就必定会嫉妒成恨。这就是阿尔忒弥斯为什么一箭射死俄里翁——因为有着粉嫩玉指的黎明女神厄俄斯为他的魅力所倾倒。宙斯出于同样的理由用闪电劈死了风华正茂的少年亚西翁，就因为他那卷曲的发辫让德墨忒尔喜欢上了他。这也是为什么你们现在无法容忍我也让凡人来做自己的伴侣。但别忘了，当初他正紧紧抱住一根破损的龙骨，被海水冲刷着，是我把他从汹涌波涛中救出来的。是我给了他东西吃，是我照顾他，也是我庇佑他躲开了波塞冬复仇的怒火。可正在我想把他变成不朽存在的节骨眼上，你就过来告诉我必须让他走！那么，既然我们谁也不能违抗宙斯的意愿，我就让他走吧。但是，他要怎么返回家乡呢？他甚至连一副船桨都没有，更不用说一艘船和开船的水手了。不过，一切皆有定数。我就再帮他一次，并告诉他如何回到他向往已久的家园。"

"那就按你所许下的诺言去做吧，卡吕普索，而且不要还想着拖延——否则宙斯会被激怒，那时你就麻烦大了。"说完这些话，赫尔墨斯就起身朝家飞去，留下伤心的卡吕普索去海岸边找寻奥德修斯。

卡吕普索看见奥德修斯坐在一块大石头上，一边凝望着广阔的海洋，一边泪流不止。她来到他身边，说道："别再哭了，奥德修斯，是时候让你回到你的亲人身边了。走吧，去拿斧子砍倒几棵结实的树来做木筏。把木筏两边修高些，这样就可免受海浪的冲击，然后你就可以乘坐这木筏下海航行了。我会给你准备面包、淡水和红酒，使你不会在旅途中缺水少食。我也会给你准备衣物抵御寒冷，还会刮起一阵微风，把你迅捷、安全地送回家乡，因为这是比我位高权重的神灵们所愿。"

奥德修斯听到她的话后，身体顿时僵住了。

"我不相信你！"他大声喊道，"谁知道你会如何算计我，夫人，让我去做一只木筏，冒着生命危险在这让最坚固的船都胆寒的大海上航行！不，我决不会这样做的，除非你发重誓来保证这一切不是阴谋诡计，不让我遭受比现在更大的痛苦。"

"狡猾的小子，"卡吕普索满怀深情地回答他，"你怎么能有这种想法？很好，我发誓，以大地、天界和神圣的冥河水为证，我的誓言是不朽的神灵最庄严的誓言。奥德修斯，我希望你一切顺利。我并非铁石心肠，我的心对你只会温柔。"

说完这些话，她转身回到了洞穴中的家，奥德修斯也跟着她返回洞中。进去以后，卡吕普索让他坐在桌子前，立刻在他面前摆好所有他喜欢的食物。卡吕普索坐在他对面，侍女端上了神肴和花蜜。当他们用完餐后，美丽的女神卡吕普索开始倾诉衷肠。

"奥德修斯，你就那么渴望再见到你的家乡和孩子吗？我不是反对你这样，当然——愿众神能帮你达成愿望。然而，如果你知道即将面对的困难和危险，就算你有多么渴望见到你想念已久的妻子，你也会宁愿永远留下来。不要说我的相貌不如她。一个凡间女子不可能在容颜和仪态上与我们女神一争高下。"

"相信我，尊敬的女神，"奥德修斯的态度缓和了些，"我明白，无论我的妻子珀涅罗珀有多么可爱迷人，她在您的面前都只会显得逊色。毕竟，她只是一个凡间女子，而您的绝世容颜永远不会因岁月和忧虑而消逝半分。我做梦也不敢拿她来和您相比。至于您提醒我的困难，我只想说：让它们来吧。我渴望归家的愿望是那样强烈，就算澎湃的波浪如群山压顶，我也会再与它们一决高低。我已经受了这么多的苦，这些挑战又能把我怎么样呢？"

次日早上，卡吕普索拿给奥德修斯一把双刃斧和一个磨好的锛子，领着他来到一片树林。在那里，女神带他找到高大挺拔的冷杉、杨树和一些其他的树木，因为这些树木的汁液早已流失殆尽，质地更适合用来制作木筏。

接下来，奥德修斯开始积极地投身制作木筏的工作中。他砍下几棵树木，然后把树干上的枝叶修剪掉，又把树皮剥去后做成圆木。然后，他用女神带过来的锥子在树干上钻上孔洞，再用绳索穿过孔洞把它们捆扎起来，做成了一个宽大又结实的木筏。为了保证在穿越大洋时木筏的筏面不潮湿，他在木筏的四周建起了坚固的木栏来阻挡波浪。

而后，他用另外一棵高大笔直的树干来制作桅杆，在上面绑好一只横梁；用卡吕普索送给他的强韧布匹缝制成了一副风帆，在横梁上扎好，再用结实粗壮的绳索把桅杆和风帆紧紧地固定好。

当这一切都已准备妥当后，他用杠杆把这只坚固的木筏从岸上推到了水中，这时已经花了他整整4天的时间。

第5天，卡吕普索亲自帮他沐浴，并为他换上了香气袭人的外袍。她在一个皮袋子里灌满了上好的红酒，又在另一个皮袋子中装满水，然后在一个麻袋中装满食物，这样奥德修斯在回家路上就什么都不缺了。临出发前，她召唤来一阵清风尾随奥德修斯而行，奥德修斯则欢喜地跳上木筏，向眼中噙满泪水的女神做了最后的告别。

奥德修斯娴熟地驾驶着他精心打造的木筏。卡吕普索拘禁了他8年之久的俄古癸亚岛，很快就消失在他身后的海平面上。

就这样，按照卡吕普索给他的忠告，奥德修斯在大海上航行了多日，一直保持着大熊星座在他的左舷位置。到了第18天的早上，海雾中隐隐现出一座大岛的山峰。这是斯开里亚岛，属于法伊阿基亚人的领地。

同一天，波塞冬也正从埃塞俄比亚踏上归途。虽然离家还很远，但当波塞冬靠近法伊阿基亚人的岛屿时，他那双敏锐的眼睛还是认出了奥德修斯，而后者正准备从那儿取道，轻松返乡。

"原来众神变卦，给他自由了！"他怒吼道，"但是我会让他见识一下什么是真正的麻烦，不然我就枉为海神了！"

说罢，波塞冬聚拢起一大片乌云，握紧他的三叉戟，把海水搅动起来，直至波浪滔天。随后，他推动自己身前的狂风，命令他们从东西南北四个方向一起向奥德修斯刮去。这场专门突袭奥德修斯的风暴可怕得令人难以置信。

奥德修斯经受了无比猛烈的暴风雨，累得膝盖发软，他绝望地呻吟着："唉！女神警告过我将面对无数严酷的考验，她说得真是一点没错。看看波塞冬在天空堆积了多少乌云，放出多少狂风来攻击我。真是在劫难逃，我的末日就要来了！同我相比，那些殒身在特洛伊城的同伴们是多么幸运！可谁知我竟跨过阿喀琉斯的尸体、在箭雨纷飞的战场中活了下来！倘若战死沙场，我就可以带着永恒的荣耀躺在神圣的坟墓里了。相反，命运注定我必将死无葬身之地，甚至没有一块墓碑提醒人们莱尔提斯那不幸的儿子身亡何处。"

这悲观的念头刚在他心里闪过，一排巨浪就赫然出现在他上方，转瞬间用可怕的力量猛烈撞击木筏，将他手中的船舵打得粉碎，他自己也被抛到了大海深处。狂风刮断了桅杆，又将风帆和横梁也卷入怒海狂澜之中。可怜的奥德修斯拖着湿透的衣服，不顾一切地挣扎着，奋力游向海面。

他终于从海里露出脑袋，大口大口地把吞进肚子里的咸涩海水拼命咳了出来，又用尽力气向他的木筏游去。在奋力穿越波涛之后，他伸手抓住了木筏，就在来势汹汹的怒浪马上又要将他抛回海中时，他一寸寸艰难地把自己挪上了木筏，逃出了鬼门关。在他刚爬到木筏中央时，一位海仙女从波浪中现出了身影。这位仙女叫作琉科忒亚，曾是一个名为伊诺的凡人，是卡德摩斯国王的女儿之一。

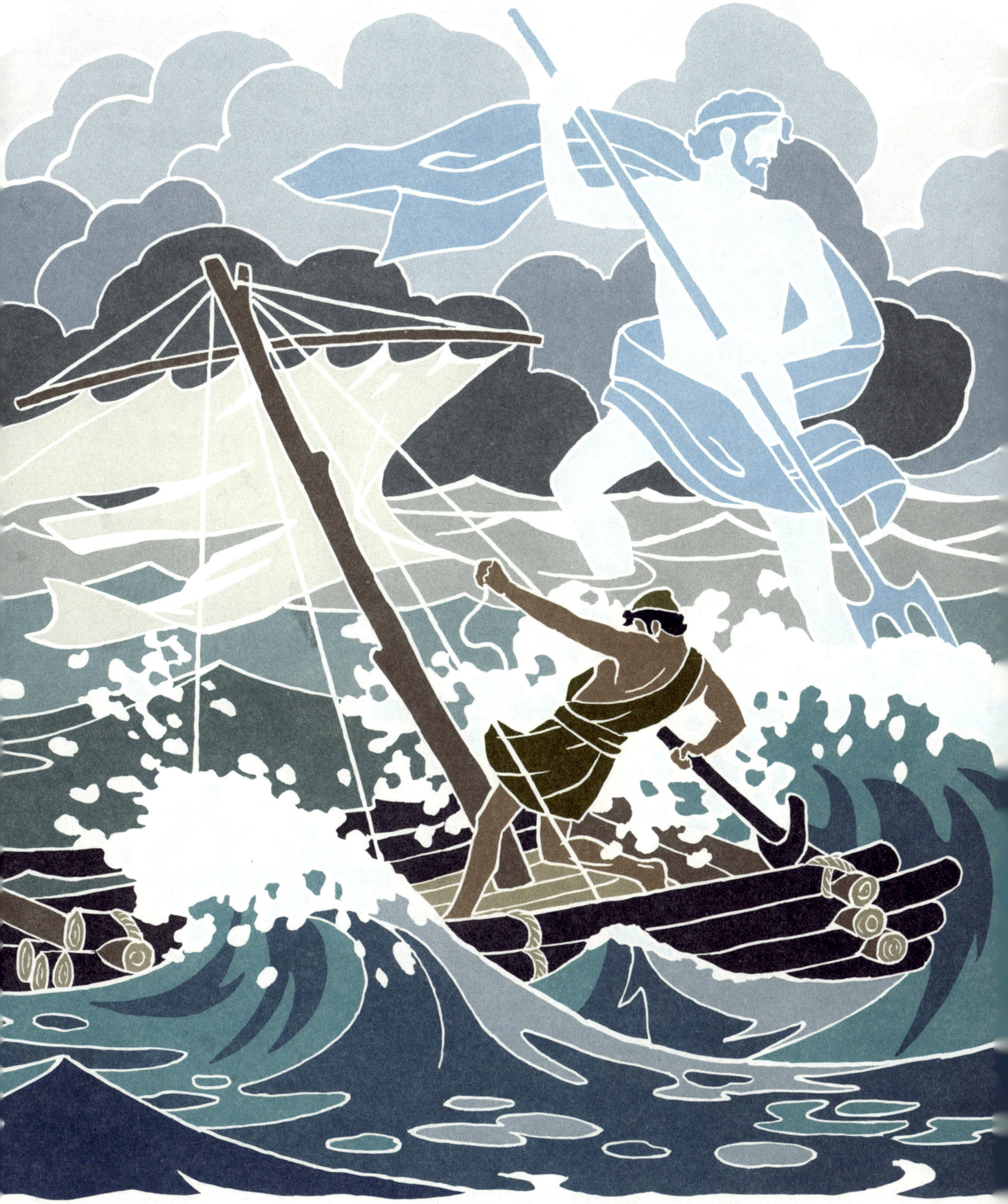

她一看到不幸的奥德修斯，心中就对他倍感怜惜，她轻盈地踏上木筏后说道："不幸的人啊！为什么波塞冬要如此残忍地毁灭你的希望？好吧，就让他发泄自己的怒火吧，因为还有一个方法可以让你拯救自己。把你的衣服都丢到海里，然后尽全力游向法伊阿基亚人的领地。如果你能顺利游到岸边，那么命中注定你会在这里平安无事。拿着我的面纱，把它系在你的胸前，这样你就不用担心溺水了。但是等你一上岸就立刻把它摘下来并扔回大海里给我，记住不要回头。"

琉科忒亚把神奇的面纱递给奥德修斯，然后潜入海里，消失在汹涌的海浪中。

奥德修斯仍半信半疑，心情又沉重起来："谁知道这仙女在告诉我要跳入这片怒浪的时候有没有设下什么陷阱？这次我不会上当了。海岸离得这么远，只要我身下这些做船板的木头不散，我就还待在我现在的地方；如果它们真的散架到什么都不剩了，那我就自己游过去。"

就在此时，波塞冬又掀起排山巨浪，狠狠砸向已经脆弱不堪的木筏。这木筏就如同风吹稻草一般，所有的木头立刻溃散开来。奥德修斯勉强抓住了其中一根圆木，像骑马一样跨在上面，然后忙乱扯下卡吕普索送给他的这身衣服，再展开那块有魔力的面纱覆在自己胸前。现在他已经别无选择，只能相信琉科忒亚给他出的主意。

波塞冬又看到了他，但这次他才愿意说："你走吧，该吃的苦头你也吃够了。游到岸边，看看有没有人愿意可怜你——至于你在我手上所遭遇的这一切，我希望你也能得到教训。"说完这些话，他扬鞭抽向他的马，向着自己在爱琴海底那座金碧辉煌的宫殿狂奔而去。

波塞冬一走，雅典娜就赶忙跑来帮助这位饱受摧残的英雄。她立刻让所有狂风停止呼啸，只留下北风把他推向法伊阿基亚人的领地。奥德修斯在波浪起伏的海水中奋力挣扎了两天两夜，在这期间他和冥河渡神卡戎所打的照面何止千百次啊。到了第三天黎明时分，他发现了一座绿树覆盖的岛屿，不由得心情轻松了许多。他使出自己残存的力气快速向海岸边游去，但当海岸近在咫尺时，他看见了大片的泡沫，这是海浪冲击尖锐的岩石形成的碎浪所致。

"麻烦又来了！"奥德修斯叹息着，"这些礁石就像匕首般锋利，而拍岸的浪潮又猛烈地冲向它们。这里也没有一处沙滩，如果海水把我冲到石头上我就完蛋了。就算我游到平坦的海滩或者河湾，回头浪也会把我拉回海里，因为我看得出，海神的怒火还没有平息下去。"

他嘴里刚说完这句话，一个滔天巨浪就将他高高卷起，将他扔向利齿一般锋利的礁石。要不是雅典娜告诉他如何去做，他早已在礁石上粉身碎骨。他如闪电般紧紧抓住一块礁石，并紧紧地攀附其上。

但是，吐着泡沫的漩涡又开始回吸，把奥德修斯拖入了更悲惨的险境：一股涡流吞没了他，并把他拉入海水深处。他的英雄人生差点就在此终结，幸亏雅典娜帮助他重新浮出水面，游过那可怕的泡沫漩涡，直到他彻底远离了那片死亡海岸。

不久，在浪头上漂流的奥德修斯终于看到了一条河流的入海口。"如果我能游到那里，我就得救了。"他自我鼓励着，并用尽所剩的力气游了过去。快到河湾时，他大声喊道："河神，不管您是谁，救救我吧！请救我逃过波塞冬的怒火，我会永远祭拜您！"

河神听到了奥德修斯的呐喊，放慢了波浪滚滚流动的脚步，河面变得像水池一般波澜不惊，筋疲力尽的英雄这才蹒跚地上了岸。他双腿发软，屈膝坐了下去，头埋得低低的，口中、鼻中喷出了好几股水流。他跪倒在地，上气不接下气，四肢都疼痛难忍。最后，他终于还是吸上了几口气，无力的心脏又重新恢复了平稳的跳动。他解下绑在胸前的神奇面纱，把它扔回海水中。

水流带着面纱很快流到琉科忒亚的手中，奥德修斯此时弯下了腰，激动地亲吻着大地，不敢相信他得救了。不过他的心情有些沮丧，因为他现在赤身裸体，而寒冷的夜晚即将到来。他在附近搜寻可以蔽体的东西，总算找到了小山上的两颗橄榄树。这两棵树距离很近，它们的树叶也足够浓密，可以让他抵御夜里的刺骨寒气。他还发现在树下的地上堆满了厚厚的落叶，他满怀感激地在落叶中挖了一个洞钻了进去，把整个身子都埋在这些树叶形成的毯子里。现在他终于可以度过一个温暖的夜晚，不再害怕强劲、冰冷的北风。雅典娜也来到他的身边，帮助他合上眼睛，把甜美的睡意注入他疲倦的身体。

当夜色笼罩了大地、奥德修斯也已沉睡时，雅典娜前往法伊阿基亚人的王宫，也就是著名的阿尔基努斯的宫殿。在一间富丽堂皇的房间内，国王美丽的女儿瑙西凯厄正在雕花大床上酣睡。

女神俯身在她的枕边吹了口气，于是瑙西凯厄就梦到了她最亲密的朋友，杜马斯的女儿走到她床头向她说道："起来吧，瑙西凯厄，你把你的漂亮衣服都放着不洗，是不是着实太懒惰了呀？你还得穿这些衣服不是吗？你已经到了婚嫁的年龄，很多名门之后都眼巴巴地想娶你做新娘，所以，你时时刻刻都得打扮得漂漂亮亮的，还得准备好婚礼上要穿的精绣礼服。现在去找你父亲，请他为你备好马车，这样你就能用它来装你的衣服、被单和其他要洗的衣物，然后我们一起去河边好好把它们清洗干净。"

瑙西凯厄早上醒来时，梦里的事仍记忆犹新，所以她径直找到父亲阿尔基努斯，说道："父亲，请让人把马车备好，这样我就能带上衣服去河边洗干净。毕竟您在王庭会见其他贵族时也必须身着整洁的衣服，而我的兄长们参加舞会时也得穿干净衣服，照管这些事情是我的职责所在。"

瑙西凯厄羞于言及喜庆的婚事，但是她父亲领会了她的真实想法，于是命人备好一辆套着两匹骏马、结实、宽敞的马车。瑙西凯厄随即带来衣物，把它们装上马车，而她的母亲则拿给她食物和美酒，还递上一瓶芳香的精油以供她和侍女在洗完衣物、沐浴时使用。瑙西凯厄爬上车，抓紧缰绳，鞭子一扬，马车就在几个侍女的跟随下出发了。

到了河边的洗衣池，姑娘们给马卸下挽具，放它们吃草去了。然后她们把脏衣服堆在水槽里，开始比赛谁洗得快。很快，所有的衣服就都洗得干干净净。在把衣服摊开晾晒在岸上的鹅卵石上后，她们都跳进河里开始洗澡，然后在身上擦好带来的精油。她们对自己的劳动非常满意，于是开开心心地坐下来吃东西。

用完餐后，她们又决定打会儿球。天气如同姑娘们的笑脸般明媚可人。在这群少女中，瑙西凯厄超凡脱俗，她站在众人当中就好像阿尔忒弥斯被森林仙女簇拥着一般。她嘴里哼着歌，把球抛向空中，游戏就开始了。

欢乐的时光总是很短暂，不久衣服都晒干了，她们也该收拾衣物回去了。附近的奥德修斯从前一天晚上开始就一直酣睡着，女孩们的呼喊声和欢笑声也丝毫没有吵醒他。无数个不眠之夜带给他的疲倦仍让他睁不开眼，但雅典娜并不打算让他再继续睡下去。

当再次轮到瑙西凯厄抛球时，她手一滑，球随即落入河中。她当时扔球的姿势是如此的笨拙和滑稽，以至于其他人都忍不住哈哈大笑，这笑声终于惊醒了沉睡的奥德修斯。

"我到底在哪？"他问自己，"是在一个民众野蛮且未开化的地方，还是一个大家明白事理、是非分明的地方？我想我听到了少女们可爱的声音。她们究竟是水中的仙子，还是凡人的女儿呢？"一心想找到答案的奥德修斯从他藏身的落叶当中钻了出来，只不过他还是一丝不挂，他该如何走到女孩子声音传来的地方呢？

但是，就好像无人能阻止一只饥肠辘辘的狮子扑向它刚发现的肥鹿一样，奥德修斯决定铤而走险。他折下一段满是树叶的树枝遮住身子，径直向那群女孩子走了过去。

女孩子们一看到奥德修斯都惊慌失措，海上的搏命之旅让他浑身裹满血迹和盐渍，他看上去像个野人，女孩们都吓得四散逃跑，纷纷躲到树林里去了。她们当中最超凡脱俗的瑙西凯厄却纹丝不动，因为雅典娜赋予了她勇气。奥德修斯向她走过去，他最初的想法是跪在她脚下，再用手抱住她的膝盖求助。但最后他还是决定只同她交谈，以免拥抱的做法冒犯了她。

他的措辞十分谨慎，讲话温文尔雅却又令人信服。

"高贵的少女，无论您是谁，还请帮助我。如果您是女神，我会把您比作宙斯的女儿阿尔弥忒斯，因为您的优雅和美貌和她是如此相像。如果您是凡人，那您的父母兄弟真是幸运，当他们看到您的非凡气度该会有多么高兴！当然，能娶您为妻的人就更幸运了。请原谅我这样跟您说话，但这是我第一次看到您这样非凡的姑娘，也不知道自己都说了哪些唐突的话。我以前只在得洛斯有过类似的经历。当时我在阿波罗的祭坛看到一棵挺拔的橄榄树，它那傲然挺立之美让我为之惊叹又目瞪口呆，就像刚刚我看到您一样。我是一个深陷困境的人，但我实在没有勇气跪在您面前，抱着您的膝盖哀求帮助。整整20天，我一直在波浪中饱尝颠簸之苦，直到昨天，命运把我抛到了这岸边。我不知道自己在哪里，而您是我见到的第一个人。我恳求您，给我一些不要的旧衣服来遮遮身子，告知我城市的方向。为了报答您的恩情，愿众神能满足您内心所有的愿望：找个好丈夫，建立一个美满的家庭，夫妇心意相通，因为这世界上没有什么比一对恩爱的夫妇更美好。这幅两情缱绻的画面会让他们的好友充满欢欣，让他们的敌人充满嫉妒。"

"异乡人，"瑙西凯厄回答，"看起来你似乎并不是一个普通的流浪汉，但是宙斯总是在他认为时机恰当的时候给人带来欢乐或者痛苦，而我们只有耐心地承受这一切。既然你已经来到此地，我们就不会袖手旁观。我们会给你衣服穿，带你到城市去，因为你脚下的这片土地属于我们好客的法伊阿基亚人。我们的君王是声名显赫的阿尔基努斯，而我能做他的女儿是三生有幸。"

说完这番话，她大声招呼着侍女们："到这里来！你们为什么要逃跑？这个人并无恶意，他只是个需要我们帮助的漂流者。宙斯把这个可怜、不幸的人送到我们这儿，即便我们只能略尽绵薄之力，我们都会高兴地去做。都过来，让

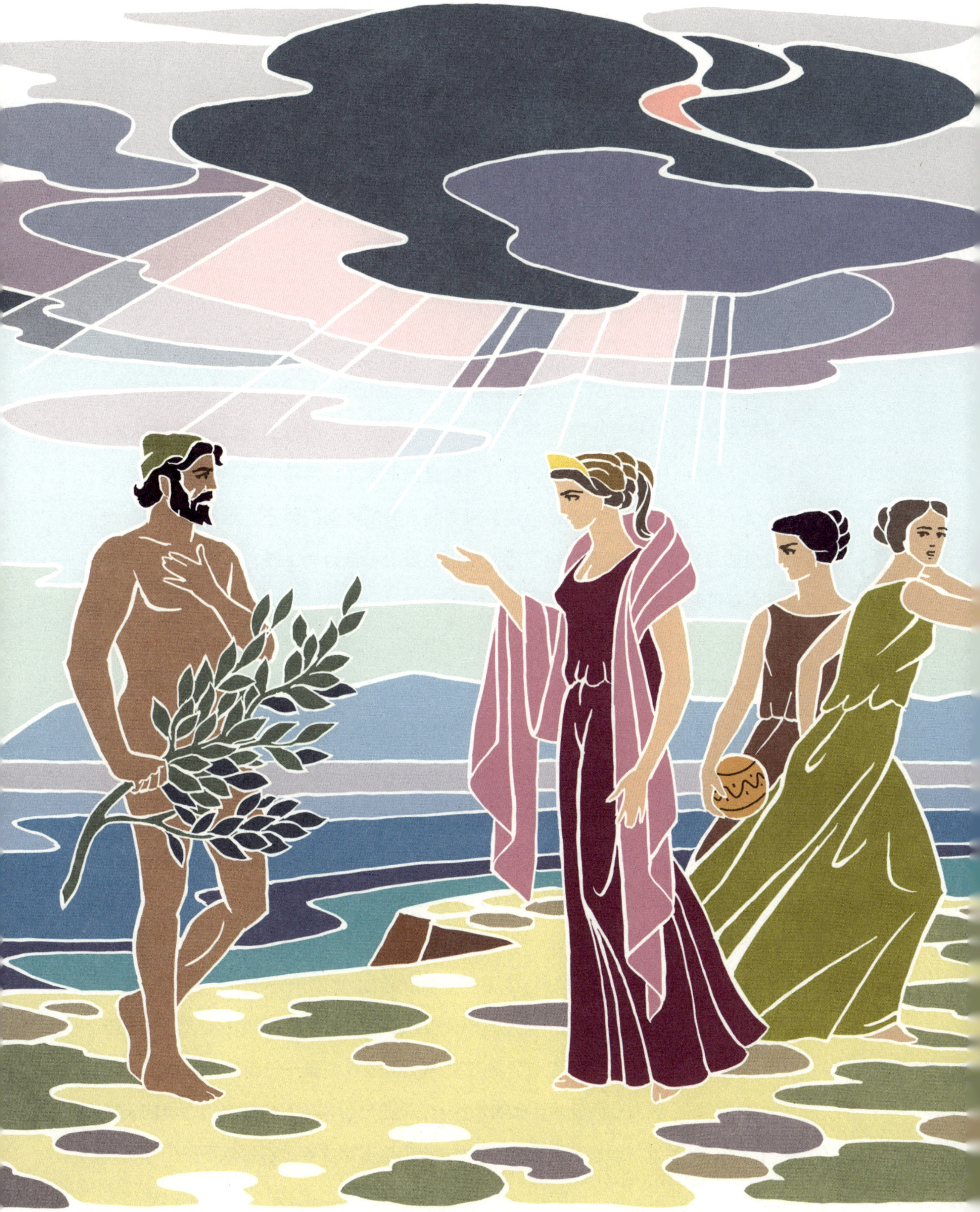

我们帮这个可怜的家伙在河里清洗一番。"

侍女们随即都跑了过来，领着奥德修斯来到一个搭有顶棚和隔挡的水池旁，给他拿来衣服和一罐用来涂抹身体的油膏，告诉他可以开始洗澡了。

"请你们先到旁边稍事休息，"奥德修斯请求她们，"我不好意思在你们这些美丽的少女面前赤裸自己的身体。"

女孩们都退下了，奥德修斯开始清洗自己。他把他宽阔的肩膀和强壮的手臂上结成硬壳的盐块刮了下来；接着，他把水浇在脸上，开始搓揉头上的卷发，直到头发再次露出原本的光泽；当他将身体洗得清爽干净后，他又涂上了油膏，穿上了姑娘们留给他的衣裳。现在他全身干干净净，穿着漂亮的礼服，已经完全变了样。奥德修斯本就是一位英俊潇洒、风度翩翩的男子，雅典娜又赐给他魁梧的身材和堂堂仪表。所以当他从水池里出来走到岸上时，姑娘们都以崇拜的眼神盯着他看。

"一定是宙斯把这个人送到我们岛上来的，"瑙西凯厄惊叹道，"我刚见到他时，他样貌丑陋可怖，现在却如同天神下凡。要是那个能娶我为妻的人长得像他一样就好了！来吧，我的姐妹们，给他拿些吃的喝的来。"

侍女们很快给他端来了食物和酒，奥德修斯迫不及待地开始狼吞虎咽，多日没有进食的他很快就把这些酒饭风卷残云般一扫而光。

等他酒足饭饱后，瑙西凯厄对他说："异乡人，现在让我们一起回城里去拜见我的父亲吧。但是请一定要跟在我身后，混在人群里。等我们快到时，你先在树林里等一会儿，然后再自己一个人出来，绝不能让人们看到我和你在一起出现。法伊阿基亚人都是好人，他们爱好和平，勤劳努力。他们只关心船、桨、帆这类东西，并不喜欢武器；但他们中还是有不少搬弄是非的人，我可不想被他们议论'陪瑙西凯厄的那位英俊男子是谁？她在哪遇见他的？你觉不觉得她想让他娶自己为妻？他是个因海难而流落至此的外乡人，还是一位降落凡尘要娶她为妻的天神呢？无论他是谁，都肯定不是我们本地人。那么多想要娶她的贵族子弟们都无一例外地被她拒绝了，她竟然去选了个异乡人回来'。他们尽会说这种话，听了叫人心烦。因为我和他们一样看不起那些不尊重自己父母、不征询他们的意见就做决定，还有那种甚至还未结婚就去和男人睡觉的女孩子。所以，请在我告知你的地方停留片刻，然后再到城里来。等你到了以后，打听去我父亲的宫殿怎么走，这是不费吹灰之力的事情：小孩子也能告诉你宫殿在哪儿，你也不会认错地方，因为最富有的贵族的豪宅在国王阿尔基努斯的宫殿面前也会黯然失色，不值一提。当你穿过庭院后，就进入大厅，穿过起居室，直到找到我的母亲阿瑞忒王后。你会看到她坐在壁炉旁，把蓬松的纱线卷成线团；在那里，你还会看到我的父亲坐在他的宝座上喝酒。然而，如果你想很快再见到你的亲人，就径直去找王后吧，把手搭在她的膝盖上，恭敬地求她帮助你。如果她怜悯你，那么你就有希望在不久之后看到你思念的故乡，不管它离这里有多远。"

说完这些话，瑙西凯厄上了车，扬鞭策马，在这位异乡人和侍女的陪同下回家去了。

当接近城市时，奥德修斯按照瑙西凯厄说的停了下来。等他独自一人的时候，他开始祈求宙斯的女儿雅典娜女神。

"战无不胜的纯洁女神，"他祈祷着，"在波塞冬执意要淹死我的时候，您听不到我的呼喊。所以现在请听我说，请您保佑法伊阿基亚人同情我、关爱我。"

雅典娜听到了他的请求，却并未现身相见，因为她对那位统辖海洋的伟大天神有所忌惮，也明白他会如何无情、狂暴地追击莱尔提斯不幸的儿子。

等待了足够的时间，奥德修斯才继续前往那座城市。他刚穿过城市的主门，雅典娜就来给他指路。不过她并没有现出真身，而是变为一个似乎碰巧路过的女孩。奥德修斯一看到她，就向她打听国王阿尔基努斯的宫殿坐落在什么地方。

"我遇到海难了，是个外地人，"他补充道，"想寻求国王陛下的帮助。"

这女孩回答道："我也正往那个方向走，正好我们家就在那附近。跟着我走，我来带路。但是不要和你在路上遇见的任何人说话，法伊阿基亚人是非常出色的航海者。他们的船迅如飞鸟,快如闪电,世界上没有他们不能到达的角落。"

说完这些话,她就继续朝前走,奥德修斯则在后面跟着。女神用一团迷雾将他罩住,这样法伊阿基亚人就都看不见他了,奥德修斯却能看见所有人和整座城市。看到港口和停泊其内的船只,他心生敬佩之情;而在城市的广场上交谈的长者们也令他注目许久,赞叹不已。

当他们到达国王的居所时,雅典娜告诉他说:"这就是你要找的宫殿。大胆去吧,别怕。因为勇敢的人总能迅速完成最艰难的任务,即便他从远方来。但是记住,你必须先寻求王后的帮助,她的名字叫作阿瑞忒,而且,同国王阿尔基努斯一样,她也是神灵的后代。国王对她珍爱有加,世上没有哪个女子能得到这么多爱。其实我们所有人都敬爱她,因为只要她觉得这人正派,她就一定会慷慨相助——所以,她也会帮助你的。"

说完这些话,女神转身离开,而奥德修斯则鼓起勇气,继续朝王宫走去。当他看到如高塔般矗立的宫墙时,不禁停下了脚步,眼前的王宫让他大开眼界:整个建筑物在阳光下熠熠生辉,因为墙壁都是青铜所筑,边上还镶有闪亮的水晶,王宫的大门和屋顶都是用纯金铸成。

在宽敞的入口处,站着两名不用睡觉的"卫士",它们是赫菲斯托斯打造的一只金狗和一只银狗,赫菲斯托斯已经将不朽的生命吹入它们体内。跨过门槛,奥德修斯在王宫里看到的财富和美景更是让他眼花缭乱。

靠墙摆放的一些雕刻精美的宝座,是专供法伊阿基亚的大人物使用的。在雅致的底座上站立着数尊黄金雕像:几名青年人高高举起熊熊燃烧的火炬。就在奥德修斯欣赏皇宫的美景时,他看到了国王和王后,就赶忙朝他们走了过去。

快走近时,雅典娜罩在他身上的迷雾已经逐渐消散,他奇迹般地出现在大厅里,每个人都惊讶地望着他。奥德修斯上前两步,双手搭在王后阿瑞忒的双膝上,开始向她祈求帮助。

"伟大的王后啊,"他说,"我处在极端的困难之中,我现在跪倒在您的脚下,跪倒在您的丈夫、尊敬的法伊阿基亚人英明的国王脚下，跪倒在今天在座的各位尊贵的大人脚下，我恳请您帮我踏上归途——因为这么多年来，我一直与家乡的亲人分离，在海上的风暴中颠沛流离。"

倾诉完自己的苦楚之后，奥德修斯走到火炉边的灰烬里坐下。大厅里沉默下来。最后，智慧超群、德高望重的老厄刻纽斯率先打破了沉默，他站起来道："阿尔基努斯，我认为让客人坐在灰烬里不是待客之道。如果我们谁都没有说话，那是因为我们都听从您的意见。但请他起来吧，陛下，叫他在镶银的宝座上坐下来，然后叫侍从给大家倒上美酒，让我们一齐向避难者的保护神宙斯献上这杯酒。"

听到这里，阿尔基努斯站起身来，握住奥德修斯的手，让他在自己身旁的宝座上坐下，这个位子平常都属于他最疼爱的儿子拉俄达玛斯。酒饭很快就给客人呈了上来，每一个酒杯里也倒上了酒。

大家都向宙斯祭了酒，等异乡人奥德修斯吃饱了，国王才起身说话："大家听着，法伊阿基亚人的首领们都听好了，现在时辰已晚，本该是我们就寝的时间。但是明天早上，我们还要召集本地的其他显贵一起来欢迎这位可怜人，我们欢迎的方式连宙斯看了都会羡慕不已。我们要杀两头公牛来祭神，等我们都吃饱喝足以后，就来商讨如何让我们的客人回到他的故乡和亲人团聚——当然了，除非他像古时不朽的神灵那样，来我们这里享用美宴，那就另当别论。正如库克洛普斯是提坦的后裔，人类也是神祇的子孙。"

"英明的阿尔基努斯，"奥德修斯回答，"请不要把我和天神相提并论，我和其他在残酷的命运里挣扎的受害者没什么不同，不朽的神灵对我的残酷打击远远超出普通人的想象。我只想恳求您一件事：请您天一亮就送我回到我的故乡，我热切地期望见到我的家人，唯有这样我才能死而无憾。"

听到他这番话的人无不为之动容，都希望能够帮助他。当众贵族都告别返家后，大厅里就只剩下奥德修斯独自与国王及王后在一起。阿瑞忒认出了异乡

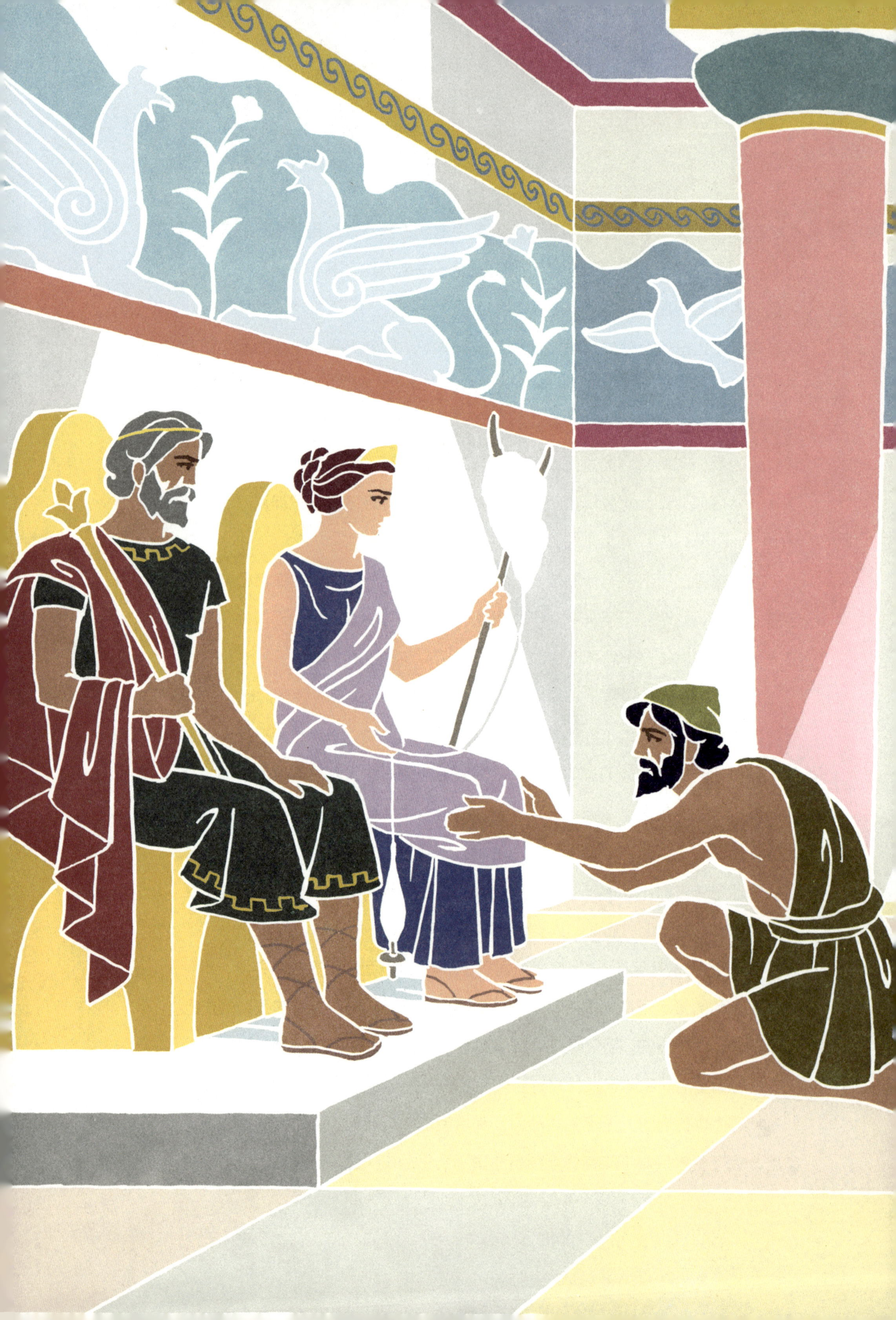

人所穿的衣服正是由她自己亲手缝制，于是问道："现在，我的客人，我要亲自问你的第一个问题是，你从哪来？是怎么到我们国家的？还有，你身上穿的这件外衣是谁给的？因为我记得你说你一直在海上漂流。"

"尊敬的王后殿下，"奥德修斯回答说，"想要把众神降到我头上的无数灾祸全告诉您实在太难了，但是我可以回答您我是怎么来到这里以及您的其他问题。"

于是，他开始讲述自己的悲惨遭遇，从他被风暴冲到卡吕普索的岛上开始讲起，一直讲到海浪把他赤条条地扔到法伊阿基亚的海岸边为止。他还告诉了王后瑙西凯厄遇见他时非常冷静和友善，他现在所穿的衣服也是瑙西凯厄给的。

"我现在已经把所有实情都告诉您了，夫人，"最后他说，"虽然重述经历真的让我心里非常难受。"

"异乡人，"阿尔基努斯插话了，"你说到了我女儿的善良，但她让你自己到这里来可真是做得不妥当。"

奥德修斯以他一贯精明的方式为瑙西凯厄辩护。

"陛下，请您不要生她的气，"他争辩道，"是我让她这样做的，因为我害怕当您看到我和她在一起时会不高兴。"

"异乡人，"阿尔基努斯回应道，"我从不会无缘无故地生气。只是你是如此通情达理，我都想让你娶了这孩子，让你来做我的女婿。但是我也不能强留你在此，明天早上我安排好一切，以确保你一路顺利、安全快速地抵达你的家乡。我们的船只用一天时间就可以航行到欧波亚岛。但是我跟你炫耀什么呢？你很快就能亲眼看到我们的舰队是多么出色，驾驶这些航船的水手又是多么勇敢。"

次日，晨曦微露时，所有人都聚集到了城市广场上，阿尔基努斯把奥德修斯介绍给了所有的贵族。

"请听我说，法伊阿基亚的首领们，"他呼喊道，"这位异乡人，虽然我还不知道如何称呼他，但我知道他是为海浪所逐，不得已流浪到我们这里。他请求我们帮助他返回自己的国家。我们从未拒绝过任何一个向我们寻求帮助、想要回家的人的请求，所以，让我们派出一艘优良迅捷的船和50个我们最强壮的水手，明天就送他踏上回家的路。不过现在让我们都前往王宫吧，让他享受一下我们好客的热情；另外派人去请吟游诗人德摩多科斯，用他的甜美歌喉为异乡人和我们助兴。"

于是大家一同来到了宫殿，那位著名的吟游诗人也应邀前来。缪斯女神给了他歌唱的天赋，却又让他饱受折磨：她赐予了他美妙的嗓音，却让他双目失明。随后，一位传令官领着他走进大厅，带他坐在饰有银钉的凳子上，凳子摆在一个高大的柱子旁，这样他还可以倚靠柱子来休息一下腰背。

大家都入座就餐，当所有人都酒足饭饱后，现场的气氛触动了德摩多科斯，他想要高歌一曲。他取下竖琴后，开始吟唱希腊人的故事，说的是他们刚刚抵达特洛伊时，奥德修斯和阿喀琉斯之间爆发了激烈的争吵。阿伽门农刚听到这消息时很高兴，因为曾有一位先知预言他的军队里最出色的两员大将争斗之时，就是伊利昂（即特洛伊）陷落之日。可是他高兴得过早，因为预言所指的争端比这个要严重得多，那争端也注定要给希腊人和特洛伊人都带来深重的苦难。

奥德修斯听着德摩多科斯的唱词，再也忍不住自己的泪水，急忙用衣角遮住脸。当歌唱完，奥德修斯擦干泪水后才把头露了出来。但是，贵族们还想听听吟游诗人继续颂唱特洛伊的往事，所以，当德摩多科斯再次拿起竖琴时，奥德修斯只好又一次把自己的面庞遮掩了起来。大家都没有留意到他的举动，但是阿尔基努斯注意到了，因为他就紧挨着奥德修斯坐着，他听到了奥德修斯的抽噎声。

于是善解人意的国王马上起身，对其他人说道："既然我们已吃完了饭，也享受了美妙的歌曲，就让我们在运动上显显身手吧，也好让我们的客人在安全返乡后，能多讲讲我们法伊阿基亚人是多么擅长跑步、跳跃、摔跤和拳击这些运动。"

听闻此言，大家都站起来尾随国王走出大厅，很多优秀的年轻人都参加了比赛。其中就有阿尔基努斯的三个儿子，领头的就是刚刚赢得了拳击比赛的拉俄达玛斯。这位年轻的获胜者转身示意其他人问问奥德修斯是否也想参加比赛。

"他看起来身强力壮，"他说道，"虽然他经历了这么多灾难和痛苦，在大海里的漂流最容易把人累垮，但是他看起来还是很健壮。"

大家对他的话纷纷表示同意，于是拉俄达玛斯邀请奥德修斯来参加比赛，希望他能忘却那些烦心事。

"我的烦恼可没那么容易忘掉，"奥德修斯回答，"就别管我了，我恳请您，我现在只想回到故乡。"

而刚赢得摔跤比赛的一位贵族，欧律阿罗斯则非常鲁莽地插嘴说："不，异乡人，你看上去不像喜欢运动的人。我觉得你更像是一个商人，那种带着货物漂流四海、为了攫取更多利益而不择手段的家伙，像你们这种人当然不会喜欢竞技比赛。"

奥德修斯恼怒地瞪了一眼欧律阿罗斯，回答道："注意你的言辞，阁下。我们都知道众神不会让一个人十全十美——不会让你既有英俊的外表、理智的头脑，又有非凡的力量和雄辩的口才。举个例子来说，一个人可能相貌平平，但当他开口说话时，听到这些话的人无一不洗耳恭听，啧啧称奇，就好像他是某位神灵一般；而有的人可能生来仪表堂堂，但是讲出来的话一无是处。你就是这么一位年轻的美男子——你有着众神也艳羡的外表，但提及智商，你则脑中空空。你的无礼已经冒犯到了我，现在我得让你明白我绝非你所想的那种人。我也赢得过属于自己的辉煌，但是悲伤和痛苦已让我疲惫不堪，更别提我在战争和海上所经历的种种磨难。即便如此，我还有些余力，所以，我也愿意比试一下——因为你的侮辱已经刺伤了我的心。"

说完，他连衣服也没脱就一跃而起，抓住一只沉甸甸的铁饼，比法伊阿基亚人刚刚扔的铁饼要大得多。奥德修斯奋力将它抛了出去，它旋转着破空而行，与空气摩擦出尖锐的呼啸声，最后落在一处远远超过其他选手成绩标记的地方。

在铁饼落地后，雅典娜变成了一个年轻人，跑去标记它最终落地的位置。"就算是盲人也能找到你的铁饼砸出的凹坑，"她兴奋地叫嚷着，"哇，这么深，这么远，明显超出了其他人。祝贺你，异乡人！这里没人是你的对手。"

奥德修斯很高兴听到这样的赞美之词，一瞬间将自己的烦恼都抛诸脑后，开始向法伊阿基亚人发出了挑战："如果你们有本事超过我，下次我一定扔得更远。但是我警告你们，欧律阿罗斯惹得我心头火起，所以看看谁有胆量能在摔跤、拳击、赛跑，或者任何你们指定的项目上挑战我——当然了，拉俄达玛斯除外，我还没有无礼到在主人家里来挑战他的地步，尤其是他已经对我表现出了如此大的善意。至于其他人，谁上来我都会接受挑战，我也会让任何敢与我一争高下的人明白，我在体育竞技方面绝非等闲之辈！给我一张弓，我能在一大群敌人中射中任何目标。要知道，当年在特洛伊征战的所有人当中，只有菲罗克忒忒斯的射术比我精湛；至于投掷标枪，我也是所向披靡。所有运动里我唯独担心跑步，因为多年在咸涩的海水里颠簸，我的肌腱不再那么强韧了。"

听闻此言，所有法伊阿基亚人都静默地站在原地，最后还是阿尔基努斯打破了沉默。

"你完全有权说刚才那番话，"国王说道，"因为你受到了侮辱，希望能展示你的勇气。我保证不会有任何人敢再说你的坏话！但也请听我一言，宙斯赋予了我们法伊阿基亚人很多才能，我们也许不是最擅长摔跤和拳击的人，但没有人能在跑步、划船或者任何与船有关系的运动上与我们相匹敌。我们还喜欢跳舞、穿精美的衣物、洗热水澡、睡舒适的床！来吧，同我们最出色的舞者一起跳个舞吧，快来人，去王宫把德摩多科斯的竖琴拿来。"

很快就有人拿来了竖琴，所有人都站到一边，腾出了跳舞的空地。德摩多科斯站在最中间，其他年轻人手拉着手围成一圈。音乐声一响，他们就卖力地跺脚跳起舞来，仿佛脚底着了火似的跳得飞快。奥德修斯目不转睛地站在那里，

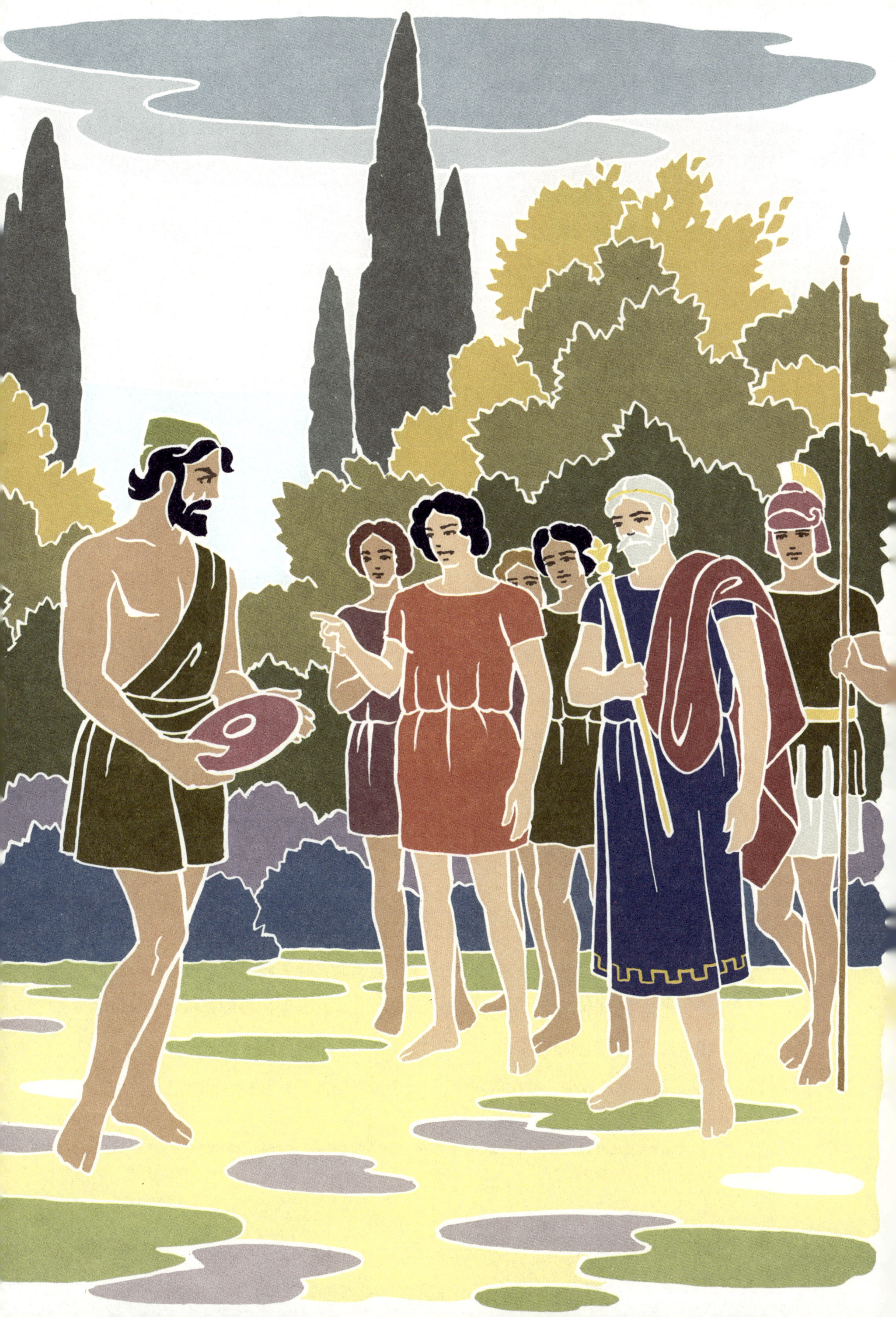

对他们的舞姿赞叹不已。

接着，德摩多科斯颂唱了诸神的故事，他的歌声告诉人们阿瑞斯是如何被阿佛洛狄忒迷得神魂颠倒，以及她的丈夫赫菲斯托斯是如何用一张隐形的网困住这对偷情的男女。

奥德修斯和法伊阿基亚人听到这歌声都很开心，然后阿尔基努斯让他两个儿子，哈利俄斯和拉俄达玛斯来向众人展示他们在舞蹈方面无与伦比的技巧：一个人手拿红球，向后一仰把它向空中高高抛起；另一人则纵身一跃，在脚落地前把球接住。这个游戏结束后，他们开始跳舞，两个人步履轻快地交换位置，精彩的表演赢得了众人热烈的喝彩，掌声雷动、经久不息。

奥德修斯夸奖道："这样的好孩子，哪个父亲都会引以为傲。只是看着他们，我都感觉欣喜得不得了。"

听到奥德修斯的溢美之词，国王也很高兴，他转过身去和贵族们说道："大家都听好了，这里有 12 个人，加上我一共 13 人。让我们每个人都拿来 1 件衫衣和 1 件披风，外加 1 塔兰特①的金子，送给我们尊贵的客人。至于欧律阿罗斯，他不但应当因为他的鲁莽言辞请求异乡人的原谅，还得再多赠送 1 件礼物。"

所有人对国王的提议都没有异议，而欧律阿罗斯也回答说："阿尔基努斯陛下，我心悦诚服。这把纯银剑柄的宝剑，连同它的象牙剑鞘，我就都送给他做礼物吧。"

说完，他把剑从自己的肩膀上解下，呈给了奥德修斯，还说道："异乡人，你完全配得上这件礼物，就让我的那些刁难话随风而去吧。我祝愿你能一路平安，也希望你很快就能拥抱你挚爱的妻子，让你在异国他乡所遭遇的一切艰难困苦都成为遥远的回忆。"

"衷心地感谢你，欧律阿罗斯，"奥德修斯回应道，"愿众神助你心想事成，

---

① 古希腊使用的质量单位，1 塔兰特等于 60 明那。据相关学者估算，古希腊人所用塔兰特的实际质量约在 20—40 千克。——编者注

还希望将来你无须用到你送给我的这把剑。"说完这些话，他就把饰有银钉的剑鞘斜挎到自己肩上。

夕阳西下时，贵族们把临别馈赠的礼物都送过来了；阿尔基努斯的几位王子把礼物收好并带到了王宫。

国王也返回家中，他对王后阿瑞忒说："把我们最好的箱子拿出来，亲爱的，还有我最好的斗篷和短袍，我想把它们送给那位异乡人。还要准备一些其他的礼物，让他一见就欢喜。我会把这个纯金制成的酒杯送给他，他可以用来向众神敬献祭酒，有生之年都不会忘记我了。"

阿瑞忒拿来一只木箱，将所有的礼物都整整齐齐摊放在箱子前面。奥德修斯看到礼物，确实欣喜不已，也被他们的慷慨大方深深打动。接着王后让他亲手将礼物都放到箱子里，然后把盖子紧紧锁上。最后，王后命令自己的侍女们伺候他沐浴。沐浴完毕，奥德修斯神清气爽，穿上崭新的外衣后走向大厅，所有人此刻都正在那里喝酒。

在去大厅的路上，他恰巧遇到了瑙西凯厄，后者拦住他说道："异乡人，愿众神与你同在——无论你在哪里，请你都不要忘记那个在你有难时帮过你的女孩。"

"你无愧于你那位可敬父亲的名号，瑙西凯厄，"奥德修斯回答，"愿宙斯能让我的返乡之日更快到来，而我会在我的家乡将你的名字像女神般传颂。"

厨师们切好肉端了上来，仆人们则向杯中斟满美酒。传令官带领德摩多科斯进来，让他背靠一根大柱子坐了下来。奥德修斯马上把传令官唤至身边，从自己的烤肉上切下最好的那块，让他把肉送给那位盲人歌手。

"请告诉他，这块肉代表着一个伤心人对他最美好的祝愿，"他又补充道，"因为缪斯对诗人们特别青睐，所以他们值得受到所有人的尊敬。"

外乡人表达的敬意让吟游诗人非常高兴，而盛宴后奥德修斯走过去和他说话更让他开心不已。

奥德修斯对他说："德摩多科斯，我十分敬仰您从阿波罗和缪斯女神那里学来的艺术。您激情歌唱希腊人在特洛伊的痛苦境遇时是如此感人，让人禁不住认为您也亲身经历过那一切。现在我想请您帮我一个忙，请您唱唱那匹木马的故事，就是厄皮俄斯在雅典娜的帮助下所制成的木马，这匹木马在奥德修斯的谋划下被偷偷运进雄伟的伊利昂城内，最终给了特洛伊人致命的打击。如果你能用歌声让所有人感到身临其境，我会让全世界的人都知道你是这世间最独一无二的歌手。"

话音甫落，德摩多科斯的歌声就回荡在大厅里。他的声音如同神灵的声音般感人至深，这强烈的情感冲击让奥德修斯不禁潸然泪下。同上次一样，阿尔基努斯看到奥德修斯在哭泣，于是他对贵族们大声道：

"是时候让我们的歌手放下他的竖琴了，因为他讲的故事并没有让我们所有人都开心。德摩多科斯的歌声一响起，我们客人的哭泣就没有停止过，似乎有某种深深的悲伤在折磨着他。而当我们对每个异乡人的悲伤都感同身受时，他们就是我们的兄弟。所以，亲爱的朋友，请告诉我们，究竟是什么在困扰着你——但在此之前，请告诉我们你的名字，告诉我们你亲爱的父亲和母亲怎样呼唤你，因为这世上没有一个无名之人。也告诉我你故乡的名字，你出生的那个村子，这样我们就能让备好的快船带你回到那儿。虽然我的父亲曾警告我们，如果我们总是把每一个迷途的旅者都送回他们故乡，波塞冬肯定会迁怒于我们，也会在我们派出的船返回之时将其摧毁，甚至用高山将我们的岛包围起来。但是，我不惧怕这样的威胁，就让神做他想做的事吧。异乡人，请告诉我们，你曾在哪些地方流浪，又看到过哪些城市？同你相处过的人中，哪些民族高贵正直，哪些民族不守法度？最后，为什么当你听到希腊人在特洛伊遭受磨难，就止不住地流泪和叹息呢？"

就这样，奥德修斯开始讲述他的故事。

# 第四章

# 奥德修斯与独眼巨人

尊敬的阿尔基努斯陛下，哪里还有什么地方能和您的国邦相比：这里的人们和睦相处，君王的宾客坐在摆满珍馐美馔的桌前，聆听着绝世歌手的天籁之音。虽身处这样无比的幸福之中，您却执意想要听闻我的伤心往事，而仅仅想到这故事就让我热泪盈眶。众神让我受尽磨难，我的故事该从何处说起，又该在何处结束呢？先说我的名字吧。

我叫奥德修斯，是莱尔提斯之子。世人皆知我的聪明机智，连众神都对我的声名心怀妒忌。我的故土在勇者之乡伊萨卡，那是一个岩石满地、崎岖不平的岛屿，但我无比热爱那片土地。虽然我的足迹几乎踏遍了整个世界，但我还仍未发现比我家乡更美的地方。

美丽的女神卡吕普索曾想把我留在她的洞穴附近，让我做她的丈夫；金眸女巫喀耳刻也曾把我囚禁在她辉煌的宫殿里，渴望得到我的爱。但是，这两个人都不能让我意乱情迷，因为在这世上没有比家乡和亲人更宝贵的事物了。当然，你们一定想听宙斯在我从特洛伊回来的路上设下了多少艰难险阻。

当我和同伴们登船开始返航后，海风把我们带到了锡康尼亚人的地盘。他们曾是我们的敌人，也曾和特洛伊人一起并肩作战，所以，我们决定洗劫他们的城市伊斯马洛斯。我们打了对方一个措手不及，掳掠到的大量战利品和奴隶也公平地分给了每个同伴，让大家心无怨言。

做完这些事后，我就催促我的伙伴们赶快离开，但这些傻瓜执意不听我的建议，只是坐在沙滩上，宰牛杀羊准备烤肉，大口地喝着好酒。于是，我们非但没有扬帆起航，反而把整晚的时间都浪费在了沙滩上，残酷的命运则正在那里等着我们。

我们洗劫城市时，有些锡康尼亚人逃到了山里，向其他的部落通风报信，而那些部落人数众多，且又都是骁勇善战之士。他们黎明时分就赶了过来，密密麻麻的士兵如同春天繁茂的树叶一样多。

一进入可以攻击船只的范围，他们旋即把人马分成几队，有步行作战的，也有乘战车出击的。号令一响，他们把我们团团围住，手握长矛冲杀过来。我们奋起反击，同他们顽强地搏斗。尽管他们比我们多了数千人，终于还是被我们打退了。

但就在夕阳即将没入西方的海平面之下、疲惫的牲口该从犁上解下来休息时，锡康尼亚人又占了上风。我们每艘船都损失了六个弟兄，剩下的人则勉强从死神的齿缝间溜走。狼狈地逃回船上后，我们迅速升起风帆，我们呼喊了三遍逝去同伴的名字后才出海离开。

刚离开海岸不远，宙斯就掀起一阵狂暴的北风，刮向我们的舰队，还布下遮天蔽日的浓雾。所有的船都被吹得一路往前赶，肆虐的狂风也将船帆撕扯成了碎片。为了不被淹死，我们急忙把残存的船帆拽了下来，紧紧抓住船桨，把船首重新调向刚离开的海岸的方向。整整两天两夜的时间我们都躲在岸上缝补破碎的风帆，到第三天我们才重新登船离开。一开始，我们顺风航行，大家都以为这股风可以安全地把我们送回家乡。但是，就在我们绕着马里阿角航行时，我们又遭遇到了强劲的北风，一下就把我们吹回了茫茫大海。

九天的时间里，我们一直逆风航行。第十天，我们向陆路进发，来到了忘忧国的地盘。当时我们也不知道自己身在何处，于是登上陆地补充淡水，之后在船只附近坐下来吃东西。我派了三个人去调查那地方都住着什么人，不久他们就遇上了几个当地人。这些人并没有伤害我的手下，只是让他们品尝了一些忘忧果——我的同伴们一吃下这果实就立刻忘记了自己的家乡和同伴，只想待在忘忧国，以吃这种甘甜如蜜的神奇果子为食。

我们一直都没有等到他们归来，因为他们早就把我们忘记了。最后，我带着几个同伴前去寻找他们，发现他们和食忘忧果的那些人在一起。这些负责探路的同伴都已经完全忘记了我，还把手里的水果递给我吃，就好像我是一个路过的异乡人。

幸运的是，众神擦亮了我的眼睛，让我意识到如果吃下它，我也会忘记自

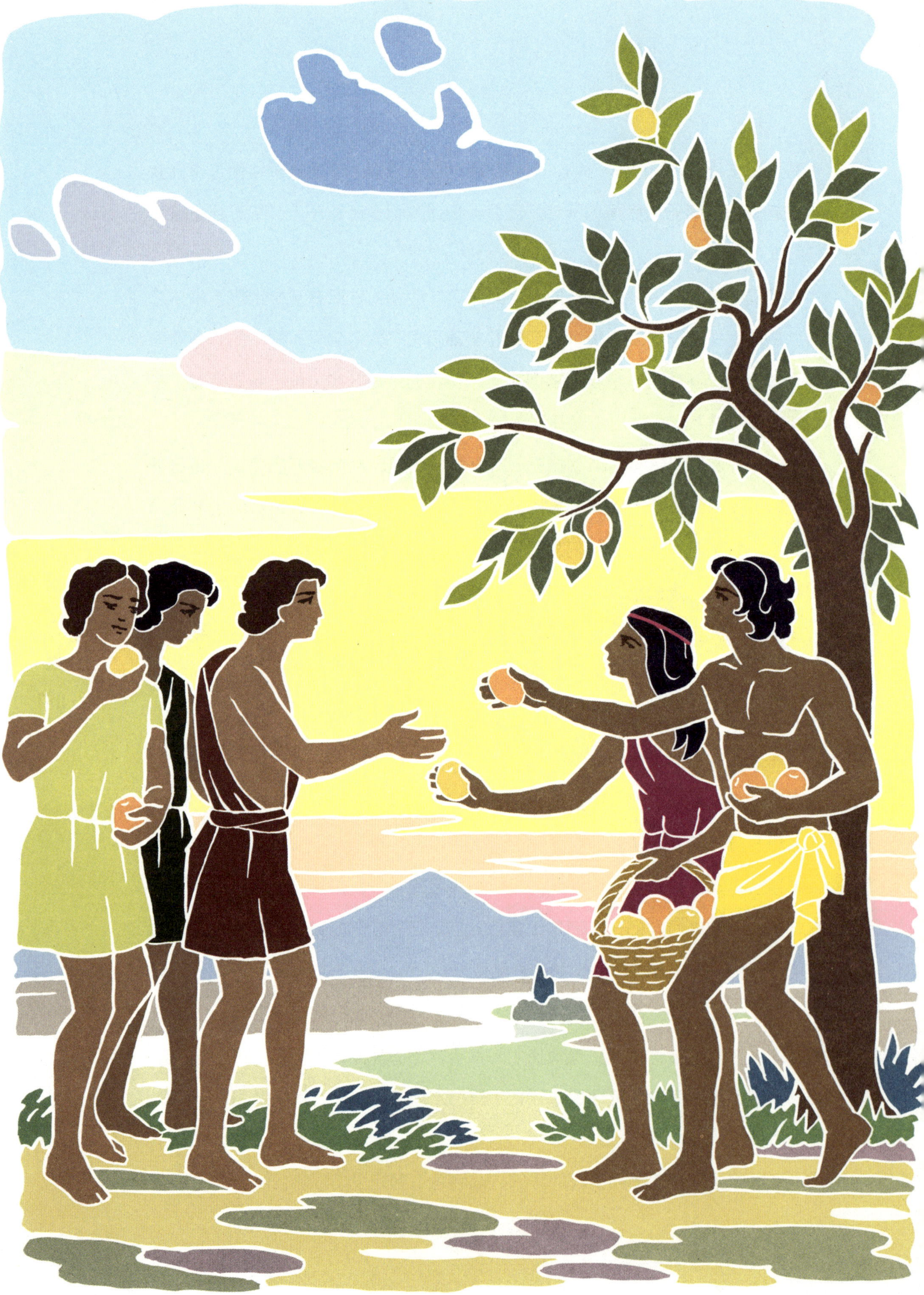

己的故土和同伴。所以我们不再多费口舌，直接强行把他们拉回船上。一路上他们哭得像孩子一样，但是我们只能生拉硬拽地把他们带走。一回到船上，我就把他们放在桨手的位置上，绑得结结实实。然后我大声招呼伙伴们跳上船来，全速离开，以免他们也误食了忘忧果，忘了家在何方。

我们怀着沉重的心情重新出海，几天后就到了生活着独眼巨人库克洛普斯的土地上。这些巨人身躯庞大，令人生畏，一只独眼长在额头中央。他们不耕地也不播种，因为那里一切粮食都是天然生长的：小麦、大麦、葡萄，想要什么就有什么。他们也从不集会议事，法律对他们来讲毫无意义。他们都分散地居住在高山中的洞穴里，各人自扫门前雪，对邻居们都漠不关心。

在他们的港湾里，有一座漂亮的绿色岛屿，岛上空无一人，到处都是在啃食青草的野山羊。有一片风雨不侵的小海湾供船只停泊，那里不需要锚石或者缆绳来固定船只，你只需要把船冲上浅滩，把它就丢在那儿，想要起航时随时离开就可以。这座海岛距离独眼巨人的居所咫尺之遥，但他们从未跨过海湾来到过这里，因为他们既没有船，也不喜欢大海。

我们驶入海湾时已是夜晚时分。在海湾山崖上方有一处洞穴，洞穴旁有股清澈的泉水汩汩涌出，洞穴四周长满了高大挺拔、枝叶繁茂的杨树。我们攀爬上去，在这秀美又安全的地方美美地睡了一晚。

天刚破晓，我们就起身出发寻找野山羊。多亏众神眷顾，我们捕猎收获颇丰。我的船队一共十二艘船，我们杀的山羊足够每只船上装九只，还多出来了一只，我的同伴就把这只羊送到了我的船上。我们一整天都在大啖鲜肉、痛饮美酒，因为我们船上还剩了很多洗劫伊斯马洛斯城的战利品。而我们在岛上也能看到对面独眼巨人的居住之地，听到他们的声音，以及混杂其中的山羊和绵羊的叫声。

第二天，我对我的同伴们说："你们留在这里，我和我的水手过去看看那边住着什么样的人——看他们是茹毛饮血、尚未开化的野蛮人，还是和我们一样敬仰众神、友善好客。"

于是，我和水手们开船驶向对岸。我们在海滩不远处发现了一处洞穴。这洞穴高大宽阔，周围有成群的山羊和绵羊卧在地上休憩。我挑选了十二名最强壮、勇敢的水手朝洞穴走去，并嘱咐剩下的人留在船上。

我们随身带了满满一羊皮袋的酒，这酒烈到需要兑入二十份的水才能饮用。兑好以后，红宝石般的液体散发出动人的醇香——这可不是我们拿给自己喝的，而是我知道将要面对的是一个凶残而野蛮的巨人。

我们进入洞穴时，巨人正在外面的草地上喂羊。洞穴又高又宽，一直延伸到山的深处。洞里面有库克洛普斯用来看管羊群的石头围栏。一个角落里堆放着一堆奶酪，而在另一个角落里则放有几个盛着乳清的巨大罐子，以及他用来挤羊奶用的盆和桶。我的同伴们都很害怕，恳求我让他们顺手拿些奶酪、牵几只羊后就离开。我无视他们的请求，比起偷他的东西，我更想要会会独眼巨人，看看他会不会给我们什么礼物。

要是我听从了手下们的建议该有多好啊！但实际上，我们只是尝了一点奶酪，然后就坐在那里等他回来。

不久，巨人扛着一大捆柴火回来了，他重重地把柴火扔到地上，整个山洞都跟着摇晃起来，我们则吓得缩回身子，躲到了一个黑暗的角落里瑟瑟发抖。接下来，他把母羊赶进山洞开始挤奶，把公羊留在洞外。挤完奶，他走到洞口，举起一块巨石。这石头又大又沉，连二十辆战车都拉不动，可那巨人只用两只手就轻而易举地拿起这块石头堵住了洞口。

然后，他把羊羔放到母羊那儿去吃奶，又把挤出的一半羊奶做成奶酪，另一半留下来喝。干完活以后，他点了一堆火，这火焰照亮了我们蜷缩藏身的角落，巨人也发现了我们。

"你们是什么人？"他怒吼道，"你们是怎么找到这儿的？你们是来做生意的，还是像海盗一样准备到这里偷别人的东西？不是你们杀了别人，就是被别人杀死？"

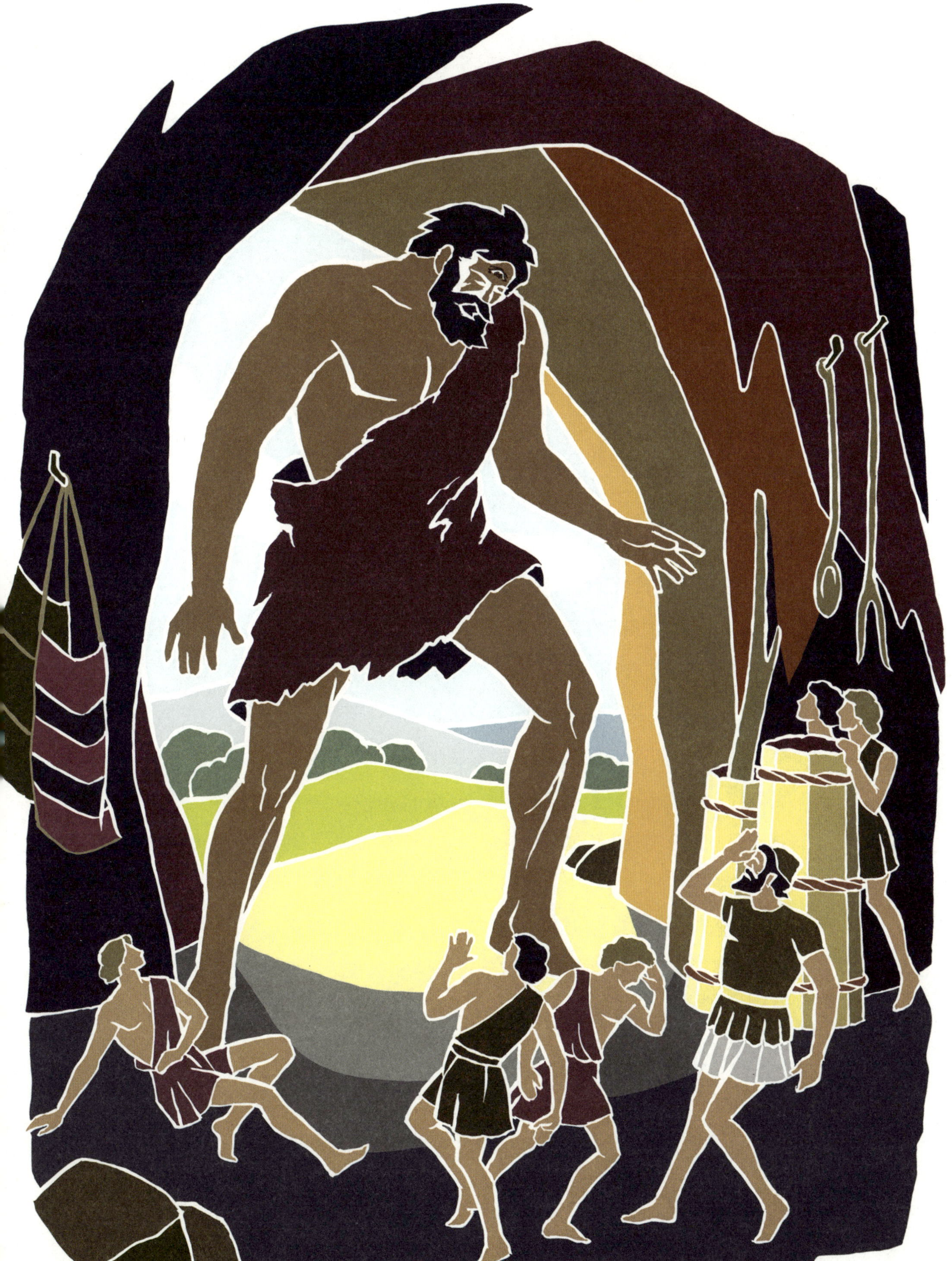

他愤怒的言语和低沉、粗鲁的声音让我们都心生恐惧，但我还是竭力站起身，对他说道："我们是迷路的希腊人，伟大的阿伽门农手下的士兵，我们原本只想从特洛伊返回家中，不料众神却逆转了风向，把我们吹离了航线，现在我们跪倒在您的脚下，请求您的帮助。请如旅行者的保护神宙斯教诲的那样，给我们提供食物和住宿吧。"

他回复我的却是残忍无情的话："我的小不点儿，你是个蠢货，要不然就是因为你从大老远赶到这里，没听说过库克洛普斯从不把宙斯或者其他任何神灵放在眼里。我们的力量大得吓人，而我，波吕斐摩斯，波塞冬之子，还是我们中最强壮的。就连不朽的神灵都畏惧我。不过，我也许会可怜你们，只要告诉我你们的船在何处下锚——呃，我这么问只是出于好奇。"

他当然是在试探我们的底细，我可没那么容易受骗。

"哎，我们的船已经沉了，"我苦着脸，"波塞冬把它在礁岩上撞得粉碎，只有我和这几个朋友逃出生天。"

听到我这么说，那巨人却一言不发。他上下打量了一番我和我的同伴们，然后做了一件极其恐怖的事情：他突然伸出他那巨大多毛的手掌，抓住我的两名同伴，就像杀死一条章鱼一样，在岩石上把他们摔得脑浆迸裂。然后，他从那两具已无半分生气的尸体上把四肢一条条扯掉，嘎吱嘎吱连骨带肉，全吞了下去。

他把两个人都吃完以后，就举起满满一桶奶灌下他那深不见底的肚子，而我们剩下的人只有痛哭失声，徒劳地向宙斯祈求救命。那巨人随后摸着他大得惊人的肚子，伸着懒腰打了个哈欠，之后就倒在羊群里熟睡起来，还伴着震天响的鼾声。

此时，我的第一反应是拔出长剑，刺进他的肝肠，但随即又想到，即便我杀了他也难逃死亡的魔爪，因为我们根本无法挪开堵在洞口的那块巨石。就这样，我们一直等到了黎明。天亮时，巨人站起身，点着了火堆，又开始给母羊挤奶。他把小羊放到它们母亲身下让它们吮吸母乳。做完这些活以后，他又摔死了我的两个同伴，然后吞掉了他们。他填饱肚子后就出去放羊，在轻松挪开巨石后又立即把它推了回来，将我们关在里面。在他走后，我绞尽脑汁想要找到报复这可怕怪物的办法，恢复我们的自由，要是雅典娜能应允我的祈求就好了。

洞里有一根波吕斐摩斯刚砍下的冷杉树干，也许他想等这木头干透以后拿它当手杖用，但在我们看来，这树干可以给二十名桨手的大船做桅杆用。我从这树干上砍下一根足有一臂长的树枝，并让我的手下把它削光滑。木头削磨好后，我把其中一端削尖，并把它塞到火堆的余烬里烤干树液。木头干透变硬后，我把它藏在地上的畜粪堆下面。然后，我让同伴们抽签选出和我一同前去把它插进那巨人眼睛的人。抽签选出的四个人也正是我期望的最强壮的四个人，加上我一共五个。

到了晚上，巨人回到洞中，像往常一样先干活，而后，又再次抓走我的两个同伴当晚饭。趁他抹嘴的时候，我拿了一只木桶，在里面盛满了我带来的醇酒，双手捧到他面前。

"这个给您，波吕斐摩斯，"我大声道，"你刚饱餐了一顿人肉，再来喝点美酒吧。来尝尝我们船上的好酒，也许你会可怜我，帮我回家。但是你实在是一个无情的人，如果你总是这样野蛮行事，又怎能期待别人前来拜访呢？"

巨人二话不说，把酒抢过去，一饮而尽。

"再来点儿！"他竟恳求道，"告诉我你叫什么名字，我会送你一个让你高兴的礼物。我们也酿酒，但你的酒比众神的甘露还要爽口。"

我给他添了酒，他接着又要了第三次酒，我还是给了他。这时看得出来他已经有点晕晕乎乎的了，于是我说道："库克洛普斯，你刚才问我的名字，还许诺要送我礼物，所以现在我告诉你：我叫'没人'。'没人'也是我的父母、朋友和其他所有人对我的称呼。"

我说了这些话后,他回答道:"波吕斐摩斯答应了要送你礼物,他就绝不会食言;这是我给你的礼物,'没人',这礼物也是对你极大的恩惠:我会最后一个吃掉你!"

他说着说着,眼睛一闭,重重地跌坐在地上,开始打鼾,又流起口水,发出的呼气声如同野兽在咆哮,还不时喷出酒和我同伴残缺不全的血肉。这时,我从隐蔽处取出那根木桩,在火上将它锋利的尖端烧得通红发亮。我一边准备,一边鼓励同伴们壮起胆子。等到这尖头已经快要冒出火焰时,我和其余四人紧紧握住这木桩,并把燃烧的尖头用众神赐予的全部力量捅进波吕斐摩斯的独眼之中。

巨人瞬间痛苦地嘶喊起来,而那惨叫声在岩洞的石壁上反复回荡着。他疼得发疯,号叫着召唤其他巨人前来帮他。他把嘶嘶冒烟的木桩从眼窝里拔了出来,吓得我们急忙往回跳。他两手疯狂地来回抽打着自己鲜血淋漓的脑袋,一遍又一遍地呼喊求救。在听到他狂暴的号叫声后,其他的库克洛普斯都急急忙忙地赶到洞中。

"怎么啦,波吕斐摩斯?"他们不耐烦地问道,"为什么深更半夜地还这样大喊大叫,把我们都吵醒了?是你的羊被偷了,还是有人明里暗里要取你性命?快告诉我们,是谁?"

"'没人'!"波吕斐摩斯咆哮道,"我说了,'没人'!"

"没人?"大家回应着,"好吧,既然没人在害你,那肯定就是上天让你生病受苦,这样就只有你的父亲波塞冬能救你了,我们可不行。"

其他的独眼巨人们说完这些话就离开了。看到自己的计谋起作用了,我的心里乐开了花。

波吕斐摩斯一边痛苦地呻吟着,一边跟跟跄跄地来到洞口,他把巨石挪到一边,等羊群出洞时,他用手一只一只地摸,生怕我们趁机溜掉。这可怜的傻瓜!难道他真以为我想不出法子吗?我告诉你们,当时我就在脑袋里把计谋想了又想，看哪条管用，这可是性命攸关的事情。

然后我想到了最好的办法：倒悬在公羊的肚皮下。洞中这些公羊都又肥又大，还都长着一身浓密蓬松的羊毛。我把这些肥羊分开，每三头羊用在巨人卧榻上找到的芦苇并排绑在一起，我的每个同伴都绑在中间那只羊的肚子上。这些公羊中有一只体型最为庞大，我就躲到它身下，双手紧紧抓住它两肋厚厚的羊毛。就这样，我的同伴们先我一步逃到了洞外。波吕斐摩斯用手摸遍了所有公羊的背部，但他无论如何都不会知道，我们正倒悬在羊肚之下！

最后，驮着我的那只大公羊也到了洞口，波吕斐摩斯用手一摸就认出了它："你这头懒羊，你为什么最后才出来？平时你可不这样，你总是第一个出洞，去溪水旁找最嫩的草吃，还要第一个找水喝，天黑了也最先回来。可是现在，你留到最后为主人的失明而哀泣。我的眼睛是'没人'拿酒把我灌醉后戳瞎的。唉，如果你会说话就好了，这样你就能告诉我他现在藏身何处来躲避我的怒火。你会看到我是怎样在石头上摔死他，直到他的魂儿也离开他那支离破碎的尸体为止，这样我的痛苦才能稍稍减轻。"

说完这些话，他就把这只公羊放了出去。等羊一出院子我就立即跳了下来，然后跑去解救我的同伴们。我们终于安全了。在回到船上之前，我们还从羊群中赶了几头绵羊出来，带着它们一同上路。船上等待我们的同伴们悲喜交加地迎接我们回来，接着，大家一起为逝去的同伴痛哭哀悼。但是没有时间一直悲伤下去了，我们必须尽快离开。

我们一驶离岸边，我就站在船头，用尽所有力气高喊道："喂，波吕斐摩斯！异乡人来到你家里请求帮助，你却毫不犹豫地吃了他们，眼瞎是你罪有应得！"

这些话让独眼巨人更加怒不可遏，盛怒之下，他掰下整座山头，然后向我们猛掷过来，险些击中了船头。一股巨大的水柱冲天而起，把船直往岸上掀，如果不是我用长矛撑住的话，我们很可能就会撞到礁石上。

我命令水手们抓紧船桨，拼尽全力划向大海，直至逃出冥河渡神卡戎的魔

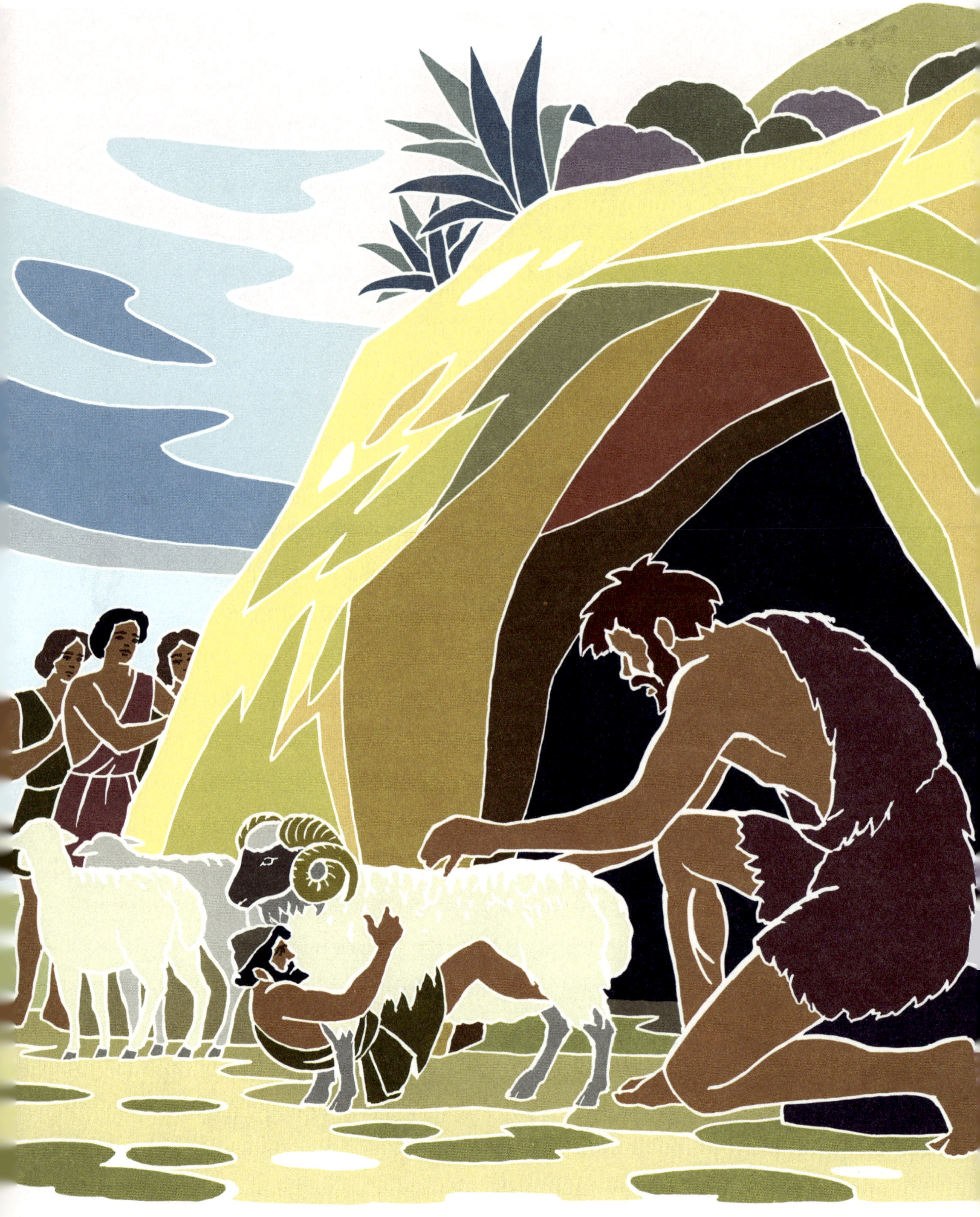

掌。但丧失同伴的痛苦再次涌上心头，我忍不住又大叫起来。

"别这么胡来了！"其他人抗议道，"何必非要挑衅那个恐怖的怪物？你明明看见他刚才向我们扔过来的石头有多大，我们都以为末日就要来临了。别惹他了，不然他还会再扔石头过来。"

但我什么话也听不进去，我又一次放声大叫："喂，波吕斐摩斯！如果有人问你是谁弄瞎了你的那只丑眼，就告诉他，是征服了特洛伊的那个人：莱尔提斯的儿子，来自伊萨卡的奥德修斯！"

波吕斐摩斯是这样大声回喊的："啊，昔日的预言竟然还是应验了！一位曾住在这里专为库克洛普斯预言的先知曾警告我，说有一天我会被一个叫奥德修斯的人弄瞎眼睛。但我以为莱尔提斯之子是像我们一样力大无穷的巨人，而不是只用酒把我灌醉的猥琐跳蚤。回来吧，奥德修斯，我会待你如座上宾，还会请我的父亲波塞冬对你伸以援手，因为只有他才能送你安全返家，治好我受伤的眼睛。"

这就是他的原话，而我则反唇相讥：

"哼，我恨不得痛饮你的鲜血，把你扔进万劫不复的地狱深渊，让海神波塞冬永远也找不到你，治不好你那只瞎眼！"

独眼巨人听到这里，把双手弯成喇叭状拢在嘴边，发出震天的吼声："撼地者波塞冬，请聆听我的祈求！如果您真是我的父亲，而我也真是您的儿子，就不要让莱尔提斯之子返回他的家乡。但是，如果命中注定他会再见到他的家园和亲人，也要让他在海上饱尝多年苦楚。就算他最终回到家乡，也逃不掉所有同伴殒命、船沉大海、自己孤身一人的下场。希望他到家时，还有无穷无尽的灾祸等着他的到来！"

抛出这些恶毒的诅咒后，他又扔来一块巨石。石头在空中旋转着飞过来，差点砸碎我们的船舵。巨石落下的时候，又将我们的船推向大海深处，于是我们很快就回到了那座荒岛上，在那里，其他船员们正焦急而忧伤地等待着我们。

天黑后，我们就在沙滩上睡了一觉，第二天早晨又登船起航，所有人都沉浸在失去亲密朋友的悲痛之中。

在离开独眼巨人的领土后不久，我们抵达了埃俄利亚岛，这座岛是风神埃俄洛斯的家。他住在一座青铜塔上，一共有六个儿子和六个女儿。他让自己的儿子和女儿捉对结为夫妻，然后孩子们和老两口幸福地生活在一起。岛上的宫殿里每天都响彻着歌声，夜里他们则成双成对地相互依偎着，酣睡在精美的雕花床上。

整整一个月的时间，我都在埃俄洛斯金碧辉煌的宫殿里做客，风神也喜欢听我讲述希腊人攻取特洛伊之前经历的千辛万苦。当我们决定离开时，他屠宰了一头巨大的公牛，并用牛皮做了一个口袋。他把所有的风都装在里面，用一根银绳紧紧扎住袋口，一丝风都不漏。然后把这口袋交给我，叫我在船上小心保管。

当然了，还有一股风被他留在外面，就是西风。西风稳稳地吹来，使我们的航行不偏离归家的方向。只是天意注定我们还回不了家。我们一直顺风航行了九天九夜，到了第十天的早上，伊萨卡已经出现在我们的视野里。我们和家乡的距离之近，已经可以看清岛上人家的烟囱里升起的袅袅炊烟。但当时我已很久没合过眼了，身体疲惫不堪，所以还没等到上岸，我就打了个盹儿，睡着了。整个航程里一直由我一人手握帆索，因为我一直急于把大家带到亲人身边，所以我不想把这项任务交给其他人。而当我的眼睛刚合上，我的同伴们就开始小声议论埃俄洛斯给我的袋子里装有金子。

"奥德修斯到底有什么本事？"他们说，"无论他到哪儿，总能赢得大家的尊重。看看他从特洛伊带回多少战利品，我们这些和他并肩作战的人却要两手空空地回家。现在，埃俄洛斯又给了他更多的财宝。让我们看看这回他有多幸运，这袋子里一共装了多少金银。"

因此，这些傻瓜解开了袋口的银绳，同时也让他们自己和我大难临头。所有的风都从袋子中一拥而出，然后形成一股强大的风暴，又把我们的船逐回了大海深处。醒过来以后，我才知道发生了什么，差点就纵身跳进汹涌的海里淹死自己，以结束一切苦难。但最终我还是控制住了，决定用自己尚存的力量来面对这新的灾祸。

接下来的几天我们一直在风暴中挣扎，直到这股强风又把我们赶回到埃俄洛斯的岛上。我们上了岸，喝了点水，吃了点东西，而后我就带上两个同伴前往宫殿。

我们看到埃俄洛斯正和他的妻儿们用餐，我们一走进门，他就惊讶地问道："奥德修斯，是什么又让你回到这儿？是什么厄运一直纠缠着你？难道我们没有把你送回你一直心心念念的地方吗？"

"唉，"我回答道，"是瞌睡和我的同伴们让我吃了亏。但是拜托，兄弟啊，既然你拥有这样的力量，请再帮我一次吧。"

我本以为他会怜悯我，可恰恰相反，埃俄洛斯生气地破口大骂："滚出我的视线，你们这些可恶的家伙！我决不会再违犯天律来救那些被众神视为敌人的凡夫俗子。快离开，以后不要再出现在这里！"

说完这些刺耳的话，他把我们这些不幸的来访者赶出了家门。我们带着沉重的心情上了船，而看到我们无功而返的同伴们则趴在船桨上，勇气全无，希望尽失。

之后，我们漫无目的地航行了六天，第七天时看见了陆地。这里是莱斯特里戈尼亚人的国度。我们找到了一个位置优越的封闭海港，四周环绕着高耸的悬崖。同伴们把船都稳稳地停泊在港口深处，我把船留在了海港的入口处，用缆绳拴在岩石上。

下船后，我们爬上最高的岩壁，想打探一下周围乡村的情况。奇怪的是，尽管到处都看不见农田的存在，远处却有烟雾升起，还有一条车道通向树林。我派了三个手下去打探那些地方都住着什么人，于是他们踏上了那条通向森林的路。

不久，他们看见一座城市，城门附近有一口泉水，一个身材高大的女孩正拿着水罐要去打水。他们就向她打听这个国家的国王是谁，并表示想去面见他。这个女孩正好就是国王的女儿，她把她父亲的宫殿指给他们看，随后就弯下腰继续把水罐的水打满。我这三位同伴继续往宫殿走，但刚一进门，就看到一位身躯如山一般巨大的女人，他们不禁大惊失色。而这女巨人一言不发，就派人去找她的丈夫安提法忒斯，后者正在城市广场召开集会。他匆匆赶来，却心怀歹意，因为他也是一个巨人，而且是穷凶极恶的那种。

安提法忒斯一看到我的三名船员，就伸出巨掌抓起一人把他吃掉了。另外两人见势不妙撒腿逃跑，但安提法忒斯发出一声可怕的嘶吼，叫所有的莱斯特里戈尼亚人追赶他们。成千上万的巨人一下拥上街头，快速向港口跑去。

他们一看到我们的船只，就拿起巨石铺天盖地打了过来。当时的情景惨不忍睹，所有的船只都被砸得粉碎，而我那些不幸的水手们都被掳走，成了莱斯特里戈尼亚人的晚餐。幸运的是，我的船恰好停在港口外，于是我赶紧拔剑砍断缆绳，大声呼喊我的船员们奋力划船。他们比我还要害怕，都发疯似的划桨，上下翻飞的船桨将海水拍成一团团沸腾的泡沫。很快，我们就远远离开了海岸。虽然我的船只安然无恙，但其他船上的人再也无缘回到家乡了。

第 五 章

# 金眸女巫喀耳刻

**这**突如其来的灾难让我们大受打击，不知不觉我们驶入了未知的海域。最终我们到了埃埃亚岛，它也是太阳神赫利俄斯之女喀耳刻的家乡。我们把船拖上岸，在那里静静坐了两天，同时哀悼我们死去的同伴们。第三天黎明时，我爬上了一座山峰，发现有一股烟从一座林荫环绕的小山上袅袅升起。于是，我想走到那里去打听一下我们所在的具体位置，以及是否有可能得到帮助。

　　但我生怕再撞上未知的磨难，不由得裹足不前。况且我的第一要务是为船员们找到食物，因为我们已经好几天没吃东西了。就在我正发愁该怎么办时，林子里忽然跳出来一头又肥又大的牡鹿！不知是哪位神灵让这只鹿出现在我面前，我赶紧道谢，然后用力掷出长矛，杀死了它。

　　接着，我把沉甸甸的猎物扛在肩上，回到同伴那里，说道："虽然我们受到各种困难的折磨，但我们还是要摆脱冥河渡神卡戎。命由天定，时候不到，人们想死都死不了。快，把这家伙剥了皮，准备做烤肉吧。我们早就饥肠辘辘了！"

　　大家脸上露出了久违的笑容，点燃火堆，开始烤鹿肉。随后一整天我们都在大快朵颐，渐渐恢复了体力。

　　"是时候来决定我们该做的事情了，"我对他们说，"我爬到那座山的山顶时，看见四周都是大海，但我们现在逗留的这个岛并不是一座荒岛，因为我看见在远处的某个地方，树林里有袅袅升起的炊烟。我们需要去那里打探清楚我们究竟身在何处。"

　　同伴们听到我的话，心凉了半截。他们想起了在莱斯特里戈尼亚国突如其来的灾难，还想起我们去拜访库克洛普斯时发生的一切。他们犹如惊弓之鸟，一想到或许还有更可怕的事情降临到他们身上，就个个痛哭失声。

　　但是，眼泪无法解决任何问题，于是我把他们分成两队，并指派我的一个亲戚、勇敢的欧律洛科斯担任第一队的领队，第二队则由我领导。我把两个签扔在头盔里，用抽签决定由哪一队人去打探岛上的情况。然后我开始摇晃头盔，结果欧律洛科斯抽到了去岛上打听情况的签。

于是他领着一队人马出发了，每个人都垂头丧气。我们这队人则留在后面守船，心里也充满了恐惧。他们匆匆地横穿过岛屿，在一座葱郁的小山丘上找到了太阳神之女喀耳刻的宫殿。

这宫殿用打磨光滑的大理石建成，在明媚的晨曦下熠熠生辉。宫殿的周围有狮子和群狼慵懒地踱步，但这些野兽并不伤人，因为永生且强大的女巫喀耳刻已经用魔药驯服了它们。我的同伴们刚走到门口，就听见里面有一个悦耳的女声在歌唱。

"不管她是谁，让我们跟她打个招呼吧。"有人建议道。于是他们高声大喊，那位女士停止了歌唱并过来打开了门。开门的正是喀耳刻本人，一位优雅迷人并且气派非凡的女神。她邀请他们进了屋，所有人都进去了，除了怕遇上不测的欧律洛科斯。

喀耳刻邀请他们入座，然后给他们端来了用奶酪、蜂蜜、面粉和酒调成的甜粥。她偷偷在粥里放了具有魔力的草药，当所有人都吃完后，喀耳刻用一根嫩枝抽打他们，把他们赶到了宫殿外的畜栏里。接下来发生的事情就更糟糕了：他们的声音变成了猪的呼噜声，鼻子被拉长成了猪鼻子，身上还冒出鬃毛来，简直和猪一模一样。但喀耳刻还让他们保有人类的头脑，这使得他们更加痛苦。

欧律洛科斯徒劳地等待着他的同伴，当他意识到他们肯定已经身陷囹圄时，急忙撒腿就跑，这样起码他还可以自保。等他回到船上时，早已吓了个半死，全身抖个不停，一句话都说不出来。我们焦急地催促着他，他终于又能说话了，然后告诉我们：他们在外面打探情况时，来到了一座高大的宫殿，宫里住着一位可怕的女巫，一踏进宫殿，他的战士们就消失得无影无踪了。

听到这里，我用搭扣把宝剑扣上，拿起弓，命令欧律洛科斯给我带路。但他不肯遵从，反而跪倒在我脚下，乞求我不要让他去。

"就把我留在这儿吧，我求求你。你不要想着一个人去那里，因为我知道你肯定回不来，更不用说再带我们中任何人跟你一起去。趁还有时间，快让我们离开这个鬼地方,我们这些留在这里的人还有机会逃走!"

他的怯懦让我非常厌恶,但我只是说:"那你就留在这,欧律洛科斯,就躲在船边吃喝吧——但是我必须,也一定会去喀耳刻的宫殿。"说完,我就独自走进那片森林。

路上,赫尔墨斯化作一个俊朗的少年,拦住了我的去路。他友好地抓住我的胳膊,声音里充满了关切:"可怜的人,在这个陌生的国度里,你要去哪里?毫无疑问是去找喀耳刻和她的那群猪。我警告你,她把你的同伴们都变成了猪,如果你要救他们,她也会把你变成一头猪。

"但是我会把你从她设下的悲惨命运中解救出来,你看见那株从岩石上长出的植物了吗?它可以辟邪。你仔细听好,我要告诉你她所有的狡诈伎俩,以及你的应对之策。一开始,她会给你吃一种粥,这粥里撒有魔药,但这魔药并不会对你产生效力,因为你会受到这株植物的保护。

"接下来,她会用一根嫩枝抽打你,这时你要拔出宝剑,威胁要攻击并杀死她。而陷入恐惧的喀耳刻则会先用些甜言蜜语来安抚你,然后提出愿和你同床共枕。如果你想救你的同伴就不要拒绝她,但在答应她之前,你得要她以众神的名义发下重誓:她不再为难你,而且在你睡在她身旁时,不会趁机把你变成非人的动物。"

说完,那位足下生翅的神祇就将岩石裂隙间的植物拔了出来。花朵是纯白的,黑色的根牢牢扎在石缝里,世间的凡人根本拔不动它。当然了,众神是无所不能的。

他把植物交给我,然后就动身回奥林匹斯山了,而我则站在原地想着我的同伴以及如何搭救他们。到了宫殿后,我就一边使劲敲门,一边大声叫喊起来。喀耳刻前来给我开了门,把我领进去,并让我坐在一尊华丽无比的镶银宝座上,宝座前还放着一个搁脚凳。

然后就像赫尔墨斯所警告过的那样,喀耳刻准备好了粥,盛在金碗里端到我面前。为了达到邪恶的目的，她事先在粥里加了魔药，我毫不退缩地把粥喝了下去，因为我知道她的巫术对我不起作用。刚一喝完，她就扬起一根嫩枝抽打我，嘴里咆哮着："现在滚吧，去和你的同伴们一起待在猪圈吧！"

我却拔出剑来，向她扑了过去，作势想杀掉她。她发出一声尖叫，双手抱住我的膝盖，吓得泣不成声地问我："你是谁？你怎么可能吃了这药还平安无事？到今天为止还没有一个人能抵抗我的魔法。啊，我明白了：你肯定是奥德修斯，就是赫尔墨斯警告过我要路过此地的那个人。来吧，把你锋利的剑放回到剑鞘里。同我一起躺在这床上，好好爱我吧。"

"喀耳刻，你怎能要我对你怜爱半分呢？你把我的同伴们变成了猪，现在还想欺骗我，使用诡计夺走我所有的力量。我不会和你睡在一起的，除非你立下最庄重的誓言，保证你再也不会恶意害我。"

她接受了我的条件，而我在亲耳听到她立下我所要求的不灭誓言后，就与她一起躺在了她那张柔软光滑的床上。

到我们起身时，面前已经摆好了一桌筵席。四位林中仙女是喀耳刻的侍女，也正是她们为我们准备好了美味佳肴，并布置好了餐桌。她们在金樽里斟满美酒，然后向女主人点头示意一切准备就绪。

喀耳刻拉着我的手，带我前去就餐，还拉过一把精美的雕花椅子让我就座。我却心不在焉，对周遭的一切都意兴索然。

喀耳刻看见我颓然坐着，脸拉得老长，满桌珍馐碰都不碰，就欠身向我靠过来，并关切地问道："奥德修斯，是什么事让你如此悲伤和沉默地坐在那里？珍馐美味摆在你的面前，但是你碰都不碰一下。你以为我还想害你吗？如果真是这样，那么请你不要害怕——因为我已对众神发誓不会再这样做了。"

我回答道："如果一个值得尊重的人知道他的同伴被变成猪，关在离这儿仅一步之遥的猪圈里，他还能吃得下东西、喝得下酒吗？如果你想让我高兴，就请解除你在我同伴身上施下的咒语，让我和他们重逢。"

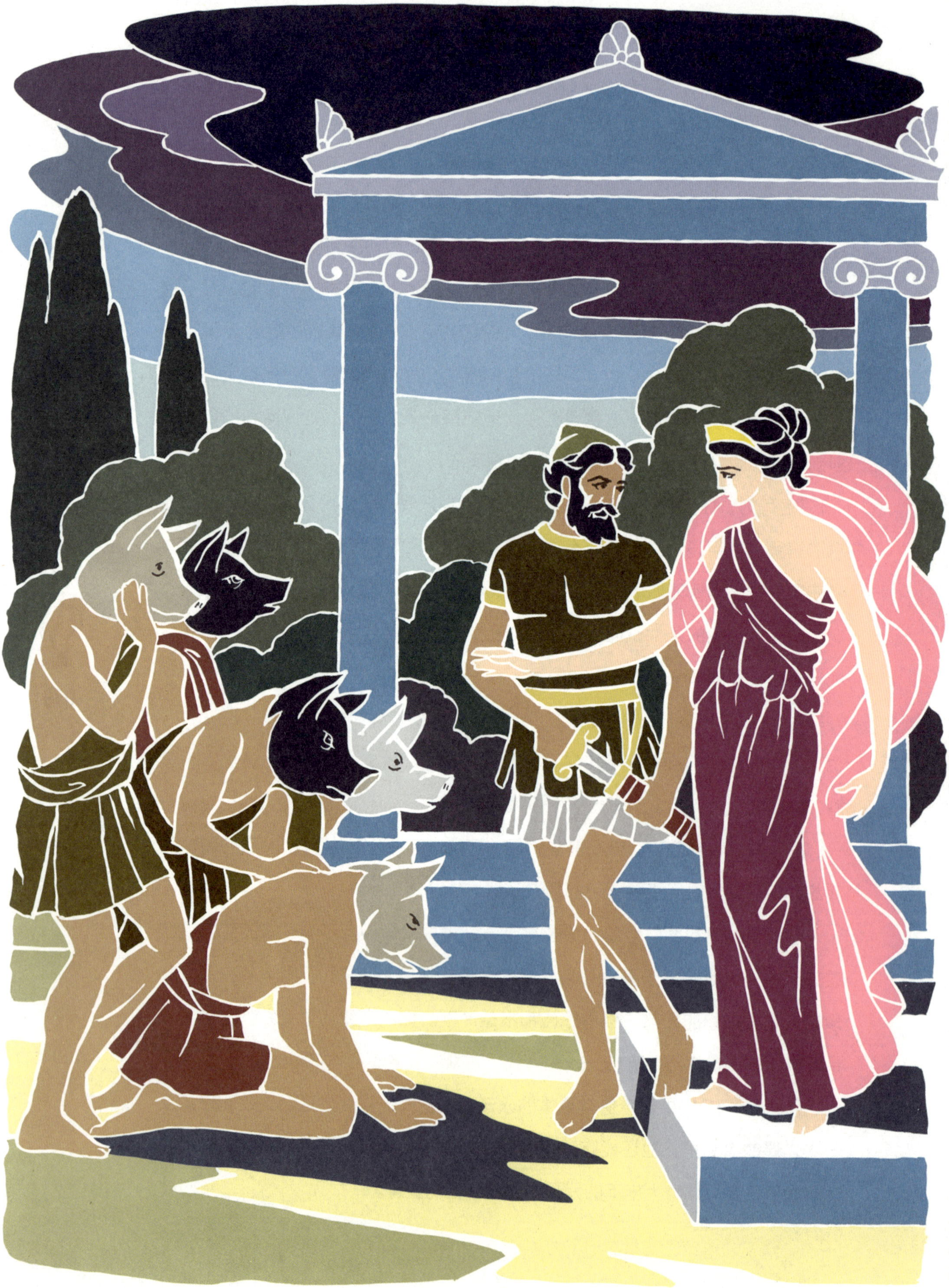

喀耳刻听我说完，就带我走出宫殿，上前打开了猪圈的门。所有的猪都冲了出来，他们悲伤的表情让我一眼就认出他们就是我的同伴，而感同身受的我顿时心都碎了。喀耳刻拿出一种神奇的药膏，在每一个长满鬃毛的脑袋上都抹上一点。一眨眼的工夫，他们又变回了人形，而且比之前更年轻、更英俊。他们跑过来，紧握住我的双手，如释重负地哭了起来。

这情形是如此感人，就连喀耳刻也为之动容，她说："奥德修斯，去找你的船吧，把它拖上岸，把帆具藏在洞里，然后你们都回来和我一起住在这里吧。"

她坦白的神情告诉我，她没有再设什么圈套，于是我动身前往岸边。等我一到那里，却发现余下的同伴们正在痛哭流涕，你们很难想象他们看到我时是何等欣喜！他们就像日落时刻的小牛犊，一看到母亲回栏就大喊大叫、你推我挤，什么也不能让他们停下来。这就是我的船员们和我在一起的情景，他们泪眼婆娑地冲过来拥抱我。这欢天喜地的劲儿，就仿佛我们已经回到了到处都是岩石的伊萨卡。

"来吧，"我对他们说，"把船拖到沙滩上来吧，然后把索具都藏到这些洞穴里。这些都干完了，我们就离开这里，去喀耳刻的宫殿和同伴们会合，他们正在那里享用美宴呢。"

大家都听从了我的命令，唯独欧律洛科斯不肯从命。他转向他们，大声地煽动着他们："你们这些傻瓜都疯了吗？只要我们一踏进喀耳刻的房子，她就会把我们都变成猪、狼和狮子来给她看守领地。你们都想想，我们上一次因为奥德修斯疯狂的决定付出了多少代价，他竟带我们闯进了库克洛普斯的洞穴！"

他的反叛让我怒火攻心，要不是其他人的劝阻，我当时就要拔剑将他砍翻在地，不管他是不是我的亲戚。同伴们劝道："算了吧，头儿，别管那个可怜虫了！就让他守船吧，你带我们其他人去喀耳刻的宫殿吧！"

之后不久我们就出发了，即使是欧律洛科斯也没有留下，因为我表现出来的怒意彻底震慑住了他。

我们抵达宫殿时，那些同伴正在桌边吃饭。一时间大家全都热泪盈眶地拥抱在一起，喀耳刻则对我们深感同情，她走过来对我说：

"莱尔提斯之子，请听我说。你流的眼泪已经足够多了，你们大家都是。我对于你们所遭受的艰难险阻非常清楚，请留在我的宫殿吧，直到你们彻底恢复气力。这些折磨人的记忆在你们的脑海里挥之不去，你们痛苦的面容又怎会再次泛起微笑呢？等到时机成熟，你们想再次离开时，我绝不会在你们的道路上设置障碍。恰恰相反，我会帮你们找到回家的路。"

她温柔的话语博得了我的欢喜，同时也为了我的同伴们，我决定让大家留下来。所有人都很高兴，因为他们现在最需要的就是休息和放松。

我们在喀耳刻的宫殿里度过了不少欢乐的时光：吃喝玩乐就是我们的每日工作，而我们也确实很快乐！时光匆匆如白驹过隙，自我们抵达喀耳刻的宫殿已有一年之久了。

有一天，有人跟我说起了回家的事。他只需要说这一个词，对家乡和亲人的极度渴望就刹那间冲入我的心田。

夜幕降临后，其他人都已安歇，我跪下身，抱住女神喀耳刻的双腿，恳求道："哦，喀耳刻，现在是你信守承诺的时候了。请把我送回家吧，我的心在那里。我的同伴们也都思乡心切，我也不忍心看着他们继续憔悴下去。"

"奥德修斯，"她温柔地说，"如果你愿意离开，我就不再挽留你了。但是你命中注定还要做最后一次航行，而这次远航比你过往的任何一次都要棘手。你必须先到冥府，请求先知泰瑞西阿斯告诉你回家的路。"

我跪在那里，惊得说不出话来。过了好一会儿，我才鼓起勇气问道："对我这样一个活人来说，又如何才能抵达冥界呢？谁会为我指引去那里的路？有人乘船做过这种航行吗？"

"如果是众神的意愿，一切皆有可能，"喀耳刻回答我说，"出发吧，北风之神波瑞阿斯会把你们一路送到海洋的尽头。在那里，你会找到一片长满柳树和杨树的海岸，这片森林属于冥后珀尔塞福涅。把你的船停在那里，继续前进直到抵达阿刻戎河①和冥河的交汇处。在那个地方挖一条1.8米宽的沟渠，把用来祭祀的蜂蜜、牛奶、清水和酒倒在里面。接着，向其中撒入面粉，然后杀掉一只黑色的公羊和一只母羊献祭给先知泰瑞西阿斯，务必让它们的血流到沟里和其他的液体混合在一起。做完这件事情以后，你就会看到无数的亡灵向你走来——不要让他们靠近你，直到你看见泰瑞西阿斯，并且和他交谈过了。"

我满心凄楚地将喀耳刻的话告诉了我的同伴们，这让他们陷入了绝望。尽管他们觉得恐怖，但是他们知道我们别无选择。

我们当中有一个年轻人叫作厄尔皮诺，他前一天晚上睡在宫殿平坦的屋顶上。而我们为离开做准备的喧闹声突然吵醒了他，他睡得迷迷糊糊，竟失足跌下来摔死了。就这样，我们又失去了一位同伴，但我们不能因此而耽搁时间。喀耳刻为我们带来了祭祀用的黑公羊和母羊，我们把羊带上船后，就出发了。

正如喀耳刻所预言的那样，我们的航船在北风的指引下一路前行。经过漫长的旅途，我们来到了海洋的尽头。在这里，辛梅里安人的国度被迷雾和乌云笼罩着。

下锚后，我们把羊带上岸，把它们赶到喀耳刻跟我说过的地方。我在地上用剑挖出一个深坑，然后把祭祀用的蜂蜜、牛奶、清水和酒倒了进去，然后往里头撒了几把大麦粉。最后，我宰杀了两只羊作祭祀，并让羊血流入沟中。血液在沟渠里流动着，亡者的灵魂开始聚拢过来，你争我抢地渴望能喝上一口献祭的鲜血，好记起他们原本的身份和前世命运。

---

① 阿刻戎河在希腊神话中是地狱五条主要河流之一，即痛苦之河。大河阻住前进的道路，只有渡神卡戎可以将亡灵摆渡到对岸。但是，亡灵必须缴纳一定的过河费方可上船，否则将在痛苦之河的沿岸流浪，找不到归宿。因此，传说古希腊人下葬时都要在死者嘴里放上一枚钱币，叫作"浸口钱"，就是用来缴纳过河费的。——编者注

我拔出剑来，使他们不敢靠近，我必须要等到泰瑞西阿斯的出现。没想到第一个出现的却是厄尔皮诺的灵魂，因为我们匆忙从埃埃亚岛离开时并没有带走他的尸体。他恳求我回去将他埋葬，让他的灵魂得到安息。在这里看到厄尔皮诺真是让我心痛不已，我答应一定会实现他的愿望。

接着，我看到了我母亲安提克勒亚的灵魂，我上次见到她时她还在伊萨卡活得好好的。看到她和亡灵走在一起，我不由得潸然泪下，但我知道绝不能让她先喝了沟中之血而认出我来，因为我必须要先看到先知泰瑞西阿斯的灵魂，他甚至在冥界也保留了记忆、思考和预言的能力。

终于，我见到了他。他手执金色权杖，走到我面前说道："莱尔提斯之子，你来这阴森森的地狱做什么？你从沟渠边退回去些，让我喝点献祭之血，这样我就能告诉你所有你需要知道的事情。"

我退到一旁，他跪倒在地去饮血。当他再度起身时告诉我："残酷而疲惫的旅程还在等待着你，你激怒了海神波塞冬，因为你弄瞎了他的儿子独眼巨人波吕斐摩斯。不过你还可以和你的同伴一起回家，只要你不去打扰太阳神赫利俄斯在特里纳西亚岛上吃草的牛群。吃掉其中任何一头牛，就要让你付出船沉大海和同伴皆亡的代价。即使你没有和他们一起命丧大海，你也要在经历漫长艰险后才能找到返回伊萨卡的路；而当你找到时也只会是孤身一人，委身于他人船上。你的麻烦还不止于此，在你自己的家中还有一帮无耻之徒，你要和他们进行一场艰难而血腥的战斗。这帮卑鄙小人一直在你家挥霍你的存粮和美酒，并且为强娶你妻子而争执不休。这些人都会死在你手中，有的人会在你的箭下丧生，有的人要做你的矛下之鬼。"

这位伟大的先知也告诉了我很多其他的事情，比如，我必须还要做最后一次漫长的陆地之行，要去的那个地方的人们对海洋一无所知；最终我会死在海上，但是我死得英勇壮烈且没有痛苦，还有亲人环绕身旁。

当先知说完后，我的母亲走上前来。当她喝下血后就想起了从前的时光，

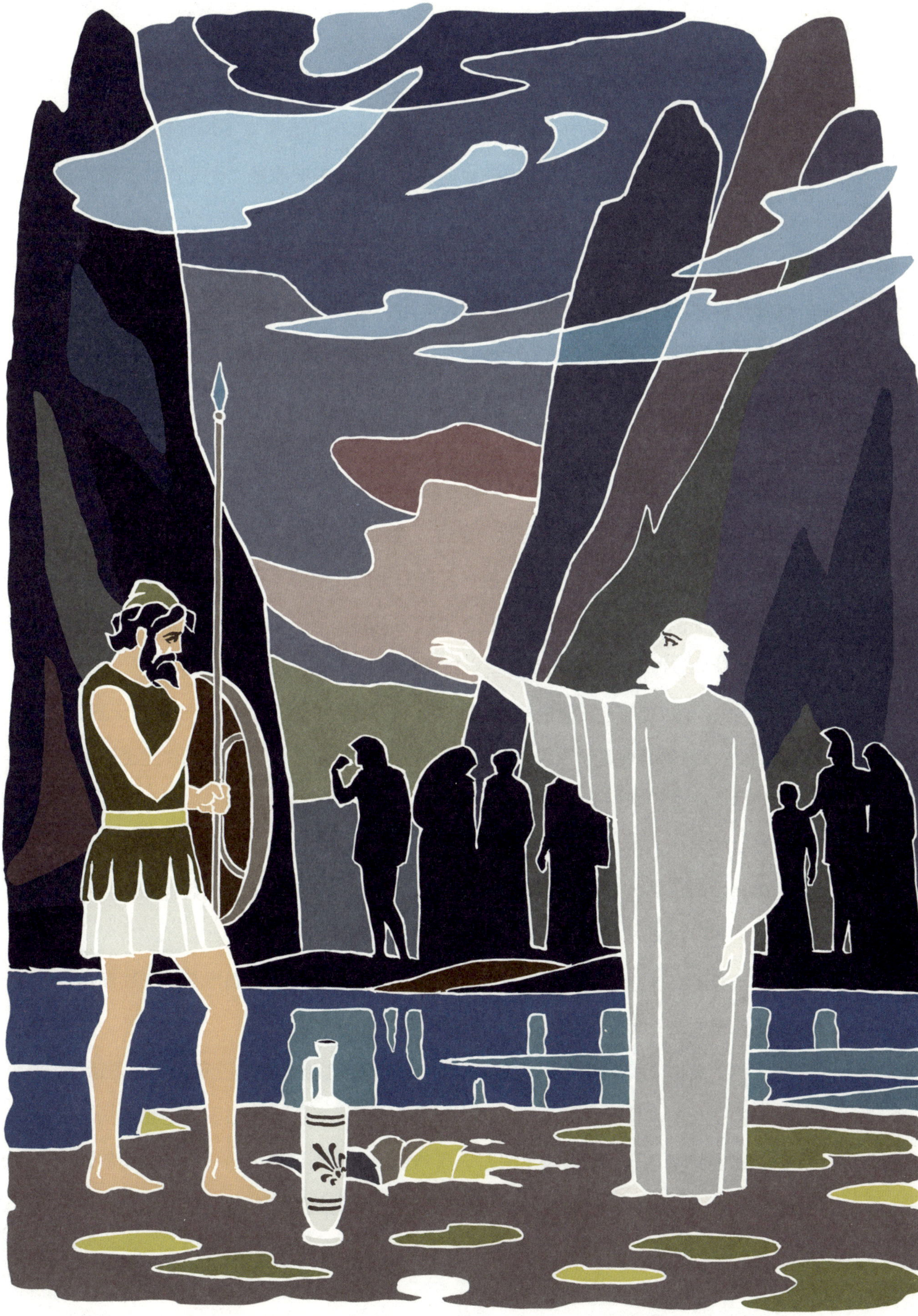

还告诉我在伊萨卡发生的一切。当我听到母亲是因为我离家多年忧郁而死时，不由得悲从中来。我接连三次想把她拥进我的臂膀来安慰她，而三次她都如同梦影般滑脱了我的怀抱。

接着，我还看到了许多从前熟识的面孔。我和阿伽门农交谈了一番，他哭着向我讲述了他是如何在从特洛伊回家之后，被埃吉斯托斯和不忠的妻子克吕泰涅斯特拉谋杀。我正心痛如绞地听着阿伽门农说话，阿喀琉斯的灵魂也快步走到我面前。

"莱尔提斯之子，"他惊叫道，"你也下到冥界了啊？但你竟然还活着！做完这件了不起的事后，还有什么壮举值得你追求？"

"我这次航行可不是为自己添加荣耀，"我回答说，"阿喀琉斯，我来这里是为了请教先知泰瑞西阿斯，因为我已经在海上四处漂泊多年，仍然找不到回家的路。如果说到荣耀和成就，那么这世间还没有人能比你更幸运。你在世时受到万众敬仰，现在在死者的国度里也是大权在握。"

"唉，奥德修斯！"他的灵魂叹息着，"不要安慰我了。如果能重见天日，哪怕做一个可怜的村民，也比统治地狱好上一千倍。但请告诉我，你是否知道我儿子尼俄普托勒摩斯的消息？他有没有参加战斗，并担当领军的大任？还有我父亲呢？他还在弗西亚做国王吗？还是像我担心的那样，那些尸位素餐之徒是不是轻视年迈的他？要是我能回到我出生的地方，哪怕片刻也好，你就会看到那些让他在晚年不痛快的恶棍们大惊失色的样子。"

我并没有老珀琉斯的消息可以讲给他听，但是我跟他提到尼俄普托勒摩斯在特洛伊的英勇事迹时，他心里充满了做父亲的自豪感！

接下来帕特罗克洛斯、安提洛科斯，还有很多其他人也走上前来与我对话，但只有伟大的忒拉蒙之子埃阿斯心怀怨恨地远远站着。即使在冥界他也无法忘记，曾经是我从他那里赢得了阿喀琉斯的铠甲，看到这样一个俊杰被黑暗的地府吞没，我宁愿当年没有胜过他。我轻声问他我们是否还能重归旧好，还辩解说该责怪的是宙斯,因为他对达纳伊达斯事件①一直怀恨在心。

他却转身离开,一句话也没说。

我还在冥界看到了很多其他赫赫有名的面孔,此时我却急着离开,因为亡灵的呼喊声已经聚成一片喧嚣,我害怕戈尔贡女妖②可能会突然现身,把我们都变成石头。我招呼我的同伴们跟我回到船上去,我们爬上船,扬起风帆,再次向喀耳刻的岛屿驶去。

我们到达埃埃亚岛时,首先要做的就是埋葬厄尔皮诺。我们捡好柴火,把厄尔皮诺连同他的武器一起放在火葬的柴堆上。当火焰吞噬他的身体时,我们都流下了悲痛的泪水。然后我们在他的骨灰上修了一个高高的坟堆,把他用过的桨插在了坟墓的最高处。

当我们做完丧事,喀耳刻和她的侍女们来了,把饭食给我们摆好。

"今天你们一定要吃好、休息好,"这位高贵的女神对我们说,"因为明天你们又要远行了。不过,不要害怕,我会告诫你们哪些事情应该提防,以及怎样防范你们在途中会遇到的危险。"

我们吃饱喝足后,同伴们都上床休息了,喀耳刻此时把我拉到一旁。

"在你回到家之前还会遇到很多艰难险阻,奥德修斯,"她不无担忧,"有不少可怕的困难会横亘在你回乡的路上。"

然后,她把我会遇到的危险和应对之策一一告诉了我。她最先说到可怕的塞壬,她们的歌声足以引诱任何驶近她们岛屿的人;接着,她让我注意那些参天耸立的普兰克特斯,这些移动的巨石会阻挡我们前行;然后她说到斯库拉和卡律布狄斯,这两个可怕的怪物横亘在一处狭窄的海峡,那些想从中通过的人都要向他们付出可怕的代价;最后,她像泰瑞西阿斯一样警告我们,如果还想再见到家乡,就不要吃赫利俄斯的牛。

---

① 指达纳伊达斯姐妹在新婚之夜杀夫的事情。——编者注
② 指美杜莎及其姐妹。——编者注

女神不停地说下去，不觉间长夜将尽，黎明已至，此时天际已铺满粉红的朝霞，喀耳刻拿给我一件束腰衫衣和一件披风让我穿上，而她自己则穿上白色的长袍，蒙上精致的面纱，腰间系了根美丽的金腰带。

　　我们出发的时刻到了。女神陪着我们走到船边，接着我下令让同伴们解下缆绳、登船起航。等我回到他们中间时，所有人都已坐好，握紧船桨，船很快就划出了港口。

第六章

拦路的海妖

**离**岸稍远时，我们张起风帆，一阵和风鼓满了船帆，我们的船劈波斩浪、轻盈前行。这感受往往让人心情畅快，但想到还要把坏消息告诉我那些可怜的同伴，我就不禁心情沉重起来。

"大家请听我从喀耳刻那里得来的消息，她的见闻比那些最强大的天神还要广博。我们必须驶过塞壬海妖们的岛屿，那些半人半鸟的海妖会用美妙的歌声引诱驶近她们巢穴的水手。而任何听过她们歌声的人将再也无法见到家乡和亲人，只能和其他被歌声蛊惑的人一起留在岛上，经过日晒雨淋变成一具具枯骨。想逃出塞壬的魔爪，你们必须用蜡将耳朵堵上。喀耳刻还告诉我，只有我可以听到她们的歌声，但是你们必须把我紧紧地绑在桅杆上，让我不能动弹半分。如果我大声乞求你们放了我，你们就务必按照相反的意思去做：把我绑得更紧些。"

我正向同伴们解释这一切，塞壬的岛屿出现在了海平线上。风停了，我的同伴们收起了风帆，坐在船桨旁等待我的指令。我拿出一块蜡，将它切成小块，在温暖的阳光照耀下，放在自己手掌里不停搓揉，直到它们变得柔软之后，就塞入同伴们的耳朵。

等我做完之后，他们让我背靠桅杆站好，缚住我的手脚，把绳结系紧；然后他们又在船桨旁坐下。于是我们掠过海面，朝那座岛屿进发，海浪打在船头，化作无数雪白的飞沫。

当我们越来越靠近时，塞壬海妖们发现了我们，就唱起了美妙的歌曲，用撩人的声音向我们呼喊着："来吧，光华耀目的奥德修斯，希腊人的骄傲，停下船来听听我们摄人心魄的美妙韵律，坐船经过这里的人都会靠过来倾听我们的歌唱，然后再兴高采烈地继续他们的旅程——这都是因为我们的歌声和我们透露的无数秘闻。我们知道你在征服宏伟的特洛伊之前遭受的所有磨难；我们能看到这富饶大地上发生的一切，以及即将来临的一切。"

她们继续唱着动人的歌曲，我拼命地想要靠近她们多听几句，就苦苦哀求我的同伴们解开绳索。但他们只是更卖力地划桨，而佩里米德斯和欧律洛科斯则站起

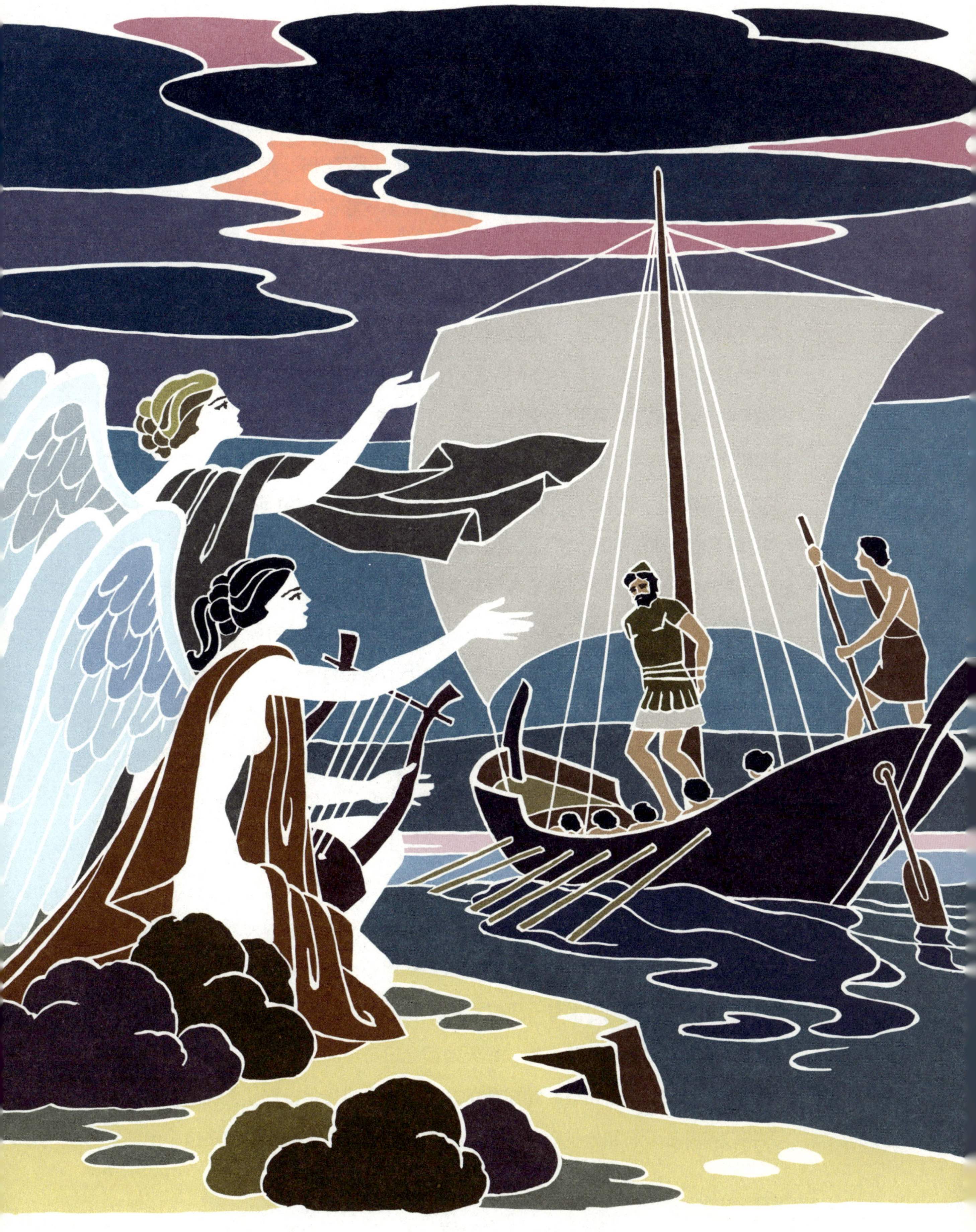

身来将我绑得更紧，丝毫不理会我的一再哀求。等船开过去以后，女妖的歌声也无影无踪了，我这些忠诚的朋友才把塞在耳中的蜡取了出来，解开我身上的绳索。

我们虽然安全地通过了塞壬这一关，我却满脑子都在想喀耳刻之前所说的黑暗预言：更可怕的困难还在后面。

"当你们离开塞壬的岛屿之后，"她警告我说，"你面前将有两条海路可供选择。但两条路都极度危险——而要由你来决定哪一条路对你的船只和船员来说更安全。首先听清这两条路各自的恐怖之处：在其中一条海路上，你会看到两块会开合的巨大岩石。众神把它们称作'普兰克特斯'。连飞鸟也别想从其上飞过，只有宙斯派去给众神送仙馐的两只鸽子才能飞过。即便这样，其中一只鸽子也会被它们碾压致死，而宙斯则会重新补上一只来凑成一对。如果有任何船只想冒险通过，那下场就是在海面上留下船只的残骸和破碎的尸体，任由惊涛骇浪冲来荡去。

在另外一条海峡内，你会看到两块岩石，一块高耸入云，它锯齿般的顶部都隐藏在乌云之中。没有人能爬到最高处，因为岩石表面陡峭湿滑，即使有二十只胳膊和腿脚都不行。在这块岩石的半山腰处有一座洞穴，但即便是最强的弓箭手也无法从海上射到那里。洞穴深处盘踞着可怕的怪物斯库拉，她的叫声令人毛骨悚然。没有哪个神灵愿意看到她，更不用说凡人了。她有十二条腿，六个扭曲的长脖子，每一个脖子上都有一尊长满三排密密麻麻尖牙的丑陋脑袋。她潜伏在洞内，能从洞口将蛇一般的喉咙伸出去老远。这些喉舌能在波浪上寻找猎物：海豚、鲨鱼，或者任何这海中盛产的其他填口之物。

没有哪个船长敢夸口说他从这条路走过而毫发未伤，因为斯库拉的每个头都会掳走船上的一个水手。另一块岩石要低矮些，距离斯库拉的那块不过一箭之遥。在这块岩石的边上有一棵枝繁叶茂的无花果树，而树下坐着卡律布狄斯，她是比斯库拉还要可怕的怪物。每天她都会把自己周遭的海水吸起三次，再用恐怖的力量将海水喷出去。如果谁正好碰上她吸起海水，那就大祸临头了，连海神波塞冬都没有和她抗衡的力量。我给你的建议是走斯库拉那条路，即使她

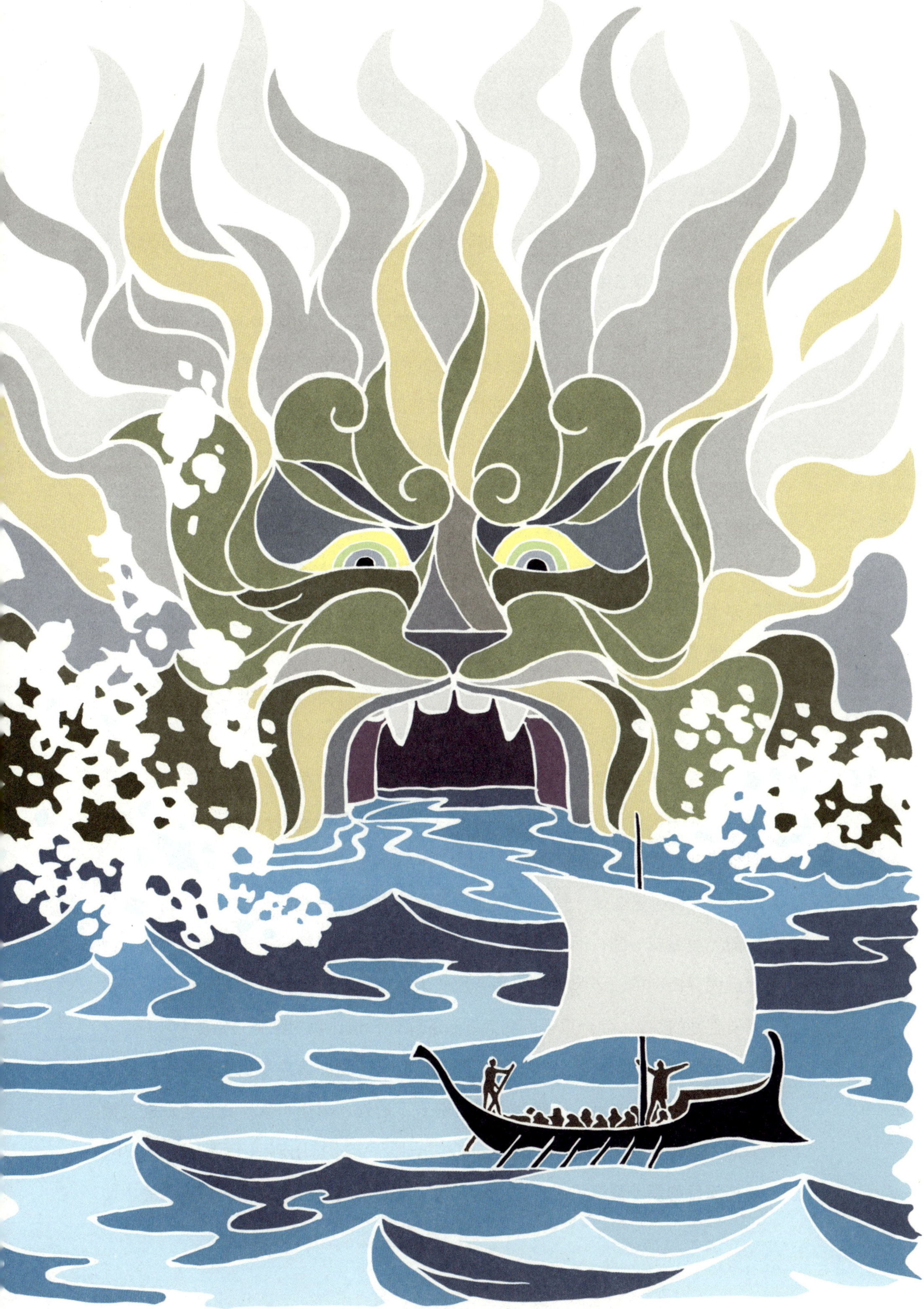

抓走你几个手下，总比你们全部送命要强。"

"也许我能从卡律布狄斯旁边悄悄溜走，"我提议道，"我不能在斯库拉下来抢我的手下时攻击她吗？"

"你真是一介莽夫！"她哂笑道，"你的脑子里就只有打斗和战争，奥德修斯。你能和众神作对吗？斯库拉可不是凡人，而是一个野蛮可怖的怪物，没有人可以与之抗衡。在像她这样无敌的怪物面前就不要充英雄了。要溜得越快越好，如果你调头与她开战，恐怕损失的同伴要多上一倍。你能做的就是当你经过时，向她的母亲克剌泰伊斯祈祷，是她把斯库拉生下，把邪恶带到这世间。你向她求情，她就不会让斯库拉再次袭击你。"

我正回想着那次重返埃埃亚岛后与喀耳刻的彻夜长谈，这时突然看到一排巨浪直冲云霄，接着又听到一阵轰鸣声，水手们吓得连船桨都从手中滑落，船慢慢停了下来。而我急忙冲上前去给他们打气。

"兄弟们！"我大喊道，"我们历经无数危难。我们在这里看到的一切并不比我们在独眼巨人洞穴里的遭遇更可怕，而且，我想你们都不会忘记是谁的智谋和勇气将你们救离险境的。所以都拿起船桨来，朋友们，使出全力划船！还有你，舵手，转过头不要再看澎湃的巨浪，紧紧贴住悬崖开过去，别让船漂到其他方向，否则我们都会死在这里！"

我就说了这些话，只字不敢提斯库拉的事，以免他们又抛下船桨，一起挤到船舱里缩成一团；而我也并未理会喀耳刻让我不要冒险攻击怪物的忠告，我抓起两只锋利的长矛跑到前边等待那骇人的怪物出现。我尽管到处搜寻，却没有发现她的踪影；而一直紧盯洞穴黑暗的深处，也让我的眼睛开始疲惫不堪。

我们提心吊胆地驶进了海峡，斯库拉的悬崖高高耸立在我们船的右舷，距离我们不过一桨之远。而在我们左舷前方不远处，卡律布狄斯正用可怕的力量将海水吸走，那力量大到将海水扯拽成一股涡流，排山倒海般涌进她的口中，就连海底的黑沙都露了出来；接着，她又把海水喷了出来，汹涌而出的海水此时像在熊熊大火上的汤锅里沸腾的开水一般翻滚跳跃，涌出气泡。

这情景让我的同伴们魂飞魄散，他们脸色蜡黄，瑟瑟发抖地等待着末日的来临。就在我们惊恐万分、把视线都投向卡律布狄斯时，六头怪兽斯库拉已悄无声息地扑向我们的船只。她瞬间就抓住了六个船员，他们可都是臂力过人、骁勇善战的小伙子。我急忙向上看去，看到他们都被拖上天空，胡乱挥舞着四肢拼命挣扎，并最后一次呼喊我的名字。我们终于从一边溜了过去，而斯库拉则忙着将她俘获的水手砸向她洞旁的锋利石头，然后开始吞食他们。他们大声尖叫，伸出胳膊绝望地求救。我虽经历过这么多残酷的战争和远航，但是我的眼睛从未见过比这更可怜的情景。

我们穿过了两座巨岩，终于逃出了卡律布狄斯和斯库拉的恐怖之地。很快，我们就来到了斯利那西亚岛——凉风习习、晴空万里的赫利俄斯之岛。隔着海水我们就能听到牛羊的叫声，此时已是傍晚时分，它们也该回到围栏里去了。

这时我想起了先知泰瑞西阿斯和喀耳刻警告我们的话，于是我告诉同伴们："老朋友们，你们都记得我们驾着这艘船前去冥界时盲人先知所说的话吧，现在我还得告诉你们喀耳刻的话。"

"在这个岛上，赫利俄斯的两个女儿——费苏萨和兰佩提亚负责看管他们父亲在此吃草的牛羊。岛上共有七群牛和七群羊，每群各五十头。牛羊一共就这么多，而这数目从未改变——因为这些动物既不繁衍后代，也不会死去。如果我们不去伤害它们，不管前面还有多少绝境，我们都会回到家中；但哪怕我们只杀了其中一只，我们都会丧生在这汹涌的大海。因此我们最明智的路线，就是不要踏足太阳神的岛屿。"

当我的同伴们听到这些话时，一个个似乎都心痛无比，欧律洛科斯甚至还愤怒地反驳道："你真是个不讲情面、一意孤行的人，奥德修斯！你一点都不顾及我们已经筋疲力尽了吗？如果你都不打算让我们上岸吃点面包，在沙滩上舒展下四肢来解解乏，那你的心一定像铁石一样无情。你想让我们披星戴月划船到远海吗？难道你不知道夜里的风暴最可怕？如果天气转坏，北面来的狂风毁了我们的船，到时该怎么办呢？让我说，大家就听从夜晚的召唤吧，等到清晨我们再驾船去远海。"

大家都一致站到他那边，不听我的劝诫，我就意识到我们躲不过这一劫了。

"欧律洛科斯，你逼迫我同意，因为你们大家反对我一个人。不过，我坚持你们都必须庄严地发誓不伤害岛上任何一只动物，只能吃喀耳刻送给我们的食物。"

他们发过誓后，我们将船驶近，在一个海湾抛锚停了下来。海湾上还潺潺流淌着一汪甘洌的泉水。蹚水上岸后，我们就坐下来吃东西。等吃饱后，我们想起被斯库拉掳走的同伴，不禁又是一阵伤心，好在睡意终于征服了我们的身体。

快天亮时，一阵猛烈的风暴惊醒了所有人。一时间天空中乌云笼罩，海上掀起怒涛狂澜。我们忙把船拖上岸，藏在一个洞穴之中，以防暴风将其破坏。当一切都收拾妥当后，我对同伴们说道："大家听好，我们船上有足够的食物，有面包，也有酒，什么都不缺。所以，你们任何人都不要想着去偷赫利俄斯的牛——因为他是太阳神，从天上就能看到、听到这里的一切。"

我对他们说了这番话，他们也都同意了我的意见。但是这股狂风刮了整整一个月，风势猛烈到我们连鼻子都不敢探出洞穴。只要我们的面包和酒还够吃，我们还能过得不错；可当这些储备都耗尽之后，我的同伴们就只能壮胆顶着风暴来搜寻食物。我们吃贝类、水产、鸟，能找到什么就吃什么，可还是半饥半饱，食不果腹。

一次，我从他们身旁溜走，前往岛内祈求众神开恩让我们回家。我洗净双手后开始祈祷，祷告完毕后，我坐到一棵橡树的树荫下，众神把甜美的睡意吹入了我的眼睛。正当我远离同伴酣睡之际，欧律洛科斯趁机给饥肠辘辘的大伙出了个最糟糕的主意。

"我可怜、受苦的朋友们啊，"他说，"各种死亡都是痛苦的，但没有哪一种比饿死更苦。所以我说，让我们把这岛上最好的牛驱拢，然后把他们献祭给众神。等我们回到伊萨卡时，就给赫利俄斯修建一座宏伟的庙宇，并在里面献上丰厚的祭品。就算他大怒，决定掀翻我们的船只，我也宁可嘴里灌满咸涩的海水沉入海底，也不愿远离家乡流浪大半个世界，饿得只剩皮包骨头。"

他的话让所有人都拍手称快，他们把最好的牛群赶到一起，把它们杀掉献给奥林匹斯山上的众神。因为没有大麦粉，他们还不忘在这些祭品上撒上橡树叶。接下来就是宰牛、剥皮，砍下大腿，将大块肉放在火上炙烤。没有献祭仪式需要的美酒，他们就在烤肉上洒上水。当这些大块肉和内脏都被烤熟吃净以后，他们又把剩下的肉切好，用烤叉插好，在余烬上做着烧烤。

这时我才醒了过来，向船边走去。走近后却有一股盘旋的青烟将我笼罩起来，还伴随着一股烤肉才有的浓郁的油香味。

我恐惧地哀叹着，然后大声地向天空抱怨："天啊，不朽的众神们，为什么你们要让我睡着，令我的同伴们犯下如此可怕的大错？"

但此时，赫利俄斯已从他的女儿兰佩提亚那里得知了所发生的事，他顿时勃然大怒，吼道："无所不能的宙斯，以及你们所有其他在奥林匹斯山上的众神们啊，让那些妄邪无信的凡人付出惨重的代价吧！我是多么喜欢从天上俯瞰那些牛群，而他们竟敢毫不犹豫地杀死了它们！如果他们没受到应有的惩罚，我就将自己葬在冥府，把我的光辉献给亡者的国度。"

宙斯亲自出面给了太阳神满意的答复："赫利俄斯，像往常一样将你的光带给众神和世人吧，"他安慰太阳神说，"我向你保证，当他们的船驶到远海之中时，我会用霹雳把他们的船打个粉碎。"

你也许会纳闷，我怎么能知道天神的回应呢？其实是卡吕普索告诉我的。她也是一位不朽的神灵，而神灵之间也会互相交流。

我回到同伴们身边时，毫不留情地责骂了他们一番——这样做已经于事无补，因为大错已经铸成。

六天来，这些在劫难逃的蠢货一直吃着赫利俄斯珍爱的牛群，虽然众神已多次送来可怕的征兆：被剥下的牛皮沿着地面爬行，牛肉竟发出愤怒的低吼，而我们耳边则不断回荡着牛群的嘈杂声。

第七天，风停了，于是我们登船离去，驶往远海。

太阳神岛离我们越来越远，很快我们的四周只剩下天空和大海。这时，一团乌云突然笼罩在我们上方，这片海顿时一片漆黑。片刻，一阵狂暴的西风呼啸而来，刮断了撑起桅杆的支柱。桅杆倒下时砸碎了舵手的脑袋。可怜的家伙！他的尸体径直坠入波浪，魂飞天外。

突然间雷鸣电闪，宙斯把他的闪电向我们的船劈来，令人窒息的硫黄毒烟顿时弥漫开来。我的同伴们都被掀入水中，如同落水的乌鸦一般拼命挣扎，却无丝毫获救的希望。众神就这样结束了我的同伴们的返乡之旅。

我此时仍在船上，但猛烈的海浪很快将船的两舷冲垮，倒下的桅杆也脱离了船身，龙骨和肋拱也已散开，船已经散成无数残骸。我紧紧抓住漂浮的桅杆，一个浪头又将我冲到了龙骨旁，我拼命抓住它，用绳索将这两块木头捆在一起，然后我挣扎着爬上去，坐下来，只能任凭狂风怒浪摆布。

不久后西风停了，但是又刮起一阵凌厉的南风，将我置于更可怕的险境之中，这阵风咆哮而来，毫不停歇地将我推回到斯库拉和卡律布狄斯的地盘。一整夜，它都吹着我往后走。第二天太阳升起时，我正好又回到了那可怕的海峡之中。当我被强风吹到卡律布狄斯的石崖旁时，她正在贪婪地吸着海水。

我拼尽所剩的每一分力气，跳起来抓住那棵无花果树的一根树枝，而树枝下方就是湍急旋转的大漩涡。那怪物咕嘟咕嘟地喝下海水，我临时拼凑的木筏也随着海水一道被吸了过去。此时的我就像一只蝙蝠，用手指抓紧树枝悬在半空，等着她再把海水喷回。到了正午时分，就在卡律布狄斯再次喷水之前，我看到了自己的木筏。我松手放开树枝，跳入波浪之中，迅速划了几下水后，又爬上了木筏。我以手代桨，用尽可能快的速度逃出了这个该死的海峡。至于可怕的斯库拉，我想宙斯肯定把我从她的视线里隐藏了起来，不然我可不能从那里活着回来。

接下来的九天，我在海浪里受尽折磨。第十天，我踏上了卡吕普索的岛。这位女神既美丽又可怕。她全心全意爱我，但是，为什么要再讲一遍这故事呢？我昨晚在宫殿里已经讲过了这段故事，还有谁会在意一个讲两遍的故事呢？

第七章

返回伊萨卡

奥德修斯讲完后，大家都沉浸在故事中，阴凉的大厅内一片寂静。阿尔基努斯被深深地打动了，他建议大家送给奥德修斯更多的礼物，其他贵族们都欣然同意了。

与此同时，船已备好。奥德修斯在第二天日落时分就要乘船出发。第二天天刚亮，大家就把礼物搬到了码头。阿尔基努斯还亲自到场，看着礼物都万无一失地装进货舱。

不久，人们又开始为离别的宴会忙活起来。一只烤全牛准备好了，非凡的盲人歌手德摩多科斯也被请来演唱脍炙人口的歌曲。但是，奥德修斯已经等不及要踏上回家的旅程了，他不时地抬头看着太阳，焦急地等待它落下。当明亮的太阳降落至海平面上时，所有人都站起身来，杯里斟满了美酒。

奥德修斯先给阿尔基努斯敬酒，祝愿他能长久地统治国家，幸福快乐，深受人民的爱戴。接着他又向王后阿瑞忒敬酒，祝愿道："希望您一切安好，最高贵的王后殿下。祝您身体健康，家庭快乐美满。"说完这些话，他立刻走出门外，眼中闪烁着泪光。

太阳落下后，奥德修斯登上船，躺在水手们用崭新的亚麻布给他铺好的床垫上。桨手们也坐下来开始飞快地划起船桨，同时众神也把奥德修斯送入了又香又甜的梦乡，就好像再也醒不过来了一样。

法伊阿基亚人的快船凌波疾驰，快过奔腾的骏马，甚至连鸟类里飞得最快的猎鹰都不及它的速度。船加速前行，把奥德修斯带回家去。奥德修斯的智慧可与众神匹敌，此刻他安静地睡着，忘记了一切烦恼。

这艘船整夜都在海上劈波斩浪，当璀璨的晨星升起时，伊萨卡已出现在人们的视野中。他们在一个叫作福耳库斯①的港口靠了岸，这个以海洋长者的名字命名的港口附近有一个洞穴，洞穴内有两股潺潺流淌的甘泉，洞前还长着一棵

---

① 古希腊神话中的原始海神之一，盖亚与蓬托斯之子，代表海之愤怒，同刻托生下众多海上的妖魔，包括塞壬、斯库拉、格赖埃等。——编者注

橄榄树。这块秀美的地方乃是神圣之地，泉水仙女奈德阿斯就住在这里。

这里能看到石质的酒瓶和碗，专为蜜蜂酿蜜所用。还有岩石上雕刻出的织布机，泉水仙女们正是用它才织成紫蓝色的布匹，那是罕见的神奇宝物。洞穴有两个入口：一个朝北，供凡人进出；一个朝南，为神灵专享，凡人不得从这里进出洞穴。

法伊阿基亚的水手们对这个海湾很熟悉，他们快速把船开了进去，一下子将一半的船身冲停在了沙滩上。奥德修斯依然沉睡着，水手们就抬着床垫的四个角，把他轻轻地放在了海滩上。然后他们又将礼物都卸下船，在他身旁堆好。做完这些事后，他们把船推回水中，爬上船，弯腰拿起船桨，起程回家。

波塞冬对法伊阿基亚人的做法非常愤怒。他知道奥德修斯总有一天会返回家乡，但是这些家伙不仅把奥德修斯安然无恙地送回了伊萨卡，还送给他如此丰厚的礼物，比他曾在特洛伊斩获的战利品还要多。

因此，等到法伊阿基亚人的航船就要泊入港口时，波塞冬把它变成了岩石，从此以后要永远经受海浪的冲击。阿尔基努斯看到此番情景，痛心得直摇头，才想起他父亲的预言。他马上召集人们为海神献上丰富的祭品，祈求波塞冬能怜悯他们，不要用高山将他们的城市团团围住。

此时，奥德修斯醒了过来，却认不出自己的家乡，因为雅典娜布下迷雾遮掩了周围的一切。她不希望求婚者们受到死亡惩罚前，有任何人看到奥德修斯。

而奥德修斯简直绝望了。

"我现在在什么地方？"他哀叹着，"如果这个地方的人对神灵不敬，不知法律为何物，我的这些财宝又该如何处置呢？"

当他正忧虑此事，为新的流亡而愁苦不堪时，雅典娜扮作一个年轻的牧羊人走了过来。

奥德修斯很高兴看到另一个人走来了，于是恳请牧羊人同情他这个外乡人，告诉他这是什么地方。

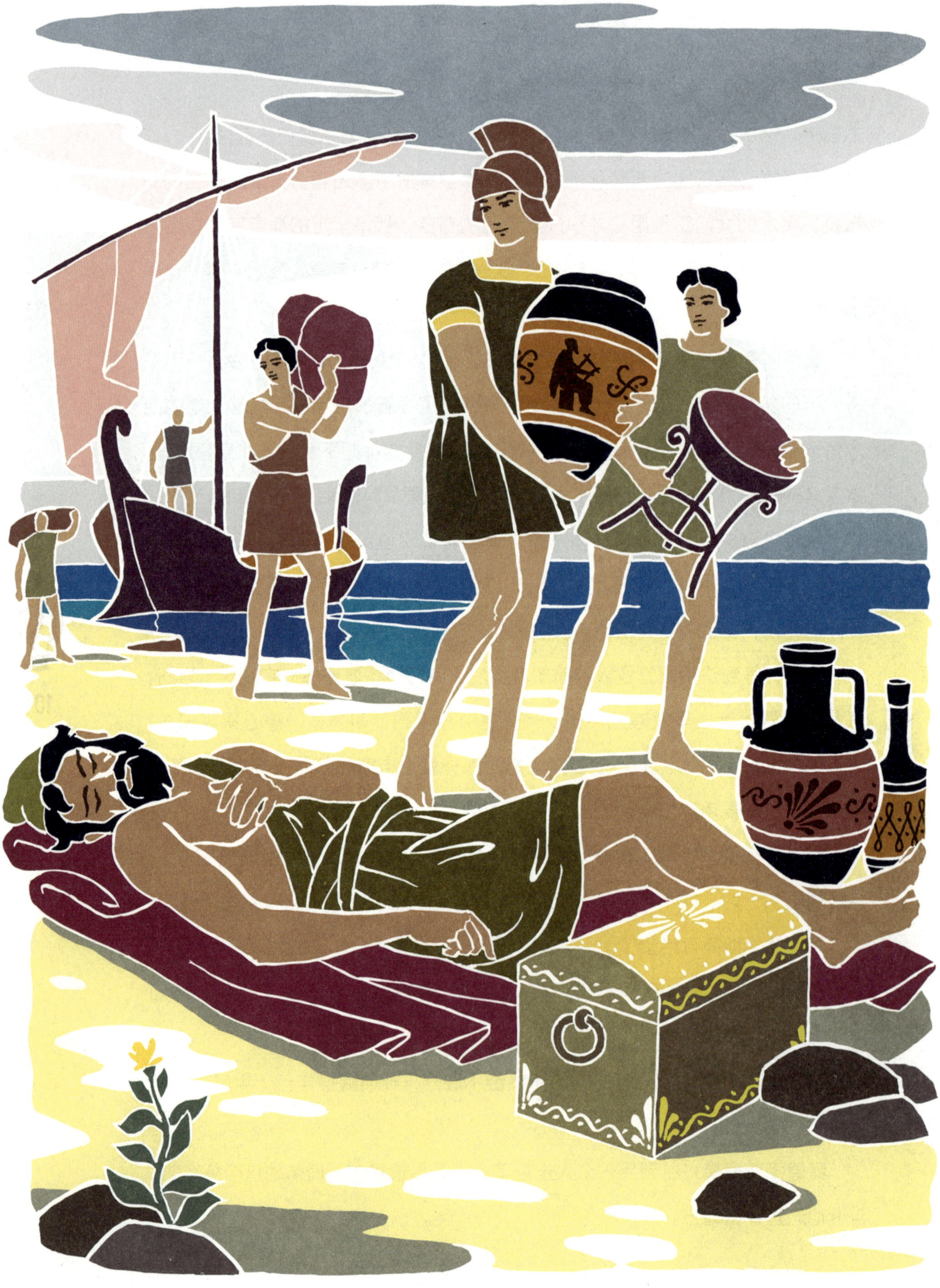

"外乡人，你的问题真让我吃惊，"雅典娜回答说，"谁都知道这个地方。就算远在海角天涯，东至太阳升起之地，西至太阳落下之处，成千上万的人都会跟你提到这个地方。这里的土地满布岩石，也没有能让车马驰骋的康庄大道，土壤却肥沃丰饶。大麦、小麦在这里茁壮成长，雨水充沛，碧草丰茂，牛羊成群。这里树木种类繁多，四处可见甘洌的泉水潺潺流淌。异乡人，你现在脚下的这片土地就是举世闻名的伊萨卡岛！"

听完这些，奥德修斯的心狂跳不止，但是他还是小心翼翼地将这喜悦隐藏起来。他不想暴露自己的身份，就给牧羊人编了个这样的故事："当我们在特洛伊打仗时，时常能听人提起伊萨卡。现在我带着这些财宝来到这里，是因为我在克里特岛杀了伊多墨纽斯的儿子奥耳西洛科斯，他想抢走我在战场拼命才得来的战利品，结果受到了应有的惩罚。我想方设法到了岸边，找了一艘商船，付了他们一大笔钱，说服他们把我带到皮洛斯或者厄利斯。不过海上一直刮着逆风，我们只得停靠在这里。大家都非常疲惫，于是我们都上岸休息。我的头刚碰到沙子，就睡了过去，而其他人没把我叫醒就先离开了——不过你要知道，他们没碰我的财宝，只带走了我早就拿给他们的那份。"

雅典娜听到这些话，不禁露出了微笑。她又变回了自己的女性原形，慈爱地拍了拍奥德修斯的脸颊，然后说道："奥德修斯，你扯起谎来还真是没完没了！要论狡黠机智、胡编乱造，连神灵都比不过你。不过你见到帕拉斯·雅典娜本人时，可没把她认出来！我再次前来帮助你，是因为冥冥中你还有险关要度过，而这一次危机就出在你的屋檐之下。你不能告诉任何人你的真实身份，你还需再耐心等待，默默忍受一段时间。"

"我是没认出您来，女神殿下，"奥德修斯直言不讳，"但是您可以幻化成任何样子，我又怎能认得出呢？我可不会忘记在特洛伊战场上您照顾我的大恩大德。但是我刚开始返乡之旅，情况就大不一样了，我再也见不到您，而厄运也接踵而至。直到我抵达法伊阿基亚人的国度后您才再次出手相助，而现在您又出现在我身边。我恳请您告诉我，我是真的已经回到了我望眼欲穿的故乡了吗？"

"是的，奥德修斯，这里就是——但是别抱怨在波塞冬找你麻烦时我没有帮你。我确实无能为力，因为海洋属他管辖。而且，他毕竟是我父亲的兄弟；但你现在不是又回到了伊萨卡吗？这可是因为我出手相助。"

说到这里，她驱散了迷雾，然后又说："看看你的周围。这里是福耳库斯的港口，那棵橄榄树后有个洞穴，就是你过去常来祭祀水泽仙女的地方。"

历经千辛万难，奥德修斯终于又回到了祖辈的土地上。他高兴得泪流满面，跪了下来，亲吻着这片热土。

但女神没有让他一直落泪感伤。

"动作快些，奥德修斯，我们没时间浪费，"女神警告他，"我们先要把这些财宝藏进山洞，让谁也拿不到，然后再商量好一个上上策。"

藏好金银财宝之后，雅典娜对奥德修斯说起了求婚者的事情。之后，她又补充道："现在就看你的了。三年来，这些恶棍一直在你家胡吃海喝，让你的好妻子痛苦不堪。现在该让他们上路了。"

奥德修斯对她的感激之情无以言表。

"亲爱的女神，"他说，"没有您的帮助，我可能一踏进自己的宫殿就像阿伽门农一样身遭不测。但是，有您助阵，这帮家伙们一定会罪有应得，一个都跑不了。"

"我会保佑你的，奥德修斯，"她回答说，"但是你先要变得无人能识。这样不会有人知道你已归来。然后你去找你忠实的牧猪人欧迈俄斯，而我会赶快去找忒勒马科斯回来，他现在正在遥远的斯巴达打听你的消息呢。"

"您为什么让他去那里，女神殿下？"奥德修斯抱怨道，"那些外乡人在我家里弄得乌烟瘴气，而您却打发我那可怜的孩子到异国他乡徒劳无功地寻找父亲？"

"不用担心忒勒马科斯，"她安慰道，"他在斯巴达过得很好。而那些求婚者正设下埋伏想在他回来的途中将他害死，可是他们不知道，他们自己的死期快到了。"

说完这些话，雅典娜用她的金色权杖碰了奥德修斯，他立即变成了一个满脸皱纹的秃顶老乞丐，他似乎历经贫寒，饱尝厄运之苦。女神又让他穿上褴褛、发臭的衣衫，手里握住一根拐杖，让他装扮得更加惟妙惟肖。然后雅典娜道了别，动身赶往斯巴达；而奥德修斯则遵照女神的指示，踏上了那条通向他忠实牧猪人居所的山间小路。

不久，奥德修斯就赶到了那里。看门的几只狗听到他的脚步声，就狂吠着向他扑了过来。欧迈俄斯赶忙跑出来，把它们驱散了。

"老爷爷，刚才可真够险的，"他松了口气，对奥德修斯说道，"它们差点就咬到您了，您肯定会疼得哇哇大叫——就好像我的麻烦还不够多似的，没日没夜地忙活就是为了养活一帮邪恶的懒汉。天知道我那善良的主子在哪个遥远的岛上流浪，能吃上一片面包就谢天谢地了——当然，如果他还活着的话。别管这些了，进来吃点东西吧，然后您再跟我说说您是谁，怎么落魄成现在这样。"

欧迈俄斯的话让奥德修斯的心里暖烘烘的。

"感谢你能这么友好地迎接我，我祈求洞悉万事的宙斯保佑你心想事成。"奥德修斯答道。

"异乡人，我觉得不该冷落宙斯送到我这里的任何过客，即使是像您这样穷困潦倒的人——如果站在这里的人是我那失踪的主人就好了！他定会对我百般关爱，赏给我房子、土地，还帮我娶个年轻漂亮的老婆。唉，可是他已经不在这人世——如果海伦和她的族人能在奥德修斯死之前都死去，就不会有那么多人为她搭上性命了！"

说完这番愤恨不平的话，他走到外面猪圈抓了头猪杀掉，撒上调料再放到烤架上炙烤。烤熟后，又在肉上撒了点大麦粉。这些都忙完后，他用常青藤木

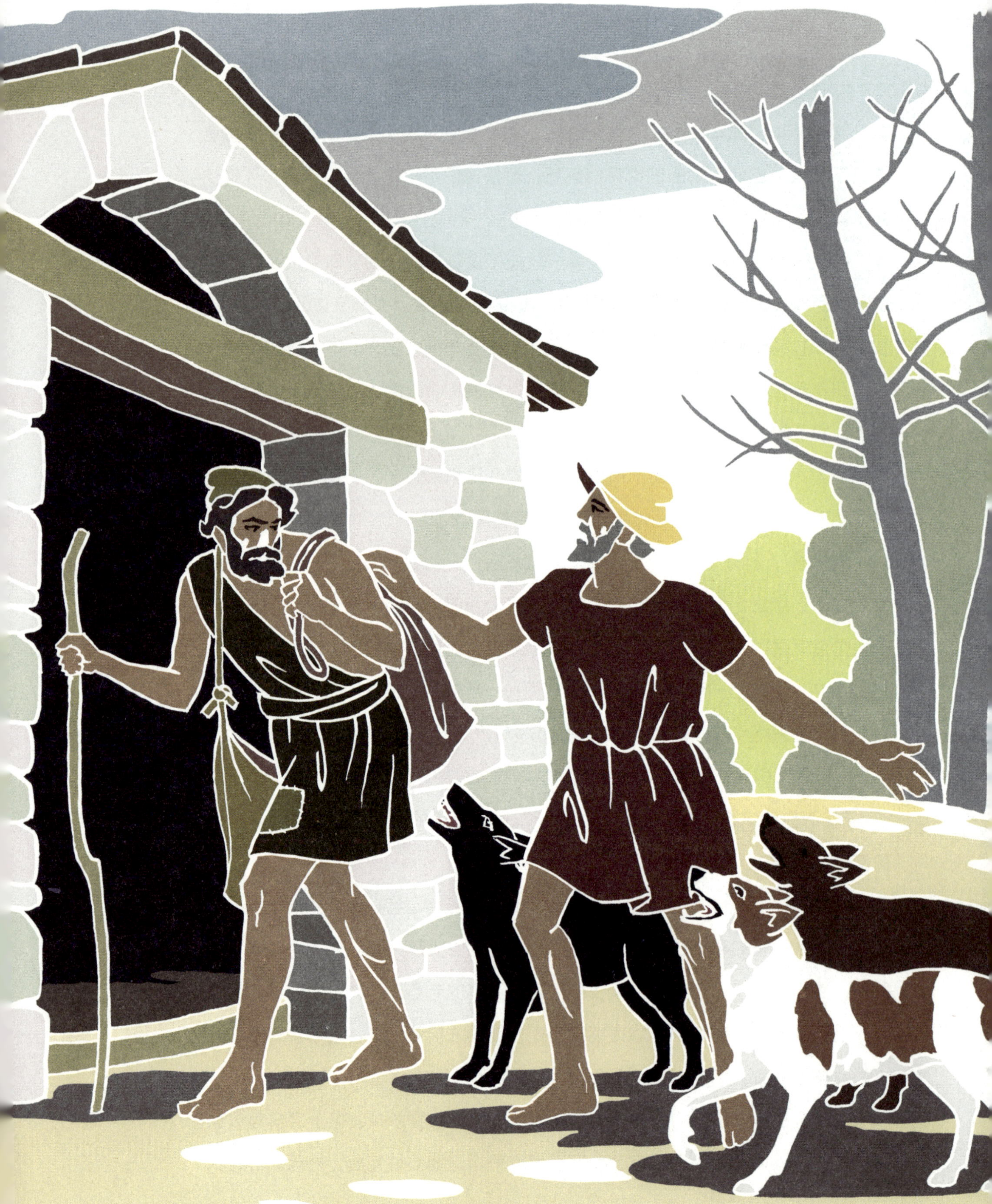

做的杯子盛满美酒，敬献给奥德修斯，说道："把这些都吃掉吧，老人家。我们奴隶能吃上的恐怕就只有这些瘦骨嶙峋的小猪，肥猪都被牵去豢养那些求婚者了。他们胡作非为，对神灵的惩罚毫不畏惧。也许他们得知我的主人已死，所以才赖在这里不走。虽然他们明知道珀涅罗珀瞧不上他们，却还要留在这里吃空我主人的家财，还和他的侍女们寻欢作乐。而我却别无选择，只能每天早上挑选出上好的肥猪，送给那帮恬不知耻的贵族老爷们享用。"

奥德修斯吃得心满意足之后，把酒杯递给欧迈俄斯，让他也喝上一杯。接着又问道："请告诉我，我的朋友，你的主人是谁？我也许曾在什么地方遇见过他，因为我走遍了全世界，碰见过很多人。"

"不，不，老人家，"这个诚实的牧猪人答道，"不少过客带来了有关我主人的消息，可都不能让爱戴奥德修斯的人相信他们的确对他的情况有所了解。他们多半是顺路经过这里，无非是为了能到王宫骗点吃的，就隐瞒可怕的实情编出一大堆谎话。来到伊萨卡的乞丐没有一个不跑去跟主人的妻子说些无稽之谈，她又怎能不把他们领进门问清楚呢？但这些事情从来没什么作用，只能带来伤心和失望的泪水。所以，老爷爷，您呢？如果您知道信口开河一番就能得到一件斗篷和短袍的赏赐，您也会乐意给王后编个故事听的。不，主人的骨头都已被恶狗猛禽啃得干干净净，要么就是被鱼吃了，而他的累累白骨正埋在某个遥远海岸的沙滩之下。是的，他一定就是这么走的，留下父老乡亲们受苦受难，而我就是最痛苦的那个。我被迫离开抚养我长大的慈父慈母时还是个孩子，虽然我非常渴望再见到他们，但我心中还有一个更强烈的愿望，就是能见到奥德修斯。虽然他已不在这里，也听不到我的声音，但我依旧感觉不该直呼其名。"

"好吧，朋友，"奥德修斯回答，"想说我是骗子你就说吧，但你的主人已在回来的路上了，我的话千真万确。至于我带来好消息的报酬，也就是你所提的一件斗篷和短袍，就等你亲眼看到他出现时再给我也不晚。如果说这世上有什么比地狱之门还让我痛恨的，那就是撒谎者了，即使是贫困使然也不能原谅。我以宙斯的名义发誓,以你送给我吃的酒肉和奥德修斯家这个供我御寒的火炉起誓,我所说的话都会成真。国王不久就会归来,而那时他会严惩那些恶棍,让他们为轻辱他的妻子、年轻有为的儿子和所有热爱他的人民付出惨重的代价。"

"别指望你的礼物了,老人家,"欧迈俄斯伤心地说,"我跟您说,我的主人再也回不来了。把酒喝了,再让我们聊点其他的,因为只要一想到他,我就心如刀割。别再信誓旦旦了,这样吧,我们这么说好了,我希望奥德修斯会回来,珀涅罗珀和老莱尔提斯,还有那个一表人才的孩子忒勒马科斯,他们都希望如此。唉,我最可怜那孩子了,他现在到斯巴达打听他父亲的消息去了,而那些求婚者已经设下陷阱,在他回到伊萨卡前就要把他害死。不讲这些了,请说说您自己的麻烦吧。您是谁?从哪里来?又是如何来到我们岛上的?"

奥德修斯虽很想对他一诉衷肠,但自己还不能对这好心的牧猪人实言相告。

"我来自富饶的克里特岛,"他答道,"我父亲去世时留下一大笔财富,但是我从同父异母的兄弟们那里只得到了最少的一份。走运的是,我娶了一个出身富裕的好妻子。我从不是一个懦夫,也没有远离战场。我敢于直面死亡,一直站在队伍的最前面。我也热爱海洋。我曾九次作为船长,带领一帮和我一样渴望自由的船员一起出海,这九次我们都收获满满。我还去过特洛伊——其实,那次是别无选择。所有人都去了。回来后,我并没有享受太久和家人团聚的时光。我渴望新的冒险,于是出发去了埃及。我在那里待了七年,好几次死里逃生。讲真的!我在那里积攒了一大笔远超以往冒险所得的财富,最后却上了一个腓尼基人的当。他说只要和他一起去远方,就能赚更多的金子,我就带着全部家当上了他的船。在他动了坏心思要把我带到利比亚时,我很快就发现自己中了圈套。但不管腓尼基人想做什么,宙斯都不同意,他劈下的闪电击中了那艘船,将其烧毁。所有人都只能在波浪里挣扎,最后仅我一人逃生,因为宙斯把桅杆吹到了我这边。之后的九天里,我一直和怒海惊涛搏斗着;到第十天,波浪把我冲上了塞斯普罗提亚的海岸。国王的儿子发现了我，出于同情带我去见他的父亲菲冬，国王赏赐给我衣服穿，并收留了我。

"正是在那宫殿里，我听到了奥德修斯的故事。国王亲口告诉我，他曾热情款待过奥德修斯，还向我展示奥德修斯送给他的青铜、黄金和铁质的财宝。这些财宝足足可以养活十代人！可惜我没能亲眼见到奥德修斯，因为他已经前去多多那聆听神谕，向那里的先知请教如何找到回家的路。国王还发誓他已备好船只，等着把奥德修斯送回伊萨卡。但是我在那之前已经先登船前往杜利基昂，可是一到海上，水手们就决定把我当作奴隶卖掉。他们扒光我的衣服，扔给了我现在穿的这件破烂衣裳。我们当天晚上就到了伊萨卡，停在一处偏僻的海湾里。把我五花大绑留在船上后，他们才上岸吃饭。我用尽浑身力气挣开了身上的绳索，悄悄顺着舵桨下了船，游到另一片海滩才脱了身。第二天早上他们到处搜寻我，但是一无所获，只能上船离开。等他们走远，我从山边的这条小道一直走到了你这个好心人的房子前面，看来我是命不该绝。"

欧迈俄斯对这一派谎言深信不疑，唯独不相信其中唯一的实话：他的主人还活着，而且就要归来。

"异乡人，听到您经历的这一切我也很难过，但是您不必把我的主人奥德修斯也添进您的故事，"他责备道，"我知道他已经惨遭不测，因为如果他在特洛伊英勇战死，希腊人也会修建一座高大的纪念碑来纪念他。但现在我敢肯定他已落得个极不光彩的结局，我不想再看见这样的鬼魂。我去过一次城里，那次是因为珀涅罗珀派人来找我，因为据说有人带来了主人的消息。那个外乡人说话时，所有人都坐下来认真听，还仔细加以询问。一时间，有人为消失在异域他乡的国王而伤心流泪，也有人乐不可支，毫无同情地要继续把他的财产吃个底朝天。而我呢，自从被那个埃托利亚人骗过以后，就再也不信这种事情了。那个埃托利亚人跟我说，他在克里特岛上见过奥德修斯，看见奥德修斯在修缮船只，还说他会在夏天、最晚秋天就会满载着战利品回来。而您，这位在神灵帮助下来到我这里的不幸老人，不要指望着靠说谎来换取我的同情。那样做没用。如果我同情您，那是因为我发自内心愿意如此，当然也离不开宙斯的指引。"

奥德修斯又好气又好笑："我从未见过像你这样难沟通的人！我的那番话看来都白说了。这样吧，我们来打个赌。众神为证，如果事情结果和我的预言一样，您的主人也确实回来了，那么为了回报我带回的喜讯，你要赠送给我一件斗篷和短袍作为礼物，还要把我送上去杜利基昂的船；但如果奥德修斯没回来，就让奴隶们把我从山崖上扔下去，以警示那些撒谎的乞丐骗子。"

"哦，是吗？"欧迈俄斯反驳道，"如果我把每个吃过我的饭、住过我房子的人都摔死，又能赢得什么好名声？要是做了这种事情，我还有何脸面去向宙斯献上祭品呢？够了，现在也快到晚饭的时间了，我的两个帮手随时会回来。"

不久，两个牧人就来了，欧迈俄斯让他们逮一只肥猪来杀给客人吃。在大家的帮助下，欧迈俄斯先将猪肉准备妥当，烤熟后将其分成七份：一份给林中仙女，一份给牧人的守护神赫尔墨斯，里脊肉那一份用来祭拜流落异乡的主人。余下的四份正好他们四人每人一份。

奥德修斯说："欧迈俄斯，愿宙斯如我一般爱护你，因为你对不幸的主人还如此的尊重和爱戴。"

他们吃完饭后就准备上床休息，欧迈俄斯给奥德修斯在火炉旁铺上了几张柔软的羊皮，而他自己却睡在猪群旁的一块岩石上。奥德修斯看到牧猪人如此忠心尽责地看管主人的财产，着实欣慰不已。

就在奥德修斯还在欧迈俄斯那间小屋的地上舒展筋骨时，他那远在墨奈劳斯宫殿里的儿子忒勒马科斯也躺在一张镶银的床上。

在他熟睡之际，女神雅典娜出现在他的梦中，并告诉他回家的时刻到了。

"要小心，"她补充道，"因为求婚者们正埋伏在萨墨海峡等着你。他们计划抢夺你的船后，再杀害你。你回去时不要走那条路；还有，回伊萨卡时找个荒凉的地方上岸，让你的同伴们把船开回港口就行。上岸以后，先别进城，找到牧猪人欧迈俄斯的小屋，因为他一心只盼着你好。在那里过一夜，第二天早上再向你母亲传话，说你已经平安归来，让她安心。"

就这样，第二天忒勒马科斯和庇西特拉图就向墨奈劳斯告别，踏上归途。

忒勒马科斯登船返回伊萨卡之时，欧迈俄斯正忙着把晚饭端上桌，奥德修斯此时想考验一下自己的仆人，说道："听着，我的朋友，我明天早上就要去城里乞讨了。我也会拜访珀涅罗珀，把我知道关于奥德修斯的事情都告诉她。然后我再看看能不能在求婚者那里谋个差事来混口饭吃。我不能一直赖在你这里。"

"你疯了吗，异乡人？"欧迈俄斯惊骇地喊道，"你要去看那些求婚者的脸色吗？他们对贫苦可怜的人可不会有丝毫的同情。留在这里！您并没有拖累我，而奥德修斯的儿子顺道过来的时候，会给您干净衣服穿，送您去想去的地方。"

"我衷心感谢你，欧迈俄斯，"奥德修斯答道，"也愿洞察世间一切的宙斯让你心想事成。你把我从可恨的束缚之中解救了出来，因为没有比乞讨更卑贱的事了。不过既然你想让我留下来，我就问你几件事。请告诉我，奥德修斯的父母是否还健在，他们还在享受阳光的照耀吗？"

"不幸的莱尔提斯还活着，但是他一直乞求宙斯能早点让他入土为安。他日夜哭泣，思念在远方未归的儿子。而他善良的妻子安提克勒亚，她像蜡烛一般融化了，消失在黑暗之中，嘴上还念着奥德修斯的名字。痛苦的死亡啊：过度的悲痛耗尽了人的生命，她最后像快燃尽的蜡烛一般逐渐黯淡。我希望我关爱的人都不要再受这份罪。"

"告诉我，欧迈俄斯，你父母是否也是这样失去你的？"奥德修斯柔声问道，"你刚才说话的样子让我动了这样的心思。"

"如果你想听我的伤心事，就先喝了酒再听吧。可能你会觉得难以置信，我其实是苏里亚国王克忒希俄斯之子。苏里亚是远在西边的一个岛，太阳在那里落下。那是一块福地，人们不知饥饿和疾病为何物，当他们渐渐老去、垂垂将死之时，阿波罗和阿尔忒弥斯就赐予他们如美梦般没有痛苦地死去。岛上住着两族人，在我父亲英明的统治下，他们都像亲兄弟般和睦相处着。可是有一天，一伙腓尼基小偷驾着一艘装满小玩意儿的船驶进我们的港口。当时正好有一个来自他们部族的腓尼基女孩住在王宫，她是个身材高挑、面容姣好、心灵手巧的美人。我很天真地爱上了她，整日追着她不放——也正是她让我就此沉沦。腓尼基商船上的那些可爱玩物竟腐化了她的心智，她开始越来越多地和她那些腓尼基同胞待在一起，却浑然不觉其中的利害。最后，她从宫中偷走了三个金杯，还拉上我和他们一起上船离开。我当时只是个孩子，根本没有意识到和她离开就会永远失去我的父母。我们在海上航行了六天，第七天时，阿尔忒弥斯一箭将这个背信弃义的丫头射死。那些腓尼基人只是把她拖出去，扔进了海里喂鱼，我却还坐在原地，哭得撕心裂肺。他们中途在这里停靠时把我卖给了出价最高的人。我很幸运，因为出价最高的人就是莱尔提斯。从此，我就在这里扎下了根。"

"你的故事感人至深，欧迈俄斯，"奥德修斯回应道，"不过起码宙斯给你找了个好主人，来缓解厄运对你的打击；而愤怒的众神还不肯放过我，让我在这世上漂泊无定，无家可归。"

几个小时就在他们的交谈中不知不觉过去，等他们入睡时已长夜将尽。

# 第八章

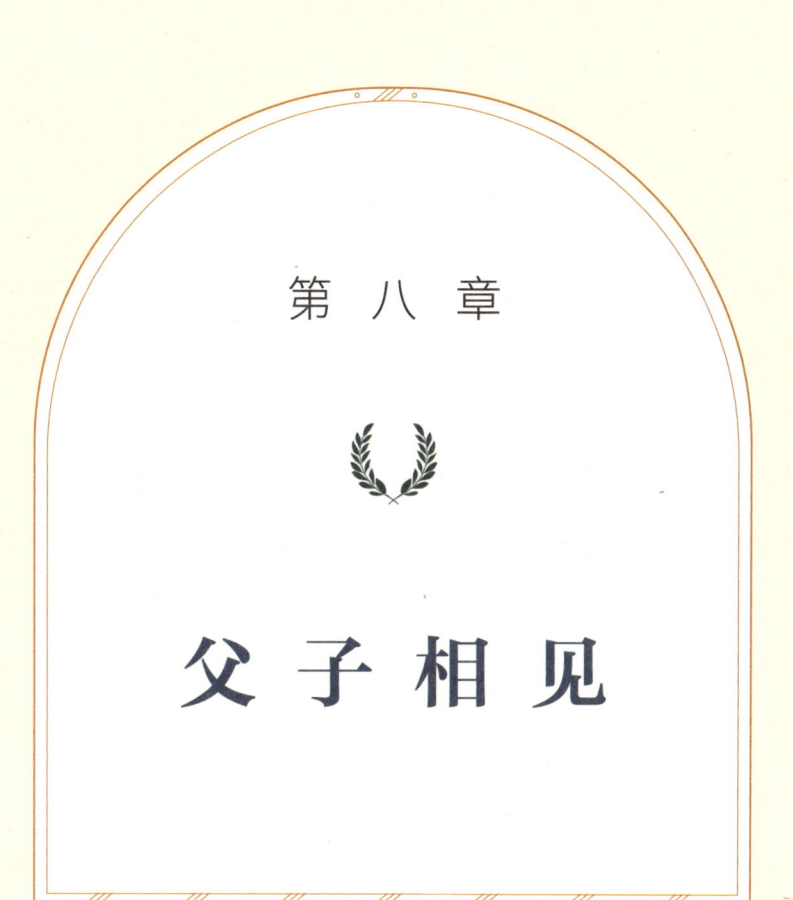

## 父子相见

**忒**勒马科斯抵达伊萨卡时，黎明正给天际镀上一层珍珠般的微光。他的船悄悄驶入一处人迹罕至的洞里，而那些求婚者仍然等着伏击他，丝毫未察觉他走的是另一条路。

忒勒马科斯跳上岸，对水手们说："你们把船开回城里，我要去看望一下牧人们，晚上我再回宫里去。"说完这些话，他就奔向欧迈俄斯的小屋。

他到的时候，奥德修斯和欧迈俄斯正在准备早餐，其他人都已出去放猪了。听到脚步声的奥德修斯扫了一眼门外，只见那几只狗都欢蹦乱跳，个个直摇着尾巴。

"欧迈俄斯！"他大声喊道，"有人来了，他肯定是你们的人。我能看见那些狗都围着他欢跳，一声狂吠都没听到。"

正说着，一个人跨过门槛走了进来。不是别人，正是他日思夜想的儿子！牧猪人激动地跳了起来，激动之中，连手里的木碗都掉到了地上。他朝年轻人冲了过去，一下子就紧紧把他抱在胸前，就好像一位父亲看到他亲爱的独生子逃出死神的魔爪一般。

"你终于回来了，忒勒马科斯！"欧迈俄斯哽咽着，他的声音里满是慈爱和赞美之情，而奥德修斯在一旁看着，感觉心都快跳出胸膛了。"你回来了，我的好孩子，刚才我自己还说再也见不到你了。快进来，让我好好看看你，心里暖和暖和。"

"我也高兴能看到您，爷爷。我就是来看您的，还想打听一下我父亲宫殿里的情况怎样。"

"没什么变化。你母亲白天都在悲伤中度过，晚上则以泪洗面，哀痛你父亲的归家无望。"

说到这里，他拿过年轻人手里的长矛，带他进了屋。奥德修斯急忙站起身，给忒勒马科斯腾出一些地方。

"请坐吧，异乡人，"忒勒马科斯仔细打量了一下他，"这里有人能给我找到地方坐的。"

奥德修斯又坐了下去，欧迈俄斯把一些绿色的小树枝堆成堆，在上面铺上羊毛，这样就准备好了忒勒马科斯的座位。欧迈俄斯又在桌上摆上头一天剩下的烤肉，满满一篮子面包，给几只木杯里倒上葡萄酒。他们相互敬酒，心满意足地美餐一顿。

随后，忒勒马科斯向牧猪人问道："告诉我，爷爷，这个异乡人怎么会和您在一起？"

"他是个克里特人，"欧迈俄斯答道，"他说自己经历过不少艰辛岁月，四处漂泊。前些日子，他刚从一帮想把他当作奴隶卖掉的塞斯普罗提亚人的船上逃出来，碰上了我。我把他交给你了。带着他吧，可以的话请尽量帮助他。"

"欧迈俄斯，我怎么能带他去宫里？那里被满口胡言的求婚者们把持着，如果他们对老人恶语相向，我会很过意不去的，"忒勒马科斯理智地答道，"让他在这里再待一段时间吧，我会给他送来披风、衫衣、鞋子和宝剑。之后我再送他去任何他想去的地方，但我决不会让那帮恶棍主宰他的命运，不行，绝对不行！"

"我亲爱的朋友，"奥德修斯插话道，"听到你饱受那些求婚者的欺凌真让我感到痛心不已。不过，请告诉我，年轻人，是因为伊萨卡的人民都反对你，才让你不得不向他们屈服？还是你和你的兄弟们反目，而不能团结起来和他们抗争？啊，如果我还有和心中的勇气相匹配的身手，如果我是奥德修斯的儿子，如果我看到奥德修斯本人已经回来——他确实有望归来——那时如果我还不冲过去把他们杀个片甲不留的话，不若就让敌人用宝剑砍下我的脑袋！"

忒勒马科斯答道：

"异乡人，伊萨卡的人民并不反对我，我也没有和我的兄弟们争执不休，因为我一个兄弟都没有。事实上，宙斯让我的家族世代单传。阿克修斯只有一个儿子——莱尔提斯；莱尔提斯也只生了一个儿子——奥德修斯；奥德修斯也只有一个儿子——那就是我。我的父亲还没来得及享受和我在一起的天伦之乐就去了特洛伊。正因如此，我家里挤满了敌人，他们淫荡的眼睛紧盯着我的母亲不放。

快些出发吧，欧迈俄斯，让我母亲知道我已回来。不出意外的话，她肯定担心极了。哦，还得让忠心的欧律克勒亚尽快把消息带给我爷爷莱尔提斯。"

欧迈俄斯赶忙套上鞋子后就出发了。这时，方才一直都在观察奥德修斯的雅典娜出现在门口，但由于女神的意愿，只有奥德修斯才能看见她，忒勒马科斯则不能。她在门口招手，示意奥德修斯出去，然后对他说：

"奥德修斯，你已经如往常一样准备好了吗？现在把你的真实身份告诉忒勒马科斯吧，然后你们一起制订消灭那些求婚者的办法，我向你保证，这次我一定会站在你这边。"

说完这些话，她用神杖在奥德修斯身上轻轻一触，又把他变回一个英俊健壮的男子汉，身着一尘不染的衣衫和斗篷。

女神随即就消失了，奥德修斯又回到屋内。忒勒马科斯看到眼前的这一切，简直不敢相信是真的。

"异乡人，"他喊道，"您能够如此变换相貌，肯定是位神灵。如果您能同情我们的不幸，我现在就给您跪下，并且给您献上丰厚的祭品。"

"我不是神，"奥德修斯答道，"但我是你一直盼望着想见的那个人。你屈辱和痛苦的日子结束了，忒勒马科斯。现在站在你面前的就是你的父亲！"

奥德修斯一把抱住他的儿子，慈爱地亲吻着他，强忍了半天的泪水顺着他的面颊如决堤的洪水般流下。

但忒勒马科斯仍无法相信眼前这个人不是神灵。

"我亲眼看到了这一切，"男孩争辩道，"没有凡人能做到这些事。你刚刚还只是一个衣衫褴褛的可怜老人，转瞬间你就变得像神灵般——你一定是神，不是我父亲。"

"信不信由你，我就是奥德修斯。是万能的雅典娜实现了你眼中的奇迹。没有什么事是这些神灵做不到的，他们可以随心所欲把人变成高贵的英雄或是卑贱的乞丐。"

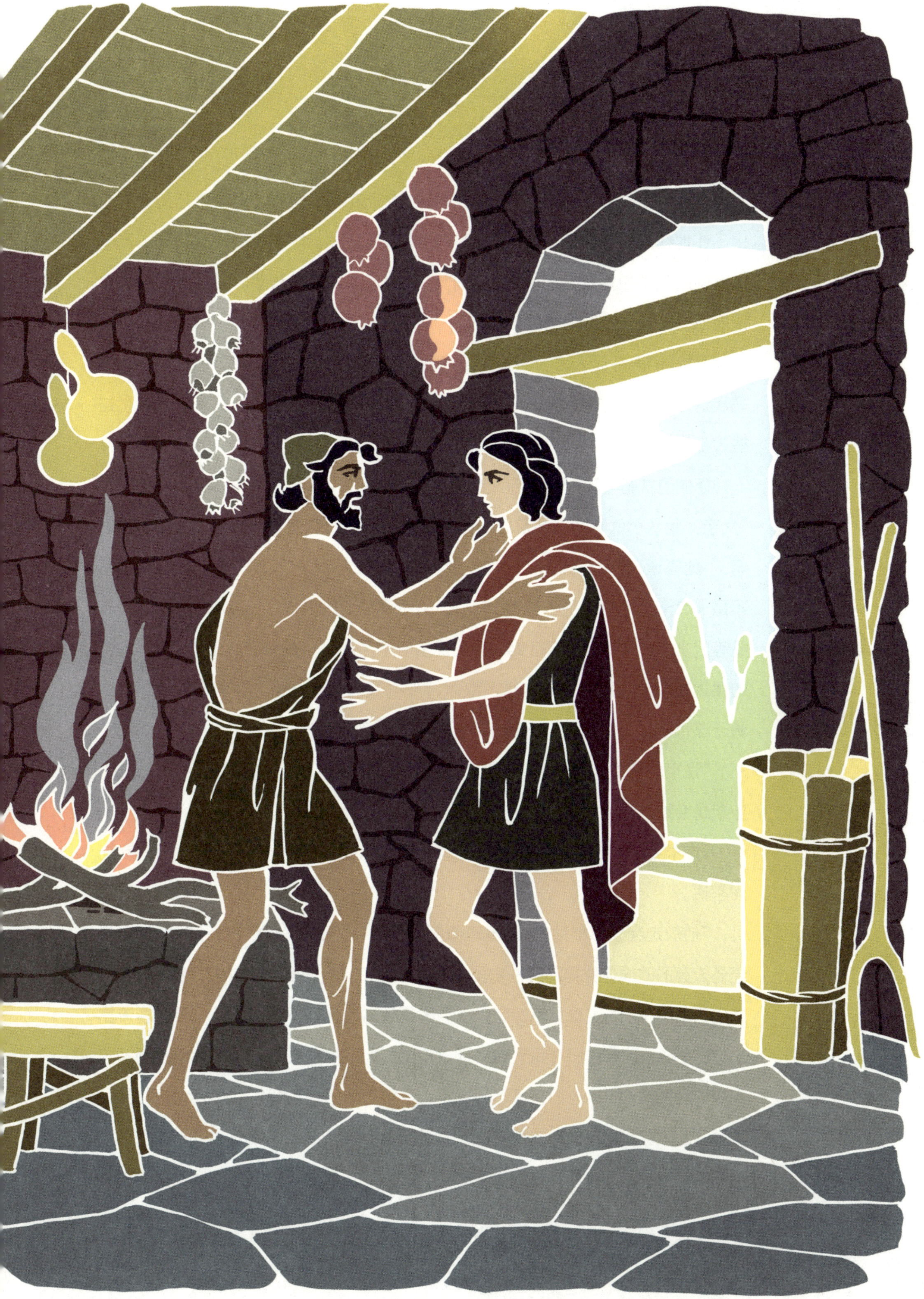

终于，被说服的忒勒马科斯拥抱着他的父亲喜极而泣。奥德修斯的眼泪也止不住地往下流，如释重负的他们激动得浑身发抖，号啕大哭。就算有人当着海雕的面从巢中抢走它的幼雏，它们也叫不出这么大的动静。最后，忒勒马科斯问他的父亲是如何回到伊萨卡的。

"是法伊阿基亚人送我回来的，"奥德修斯回答说，"他们在一个很远的小港把我送上岸。不过以后再谈这些吧，当务之急是要找到灭敌之策。跟我说说这些人都是谁，他们的人数有多少，这样我们才能明白还需要哪些援助。"

谨慎的忒勒马科斯在听到父亲准备马上开战的话后，不由得有点惶恐不安："父亲，我从小就听闻您是首屈一指的剑客，而您的智谋也丝毫不逊于剑术的高明，"他答道，"只是我们如何才能对付他们这么多人？您要知道，我们说的可不是一二十个人，而是多得多。首先，单是从杜利基昂来的就有52人，还都不是等闲之辈；从萨墨来的有24人，扎昆索斯来了20人，还有伊萨卡本地的12人。如果现在我们就出去面对这么多敌人，那就只有一个结果：我们会为自己的有勇无谋付出惨重的代价——除非我们在别处得到强大支援。"

"强援会有的，"奥德修斯答道，"如果形势所迫，雅典娜会站在我们这边，宙斯也会如此。"

"如果我们有这样的帮手，父亲，那就不需要任何其他人了。"忒勒马科斯回答说。

"他们定会出手相助的，"奥德修斯安慰他，"现在，听好我的话。明天一早天还没亮的时候你就得动身去宫里，稍后我会和欧迈俄斯一起过去，但我还会扮成乞丐的模样。如果看见求婚者们在我家里还对我出言不逊的话，千万不要流露出你的怒意。就算他们对我又踢又打，你也必须克制住自己。你最多能告诉他们：别做这种傻事。如果他们充耳不闻，定会落得更惨的下场！好，你还得记住另一件事。当你看到我点头时，就把大厅里的武器都拿出去，藏到顶楼里。如果有人问你搬兵器的缘由，就用借口搪塞过去，比如这些武器都被下面的烟熏得失去了光泽，比我父亲当年把它们留在这时的样子差远了。再说了，我怕你们喝醉后拿它们自相残杀。俗话说，'刀剑现，纷争起'。对，就这样跟他们说，然后把兵器抬到楼上。但手边要留下两把剑、两张盾牌和两根长矛供我们动手杀敌时使用。还有一件事你务必要小心：不要告诉任何人我回来了，即使你母亲珀涅罗珀也不行，因为她一高兴也许会走漏了风声，等于提醒了那些求婚者。"

就在他们运筹帷幄之际，忒勒马科斯返回时乘坐的那艘船驶进了港口。船刚一停靠，一位水手就立即跑去告诉珀涅罗珀他们已安全返回，而他的儿子正和牧人们在一起。这水手在宫外碰上了欧迈俄斯，后者也是来向王后报喜讯的。

等他们进宫见到珀涅罗珀后，水手大声通报："您的儿子回来了，王后殿下！"欧迈俄斯走到她跟前，把忒勒马科斯回来的消息告诉她。王后听到后双手掩面，喜极而泣。但是求婚者们也听到了这消息，他们可一点也高兴不起来。

欧律马科斯脸上阴云密布，对其他人说："这臭小子竟逃出了我们的手掌心——我们还当他是个乳臭未干的废物！现在我们必须派船去通知其他人都回来。"

他刚说完这句，求婚者的船就在远处出现了。

"是他们，"欧律马科斯说，"看样子他们发现了目标却没来得及阻拦，我们过去问个究竟吧。"

他们到港口时，船正靠在码头被系上绳索。安提诺俄斯第一个跳上了岸，忿忿不平地嚷着："肯定是哪路神灵放他溜了，我们每天都安排人在海峡各处设下哨所，夜里也仔细搜索，以防忒勒马科斯借夜幕逃走。即便做了这一切，他还是逃过了卡戎的手掌心。现在我们必须另想他法，如果他这次还能逃掉，我警告你们，情况就会对我们大大不妙了。"

但是，其中一个叫作安菲诺摩斯的求婚者担心他们此举会惹怒众神，提醒其他人不要匆忙行事。

"除非众神也想如此，否则我不会动忒勒马科斯一个手指头，"他宣布，"如果神祇送来征兆，授意我们可以随意处置，那我会第一个动手用剑刺穿他的胸膛。"

其他人勉强同意了安菲诺摩斯的决定，一个个都脸色铁青地回到了宫殿里。

但是他们的对话被珀涅罗珀的忠实管家墨冬偷听到了，他跑去告诉王后他所听到的一切。王后气得浑身发抖，她走出自己的房间，当着所有求婚者的面怒斥安提诺俄斯。

"安提诺俄斯，你这无耻的害人精！"她大声叱责道，"你为什么想杀死忒勒马科斯？难道你都忘了，当初塞斯普罗提亚人追杀你的父亲，他万死难逃之际，不是奥德修斯救了他吗？而你现在竟要谋害他的儿子！"

安提诺俄斯还能怎么说呢？可是巧舌如簧的欧律马科斯对王后的满腔怒火之词早已准备好了答复。

"尊敬的珀涅罗珀，您的话确实言之有理。但是请您听我一言，只要我还活着，您就什么都不必害怕。没人敢动您儿子头上一根毫毛，否则这把剑就让他血溅当场。我说这些是给在场的所有人听的，因为我不会忘记在我还是一个小男孩时，奥德修斯是怎样把我放在他的膝盖上逗我玩，喂我小块的肉吃，还把酒杯拿到我嘴边让我吸上一小口美酒。一想到这些，就让我情不自禁地把他的儿子忒勒马科斯当作我最好的朋友，他还有什么好担心的。"

虽然嘴上这么说，口蜜腹剑的欧律马科斯其实也在密谋杀害珀涅罗珀的儿子。

快到傍晚时，欧迈俄斯回到了自己的小屋，发现忒勒马科斯和奥德修斯两人一起在准备晚饭。他的主人此时又换回了那身破烂衣裳，无人能识，因为雅典娜又把他变回了那个乞丐。欧迈俄斯一进来，忒勒马科斯就问他都发生了什么事，那些阴险的求婚者们是否因伏击未果而已返回。

"我走得很匆忙，没来得及问这些，"欧迈俄斯答道，"你的一个水手率先把

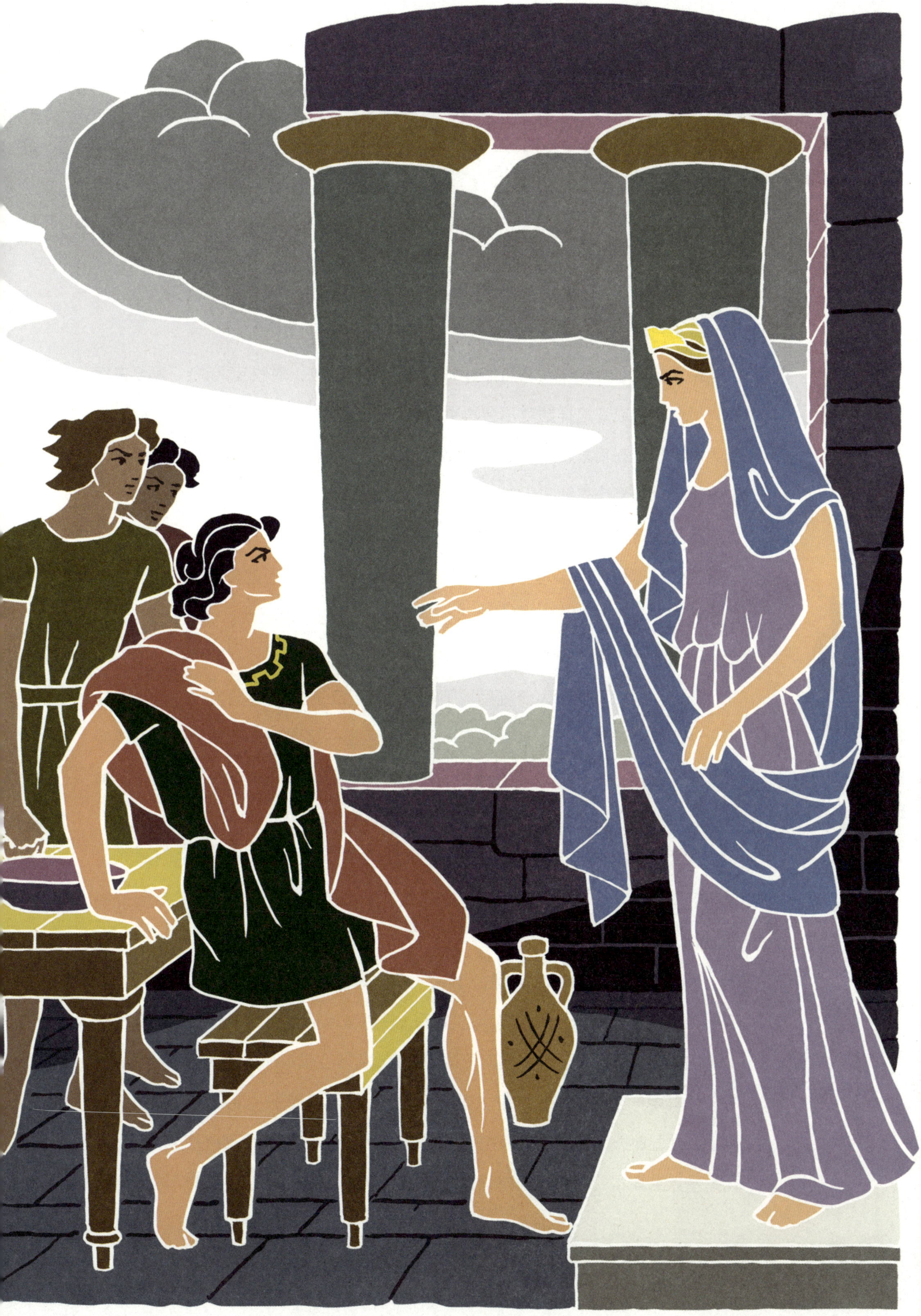

好消息告诉了珀涅罗珀。但在我回来的路上经过赫尔墨斯山时,看到有艘船归来,上面全是拿着长矛和盾牌的人,我觉得应该就是他们。"

听到这些话,忒勒马科斯朝奥德修斯暗暗一笑。接着,他们就坐下来吃饭,此时夜幕已降。

翌日黎明时分,忒勒马科斯穿好鞋子,拿起战枪,对牧猪人说:"我要去宫里见我母亲,或许这样她就不会再哭泣了。您把异乡人也带上,领他进城乞讨。因为我自己现在麻烦缠身,没法照顾所有人。如果他觉得我冷落了他,那只能说抱歉了。我是个直截了当的人,这些都是真心话。"

奥德修斯的演技丝毫不亚于他的儿子。

"我也不想再待在这里了,"他表示同意,"一个可怜人就算沿街乞讨也比在山里混日子强!等我到了城里,人们就会把多余的东西给我。我现在太老了,再也干不动打扫猪圈的活儿了。"

于是,忒勒马科斯大步流星地下山了。抵达王宫时,他把自己的长矛往柱子上一靠,就走了进去。他的奶妈欧律克勒亚最先见到他,还未擦干喜悦的泪水就跑来迎接他;一些忠诚的侍女也跑了过来,所有人一起亲吻他的双手、肩膀和脸颊;他母亲珀涅罗珀也走下来把儿子紧紧抱在怀中,泪眼汪汪。

"我的心肝宝贝,忒勒马科斯!你终于回来了,"她哽咽着说,"你一声不吭就跑到了皮洛斯,我还以为再也见不到你了。快过来,坐到我旁边,跟我说说有没有你父亲的好消息。"

"我会把来龙去脉都告诉您,母亲,"忒勒马科斯答道,"我到皮洛斯的时候,奈斯托尔就像迎接一个失散多年的儿子一般热情地招待我。不过他也没有任何父亲的消息,所以他建议我到斯巴达,去拜访墨奈劳斯。他送给我快马和战车,并派他其中一个儿子给我带路。在斯巴达,我见到了美丽的海伦,众神正是利用她,才同时毁灭了特洛伊人和希腊人。但最让我感动的不是海伦的绝世容颜,而是墨奈劳斯得知我是奥德修斯之子时对我的嘘寒问暖。似乎在我们希腊人的军队里，没有其他人能像父亲那样被众人爱戴。而最大的一个好消息就是，他告诉我父亲还活着！他也是在从不说谎的海洋先知普罗丢斯那里打听到的，女神卡吕普索把他留在她的岛上不让他离开。普罗丢斯亲眼看到他在那里痛哭流涕，眺望着大海。"

珀涅罗珀叹了口气，忧心忡忡地回答："我唯一的心愿就是他还活着，因为这样他才有回家的希望。但是我害怕我所有的希望都会化为泡影。"说完这些话，她走回自己的房间，又开始泣不成声。

宫殿外，求婚者们用投掷长矛和标枪来打发时光。快到吃饭的时间了，他们就立马收手，一窝蜂地拥入庭院里，杀猪、宰羊、屠牛，忙得不亦乐乎。而这些牲畜当然和往日一样，都是从让他们不屑一顾、"客死异乡"的奥德修斯那拿走的。他们还浑然不知他已经回来，而且已为他们准备好了毁灭的结局。

当奥德修斯和欧迈俄斯一起下山时，路过了很久之前伊萨卡人修建的大理石喷泉，他们在那里遇到了墨兰修斯。这个人以前是奥德修斯的牧羊人，现在却已是求婚者的走狗。他一见到他们，就露出了自己的丑恶本性。

"真是物以类聚啊，你们这两个肮脏的废物，真是沆瀣一气，臭味相投！你这龌龊的猪倌要带这只懒狗去哪里？这个畏畏缩缩的可怜鬼是要去市场的柱子上蹭蹭背，求些残杯冷炙？你为什么不把他送给我，让他打扫打扫羊圈，给小羊送些青草？但是我能指望这个流浪汉干什么呢？他就知道拖着他这一把老骨头混迹于城中，哀求别人给点吃的来填饱他那永远也吃不饱的肚皮。我警告你，如果这个满身虱子的瘪皱老头胆敢踏入宫中一步，那些求婚者们一定会把他打个半死，不然，我就不叫墨兰修斯！"

这背信弃义的牧羊人显然觉得这些恶语还不够过瘾，于是在他经过时，照着老乞丐的腰狠狠踢了一脚。可奥德修斯连躲都没躲，他默默地忍受了这一击，尽管他本可以用他的棍子将墨兰修斯打倒，或是将他举过头顶，在石头上把他砸个稀烂。

欧迈俄斯可就没这么淡定了。他把双手举向天空，大声祈求道："泉水仙女啊，如果我的主人曾向你献过祭品，请帮我这个忙：让奥德修斯归来，打烂这家伙轻蔑的嘴脸！"

但是，墨兰修斯还是一脸轻蔑地反驳道："都听听狗是怎么叫的！只要有艘外地船进来，我就一定把他捆起来带到港口，卖个好价钱！至于那么爱你的忒勒马科斯，就等着瞧吧，阿波罗会帮助求婚者们要了他的命，同奥德修斯的下场一样！"

说完这些，他就撇下他们，赶到宫殿。在那里，墨兰修斯选了一张桌子坐下，这桌子正对着他认投的主子，求婚者欧律马科斯。

这时，奥德修斯和欧迈俄斯也到了宫殿门口。

"这就是奥德修斯的家。"牧猪人对他说。

"我猜得没错，"奥德修斯答道，"和其他房子相比，它卓尔不群，蔚为壮观。但我听到了竖琴弹奏的乐曲，还有歌声，里面肯定有宾客满堂的宴席。"

"对，就是那帮无耻之徒，糟践着主人的钱财。是你先进去，还是我先来？随你的便吧——不过别管那些骂人的家伙，小心别让他们打你才是。"

"最好还是你先进去，"奥德修斯答道，"我随后再跟着进去。看见他们骂我打我也不必担心。对这些事我早已习以为常了。饥寒交迫之时，只有低头忍耐才能讨点吃的。"

就在两人交谈时，躺在附近的一只狗抬起了头，竖起了耳朵。它叫阿耳古斯，由奥德修斯亲手养大，但还没来得及相伴为乐，奥德修斯就被征召去了特洛伊打仗。之后有人带它去捕猎一些野羊和野兔，但现在它老了，已经无人搭理，自己卧在骡厩旁的粪堆里，虚弱得再也站不起来了。但当它嗅到主人就在他跟前时，就摇着尾巴抬起头迎接主人。

老狗久未谋面的主人擦去眼泪，赶忙转过头去，以免被欧迈俄斯看到后识破他的身份。然后他说道："看，欧迈俄斯，这么好的一条狗竟被扔在粪坑里等

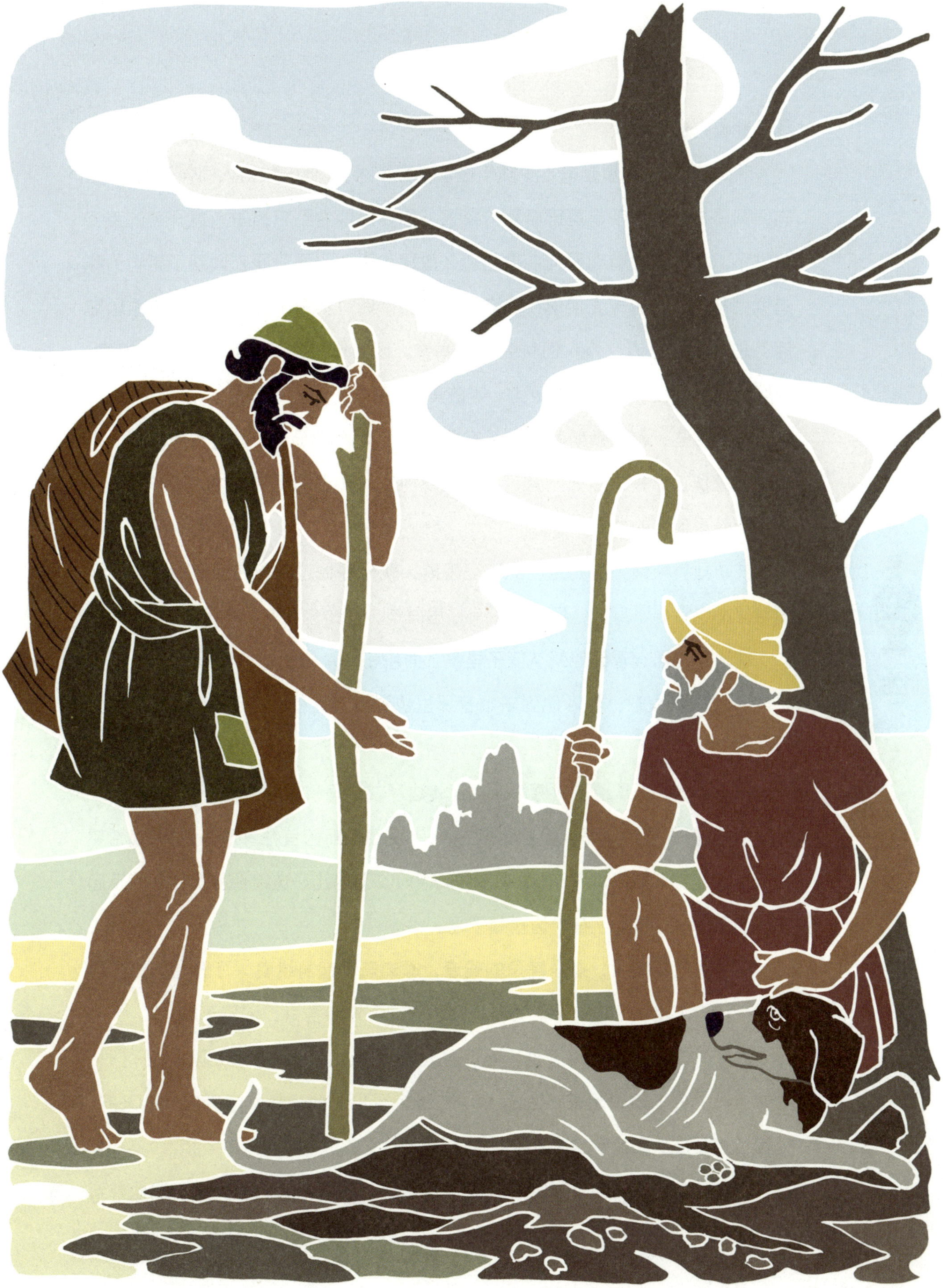

死，我看它像只猎犬。"

"您的话又让我想起来不少陈年往事，异乡人，"他的牧猪人同伴答道，"这狗叫阿耳古斯，以前是奥德修斯的猎犬。你要是能看到它在主人离开前的英姿就好了。那时候没有哪只狗能像它那么敏捷和勇敢，而只要它闻到了猎物的味道就绝不会让它逃掉。但现在它老了，奥德修斯也不在了，谁还愿意去照顾它呢？主人不在身边，仆人们就会敷衍塞责。因为霹雳之神宙斯把谁降为奴隶，那么他就已经剥夺了这个人身上一半的美德。"

说完这些，欧迈俄斯就走进了宫殿，留下奥德修斯伤心地看着他的狗。这可怜的家伙，脑袋耷拉在一旁，心甘情愿地没入死亡的黑暗之中，很开心最后还能活着看到它的主人回家。

忒勒马科斯最先看到进门的欧迈俄斯，就招呼他过来坐在自己身旁。不久奥德修斯也露出了身影，只是他没有往里面走，而是坐在门口的地上。

忒勒马科斯一看到他就从篮子里拿了面包和一片肉，对欧迈俄斯说道："把这些拿给异乡人吧，告诉他到求婚者那里也讨要点吃的。如果只能苟且偷生，就得放下脸面！"

牧猪人把吃的拿给了奥德修斯，还转达了忒勒马科斯的忠告。

"愿宙斯赐福给你那年轻善良的主人，"奥德修斯俯首帖耳地答道，"我希望他所有的美梦都能成真。"然后他感恩戴德地收下他儿子送给他的食物，吃了起来，而此时斐弥俄斯就在一边抚琴歌唱。

奥德修斯吃完后，揩净嘴角的残渣，颤巍巍地起身绕着大厅开始乞讨。他向客人们一个接一个地伸手乞讨，那哀求的神态惟妙惟肖，浑然天成。

很多人二话不说就给了他一些，但也有人问他叫什么、从哪里来。这时，牧羊人墨兰修斯嚷嚷起来："我在来时的路上看见过他。是欧迈俄斯带他来的，鬼知道他又是从哪里捡的这老家伙。"

安提诺俄斯听到后立即跳了起来："你这该死的牧猪人，为什么要把他带到这里来？我们已经受够了这些要饭的，而你竟然还把这个污秽的家伙拉进来！我看你一点都不介意让他们吃光你主人的饭！"

"你这样说不公平，安提诺俄斯，"欧迈俄斯反驳道，"我知道外乡人来到别的地方肯定不是被正式邀请来的，除非他是能工巧匠、医生、占卜师，或者出色的吟游诗人。这些人都会受到热烈欢迎，没人会待见一个可怜人，而你就是最没有同情心的那个。我知道你也同样憎恶我，但是只要珀涅罗珀和她英俊的儿子还住在这王宫之中，我就不在乎。"

"别理他了，欧迈俄斯，"忒勒马科斯劝道，"他就是那种人，牙尖嘴利，刻薄得很。不过看他那说话的样子，好像还很为我们大家着想呢，真是感人！"

被刺到痛处的安提诺俄斯恼羞成怒：

"你还在喋喋不休地废什么话，忒勒马科斯？你觉得我们应该都交出一半的晚餐，好让这个寄生虫三个月都不愁吃喝吗？"

说到这句的时候，安提诺俄斯的脑中突然闪过一个邪恶的念头，于是将他脚下一直踩着的脚凳拉到身前。而此时奥德修斯向众宾客轮流乞讨，正好到了安提诺俄斯面前。

"给点东西吧，少爷，"他哀求道，"一个像您这样优秀的人才应该最慷慨——那也符合您的地位——如果您真是这样的话，我走到哪都会把您的大恩大德讲给别人听。我自己以前也是个有地位的人。我有过华丽的邸宅，十几个奴隶和数不清的财富。我都慷慨解囊帮助那些需要帮助的人，因为我同情穷人和乞丐。不过现在看看我——宙斯抹去了我所有的财产，还让我沦落到如此可悲的地步。"

安提诺俄斯非但没有被他的故事感动，反而越发怒火冲天。

"是什么霉运把这个讨厌鬼带到我们桌边？"他怒吼道，"快滚，你这个腌臜鬼，你活该当乞丐！"

听到这话，奥德修斯后退一步说："可惜了，你的心肠远及不上你英俊的脸蛋。你坐在这里白吃白喝别人的酒菜都不愿接济我一些，可见要是你的东西，你会连一小撮盐都不舍得送人。"

"你也敢骂我们?"安提诺俄斯咆哮着说,"这回你别想毫发无损地离开这里!"

他突然抄起已在手边的凳子,直向奥德修斯扔去。

凳子砸在了奥德修斯的肩膀上,但他站在远处稳如磐石,哼也没哼一声——只是点了点头,似乎在表示他复仇的时刻还没到。

然后他回到自己之前在门口的位置,向众人呼喊道:"都听着,你们这些追求高贵王后的少爷们,我这辈子还算是弄明白了那么一两件事,而我会说,没有人在努力保护他的财产时还会介意被别人打几下——但如果他饥肠辘辘讨点剩饭却还被打就会羞愤难当了。如果有神灵保护我们乞丐的话,请让安提诺俄斯到死都不能抱得新娘归!"

"闭上嘴快吃吧,老家伙,"安提诺俄斯回嘴道,"要不然我们这些人就把你拖到街上扒了你的皮!"

忒勒马科斯满腔愤怒地听着这些话,但他只能忍住泪水,不动声色。

安提诺俄斯的残酷行径也传到了珀涅罗珀的耳中,于是她对侍女说:"愿阿波罗用致命的弓矢将他射死,正如他用脚凳打那老乞丐一般。"

"如果我们的祈祷能够应验,他们没有一个人能再见到明天的太阳。"欧律克勒亚又添了一句。

"说得没错,奶妈,"珀涅罗珀表示同意,"他们都恨我们,但安提诺俄斯比死亡还要恶毒。一个不幸的穷人来到我们家讨一点面包,他从安提诺俄斯那里得到的竟是砸在他肩膀上的板凳。"

说完这些话,她派一个女奴去叫牧猪人来。

"我忠诚的欧迈俄斯,"她对赶到的牧猪人说,"去告诉那个异乡人,我想见他。我为他准备了礼物,还想打听他有没有听说奥德修斯的消息。我看他像个见多识广的人。"

"唉,夫人,如果那些求婚者能安静些,您会发现他的故事令人心驰神往。

我在我的小屋里招待了他三天，到现在还没听够他的故事。因为听他讲述自己的厄运，就像听歌手甜美的歌声一般令人沉醉。他也知道奥德修斯的消息。他跟我说，他曾和奥德修斯一起在特洛伊战斗过——他在经过塞斯普罗提亚时得知我的主人也在那里，而且随时都可能归来。"

"快跑下去让他到这里来，"珀涅罗珀急忙下令，"我想听他亲口说出他所知道的一切。至于求婚者们，他们想吵就吵去吧。他们又不会损失自己的半分财产，还会顾忌什么呢？不提这些也罢，不过你去叫他过来的时候还要告诉他，如果他能说实话，我就给他置办一身干净的长袍和上衣。"

欧迈俄斯赶忙把珀涅罗珀的话转告给奥德修斯，他却答道："我也想马上去，但我很害怕这些求婚者。他们的狠毒令人发指，你也亲眼看见了，那个人毫无理由地殴打我，也没有任何人来帮我，连忒勒马科斯也一样冷漠。请告诉王后，等到天黑后所有人都离开时，我再把我知道的一切都告诉给她。"

好心的牧猪人立刻把这消息带回给珀涅罗珀，王后觉得言之有理，也表示同意。之后牧猪人又去找忒勒马科斯。

"我也该回猪圈喂猪了。"他说。

"去吧，"忒勒马科斯回答，"但明早早点过来，到时需要你的帮助。"

欧迈俄斯刚走，另一个乞丐就到了王宫。这人在整个伊萨卡都家喻户晓，他身材瘦高，面貌狰狞狡诈，食量如牛。没人知道他的真名是什么，但大家都叫他伊洛斯，因为他帮求婚者们跑腿送信，就像彩虹女神伊里斯一般勤快和及时。伊洛斯一看到奥德修斯，就气得怒发冲冠。

"滚出门口去，你这脏鬼！"他咆哮道，"不然我就提着你的脚把你拖出去。你没看到里面的人都同意我这么做吗？我只给你一次机会，赶紧从这里爬起来滚开，要不然你就等着吃我的拳头。"

"我为什么要走？"奥德修斯皱着眉头答道，"我又没碍着你什么事，就算他们多给你东西我也不会嫉妒。你看，这门口够宽，足够容下我们两个。他们施舍给我些吃的又能对你有多大影响呢?毕竟我们都是乞丐,而他们扔给我们什么也是看在众神的面子上。不要挑衅我和你打架,我的火气要真上来了,别看我是个老头,照样会打断你的下巴。说实话,我如果真把你打趴下了反而更好,这样你就再也不敢来宫里乞讨了。"

伊洛斯被这些话气得七窍生烟。

"听听他都在这里说了什么屁话!"他大叫大嚷,"像个长舌妇一般喋喋不休,也不想想我一拳就能把他打个稀巴烂。好吧,你这可怜的老秃驴,站起身来,让大家都看看,你和我这样的年轻小伙为敌会得到一顿什么样的暴打。"

求婚者们听到他们的争执,都不想错过这场好戏。

"快来啊,一起看热闹了,"安提诺俄斯大喊着,"我们以前还都没看过叫花子打架!趁他们还没改变主意,让他们打起来吧!"

他们都聚了过来,怂恿两个乞丐打架,安提诺俄斯还补上几句话:"要我说,获胜的那个人应该得到奖赏,你们觉得挂在火炉旁的血肠怎么样?"

所有人都同意了。

"很好,"安提诺俄斯宣布,"胜者将得到血肠——而败者的屁股则要狠狠挨上一脚,以后再也不要来这里乞讨了。"

"听着,少爷们,"奥德修斯狡猾地插话道,"我已经上了年纪,因为背运才破了产,所以不该和这样一个年轻力壮的小伙子一般见识。但是我又能怎么办呢?谁让我这不争气的肚子已经看上了火炉上挂着的那根血肠呢?但是你们得保证,我们动手的时候所有人都只能坐着看,不要偷偷绕到我背后打我。"

求婚者们同意了,而忒勒马科斯又加上了一道保险:"异乡人,如果你已经决心要比试,那就谁也不用怕。同这个家伙好好较量一番,如果有人想溜进去偷袭你,我现在就警告他,他一定会为此而后悔的。"

吃下了定心丸的奥德修斯脱下了那身破烂衣裳,将其绑在自己腰间,露出了结实的大腿、粗壮的手臂以及满是健美肌肉的胸膛和肩膀。

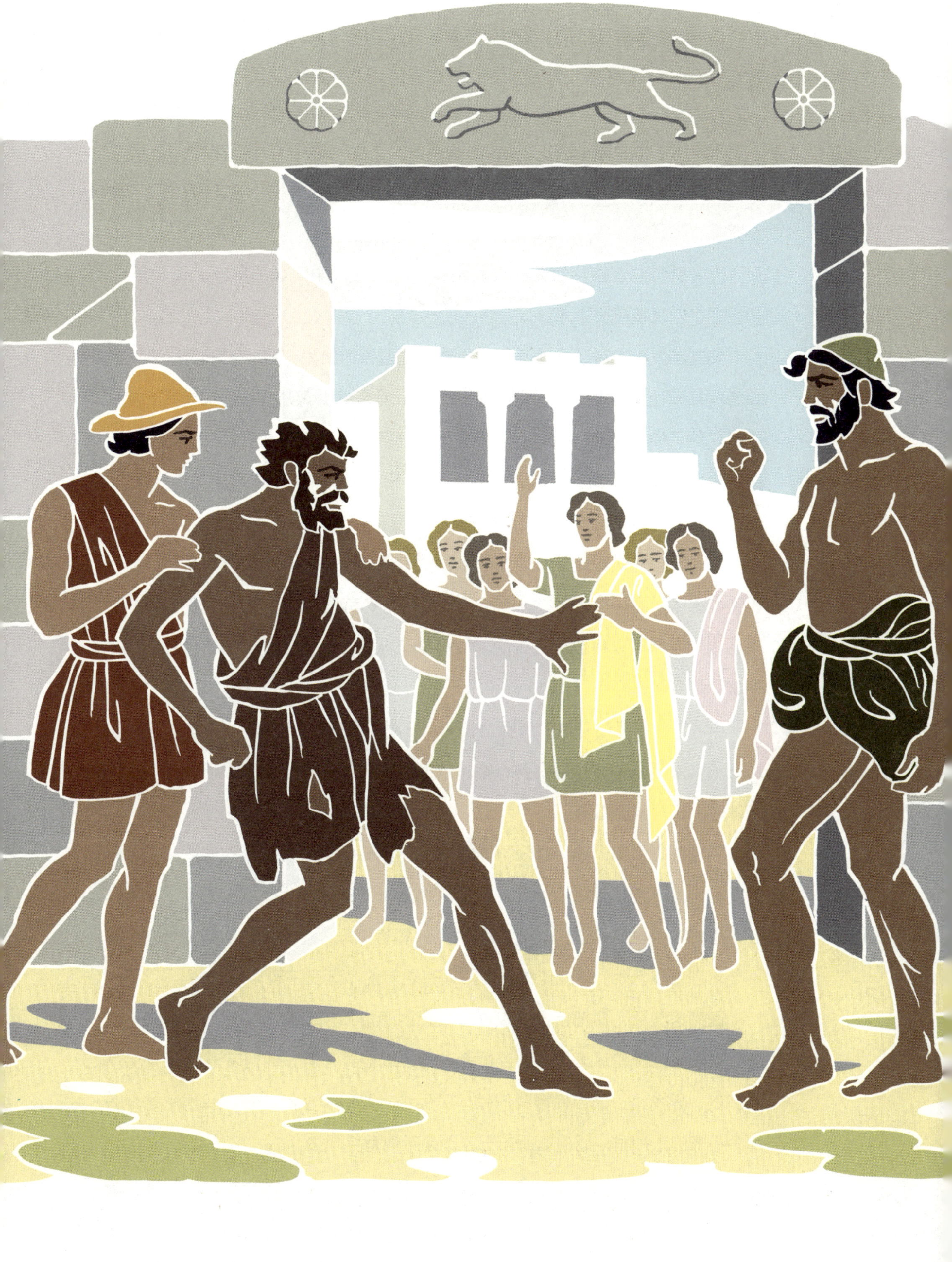

求婚者们看到后都为之一震，还彼此小声议论起来："伊洛斯完了——但他完全是自找的。光看看那身破布下的身体所隐藏的力量，就知道伊洛斯肯定完了！"

伊洛斯听到这些话后，不由得全身抖得像寒风中萧瑟的树叶。他想逃跑，却被几个奴隶按在了原地。

安提诺俄斯的话还落井下石，让他的恐惧更加绝望："和一个身无分文的可怜老头打架让你害臊了？你这可怜的蠢货。那么就听清楚我给你的选择：如果他这次胜了你，我就把你送上船去见恐怖的暴君——厄刻托斯国王，他会割下你的鼻子和耳朵，我的朋友，还会连根拔下你的命根子去喂狗。我说到做到，你这混蛋，否则我就不叫安提诺俄斯！"

伊洛斯听完这些话，吓得像一大团烂肉般抖个不停。大家一阵拉扯，把他拽到奥德修斯面前与之对决。此时，奥德修斯也有些拿不定主意该如何对付他。奥德修斯当然可以将他一击致命，但那样可能会让自己的计划露出马脚。因此他就让伊洛斯先打自己。

伊洛斯一拳打在了他的肩膀上，他就干脆利索地回了一拳，只听一声脆响，对方的耳朵下面就吃了重重的一拳，就此结束了这场争斗。伊洛斯倒在地上痛苦呻吟，口里鲜血直流。

求婚者们则个个袖手旁观，捧腹大笑，奥德修斯抓住这家伙的脚，把他拖到了庭院里。他将伊洛斯如稀泥般的身体靠在门边的墙上，然后塞了一根棍子在这可怜虫手里，说道："坐在这里别让狗和猪进来，你这肮脏的蠢货——但是不要对穷人和乞丐们作威作福，否则还有更惨的命运在等着你！"

说完这些话，他把自己的破烂衣裳扔到伊洛斯的肩膀上，然后又过去坐到了门槛上。当那些纵声大笑的求婚者进门经过他身旁时，他们喊道："宙斯会赏赐你的，异乡人，因为你帮我们甩掉了那个贪吃的伊洛斯。现在我们就送他去那个恐怖的人那里，厄刻托斯国王才不会对他有丝毫怜悯。"

安提诺俄斯把血肠放在奥德修斯面前，而另一个求婚者，安菲诺摩斯也拿了两条面包递给奥德修斯，还说道："祝你好运，老人家，也愿众神早些结束你的厄运。"说完，他用自己的酒杯盛满酒递给奥德修斯。

"安菲诺摩斯，你看起来是个公道理智的人，"奥德修斯回答他说，"而我也听说你父亲杜利基昂的尼索斯是个善良公正的人。所以就让我跟你讲些你最好别忘记的道理：这世上没有什么比人更脆弱的东西了。有一阵子也许他很崇高伟大，但不知哪一天他又会孱弱贫寒。我沦落至此就是因为自己曾经的恶行，我过于相信自己头脑和身体所蕴含的力量——现在看看我吧，运势转逆、狼狈不堪。所以人生在世，首先一定不要作恶。人要乐于自食其力，对神灵的恩赐要满怀感激。而我在这里只看到了这些求婚者的胡作非为，他们挥霍别人的家财，侮辱主人的妻子，殊不知奥德修斯随时都可能回到这里。所以你最好赶紧离开，免得在灾难来临之时与他为敌。因为只要奥德修斯再一次踏进自己的宫殿，就绝不会让他们活着离开。"

说完话，奥德修斯撒了几滴酒以敬献众神，然后他就一饮而尽，把酒杯还给安菲诺摩斯。这个年轻人带着一脸迷惘踏上了归途，只是他注定无法逃脱。命中注定他还要回来，并且亲历末日，而那时雅典娜会让他身中忒勒马科斯的长矛而亡。

与此同时，珀涅罗珀还在犹豫要不要去大厅，悲痛的重负让她根本无心沐浴更衣、梳妆打扮，于是雅典娜就让她舒缓放松地酣睡过去，以扫尽一切担心和疲倦。在她熟睡之际，女神用神界的香膏洗净了她的面颊，让她的身材看起来更加高挑纤瘦，容貌更加俏丽青春。

最后，侍女的声音吵醒了她，她坐起身来说道："我感觉神清气爽！如果阿尔忒弥斯能让我这样在美梦中死去就好了，这样我就不用再沉浸在泪水中，思念我的丈夫，那个全希腊最杰出的男子了。"

在两个婢女的陪伴下，珀涅罗珀下了楼。奥德修斯一见到她，心就开始怦怦跳个不停。但是他的脸上平静如水,这时珀涅罗珀走到忒勒马科斯身旁。

"我的孩子,"她说,"刚才这里发生的事真是不可原谅。先是安提诺俄斯打了这个异乡人,然后他们又怂恿伊洛斯去欺负他。你难道没有想过,如果每一位客人都遭人羞辱打骂,我们还听之任之的话,结果会怎样?每个人都会鄙视你!"

"您应该生气,"忒勒马科斯答道,"我明白您的用心良苦,因为我已不再是个孩子。但是身边都是这些恶棍,还让我怎么能冷静思考?再说,事情的结果也并没有如他们所愿。您看,异乡人已经证明自己比伊洛斯强多了,看看伊洛斯那蠢货坐在那里眼冒金星的狼狈样。"

这时,欧律马科斯向珀涅罗珀走了过来。

"珀涅罗珀,你今天真美!"他大声赞扬,"如果全希腊的贵族子弟现在能看到你的容貌,一定都会趋之若鹜,恐怕连这王宫都装不下这么多人。"

"不要跟我提美貌,欧律马科斯。我的容颜在丈夫赶赴特洛伊那天时就已消逝,只有他回来,才能抚平我那撕心裂肺的痛苦。我记得他离开时候的样子,他紧握着我的手,对我说:'亲爱的,恐怕很多希腊人都会死在伊利昂的城墙下,因为特洛伊人都是勇敢的战士,而且用兵如神。谁知道众神还会不会让我们回家?所以你要像平时一样,照看好我们的儿子和我敬爱的年迈父母,如果儿子长大成人时我还没有回家,就别再等我,再找个丈夫吧。'这是奥德修斯对我说的原话,而现在时间已经到了。忒勒马科斯已经长大,而那可怕的再婚终究会到来,让我更加伤心痛苦。但事情没那么简单。以前的求婚者可不像现在。如果他们想牵手高贵的女子,他们杀掉和吃掉的牛羊都是自己的,还会带上其他的礼物——不像你们,能这么肆意地挥霍别人的钱财。"

这就是珀涅罗珀给欧律马科斯的答复,奥德修斯听得真切,心中满是对妻子的柔情和敬佩。

快到傍晚时,求婚者们开始载歌载舞。夜幕渐浓,一些婢女也加入进来。这些婢女颇得那些不速之客的宠爱，同他们打情骂俏。她们把灯点亮，在庭院中央生起一个大火堆，轮流向火中丢入木柴，让它持续熊熊燃烧，直到狂欢结束。

"你们怎么还不去睡觉，姑娘们？"奥德修斯提醒她们，"就让我来看着火。如果有必要，我不介意在这儿坐到天亮。"

婢女们听到这些话后却很不开心，因为她们根本不愿离开。她们其中一个名叫墨兰托，是牧羊人墨兰修斯的妹妹，竟对奥德修斯出言不逊。同时她也是欧律马科斯的情妇，因此更加仗势欺人、肆无忌惮。

她脸上带着傲慢的冷笑，问道："你老糊涂了吧，异乡人？你怎么还不快爬到一间跳蚤成群的破旅馆，非要在这里惹人烦？你非但不闭嘴躲到一边，还有胆在这些尊贵的少爷们面前说三道四，好像你也能和他们平起平坐。你也许能打败伊洛斯，但如果你目中无人，就别怪他们有人砸烂你的脑壳，把你扔在自己的血泊里。"

"说话小心点，你这荡妇！假如我现在跑去告诉忒勒马科斯，你胆敢对我这个可怜的异乡人大放厥词，他肯定会把你大卸八块。"

墨兰托和其他的侍女被这威胁吓得不轻，而忒勒马科斯此时正好出现在他们眼前，于是她们慌忙跑回宫中，留下这位异乡人来照看火堆。

此时欧律马科斯走上前来嘲笑奥德修斯。

"异乡人，你为什么不来服侍我？"他耻笑着奥德修斯，说道，"你可以在我的领地上种树，削些做篱笆墙要用的木桩。作为回报，我会给你想吃的面包，想穿的新衣和新鞋。但是你都习惯了不劳而获，还能做些什么呢？只有讨饭才能填饱你那无底洞般的肚子。"

当然了，聪明的奥德修斯早已准备好了回答："欧律马科斯，如果现在你和我能来比试一下看谁才是劳动的好把式，那我会很高兴——比如，现在是春天，白昼时间长，我们就比一比从黎明割草一直到黄昏，在这期间不许吃一口东西；或者给我两头牛来犁地，你会看见厚重的草皮是怎样掉入犁沟，而我是怎样从

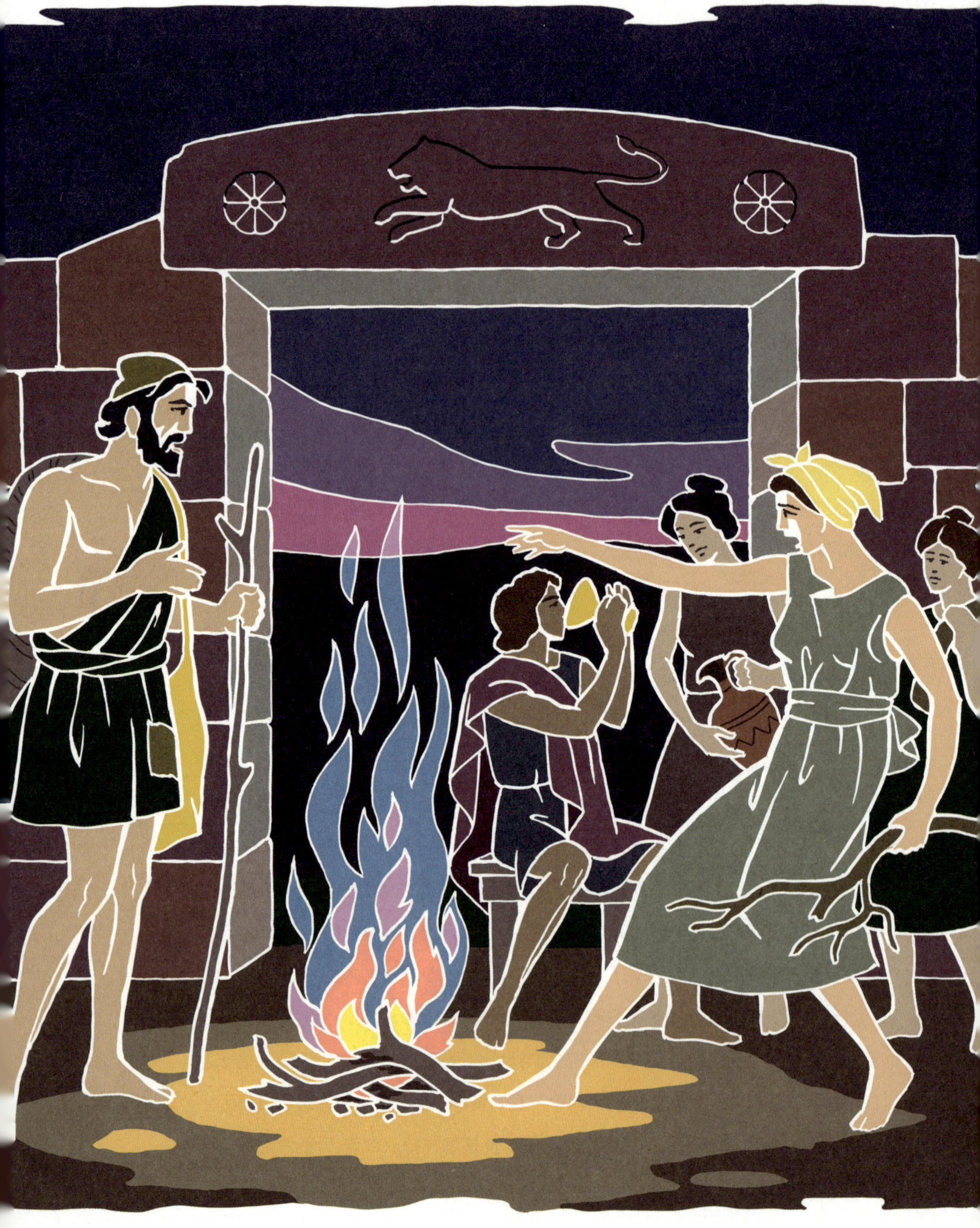

田地的一边到另一边把地犁得整齐划一。对了，如果宙斯点燃战火，给我手中握上一张盾牌和两根长矛，头上戴好一顶铜盔，你就会知道我是最勇敢的那个——那样你就不会再奚落我，或者说我贪吃了。你只不过是个恃强凌弱之徒，你自我感觉强大，只是因为你周围都是一帮废物。如果奥德修斯回到这里，情况就会完全不同。你肯定惊恐万状，只嫌逃出去的大门不够宽敞。"

欧律马科斯听了这些话脸都气紫了。

"你要为这些话付出血的代价，你这疯狗！"他咆哮着，还抓起一张板凳，朝着奥德修斯的脑袋就扔了过去。奥德修斯迅速闪身一躲，板凳砸到了倒酒的侍从身上，他摔了个四脚朝天，酒壶也摔得粉碎，里面的酒洒了一地。

见此情景，其他的求婚者们嚷嚷道："看看这要饭的给我们添的麻烦，绝不能让他活着离开这里！"

"你们都疯了吗？"忒勒马科斯大喊道，"还是有什么恶灵驱使着你们，嫌你们干的坏事还不够多？"

他们都紧闭嘴唇，安静了下来。所有人哑口无言，尴尬地结束了这一晚的聚会，各自匆匆离去。

等他们所有人一走，奥德修斯立即向忒勒马科斯走去，说道："现在没人碍事了，正是我们收起所有兵器的好时机。快，别浪费时间。"

忒勒马科斯立刻喊来了欧律克勒亚。

"把所有侍女的房门都闭紧，奶妈，"他说，"我来把这些长矛和盾牌都抬到顶楼上去，他们都被烟熏黑了。父亲离开这儿的时候，我还是个婴儿，但现在我长大了，想把他的这些兵器好好保管。"

"很高兴你能为这个家着想了，我的孩子，"她答道，"不过，把侍女们都关起来，谁来给你打灯呢？"

"这个好心人会替我把路照亮，"忒勒马科斯回答说，"他吃喝都在我们这里，这点小活儿对他来说但做无妨。"

他的父亲赶紧起身,他们两个人一起搬着头盔、盾牌和长矛,雅典娜则亲自为他们照亮。忒勒马科斯很奇怪这照亮路的光是从何而来。

"别这么奇怪,"奥德修斯对他说,"众神是无所不能的。现在去睡觉吧,让我和你母亲好好谈一谈。"

忒勒马科斯刚走,珀涅罗珀就和老奶妈一起赶到了。

# 第九章

## 求婚者的恶报

"欧律克勒亚，请给这个异乡人拿一张凳子过来。我想问问他我丈夫的事，还想知道他为什么看上去如此忧伤多虑。"

老妇人忙拿了张凳子过来，还在上面铺了张羊皮，示意奥德修斯坐下。

"你是谁，异乡人？"珀涅罗珀等他觉得自在了才发问，"你从哪儿来？属于哪个家族？"

"美丽的王后，"奥德修斯答道，"你想问什么都可以，但是请不要问起我的家人和故乡。一想到他们我就痛心不已，我也羞于拿自己的伤心事来打扰生人。"

"啊，异乡人，不要说我美丽，"王后叹了口气，"自从我丈夫前去特洛伊，忧虑和孤独就慢慢剥去了我的姣好容颜。只有等他回来，一切才会美好如初。然而，现在我还是整日沉浸在担忧和悲伤之中，因为宫中全是这些骄横残酷的贵族子弟。他们一面用无理的要求逼迫我，一面肆无忌惮地挥霍我丈夫的财产。为了能避开他们，我一直待在自己的房间里，为我失去的丈夫伤心落泪。他们不断催促我改嫁，所以，我的心思都花在逃婚上了。我支起了一台织布机——这是众神给我出的主意——然后告诉他们：'既然奥德修斯不见踪影，那就请你们再耐心些，等到我给他心痛的老父亲莱尔提斯织好寿衣再说吧。他死后我们必须用织好的寿衣盖住他的尸体，毕竟莱尔提斯在世间有万千财富，如果他进冥府的时候连一件寿衣都没有，伊萨卡的妇女们就要责怪我不尽孝道了。'

"这就是我远离他们的方法：白天无穷尽地织布，晚上又在灯下把布拆散。我这样骗了他们三年，直到一个背信弃义的侍女泄露了我的秘密，他们在一天夜里闯进来把我抓了现行。面对他们的愤怒和威胁，我别无选择，只能把布织完了。现在我也不知道该如何摆脱他们，我已经用尽了所有借口。异乡人，我已经把我这一生的悲惨故事都告诉你了，现在轮到你告诉我：你的父母叫什么，你从哪里来？因为我们所有人都有父母、姓名和出生的地方。"

奥德修斯答道:"既然您坚持要问我是谁,那我就都说给您听,虽然回忆会让我心碎。一个人如果离开家乡的时间和我一样久,就会发现活着真的是件无比痛苦的事情。"

于是,形势所迫,奥德修斯只能再次隐瞒了实情。因为时机未到,他还不能把真相告诉他深爱的妻子。

"我的故乡是富裕的克里特岛,那里有90座城市和无数的部落,"奥德修斯信口胡编,"我出生在一个贵族家庭。我叫艾松,父亲是杜卡利昂——米诺斯之子。我的哥哥——伊多墨纽斯前去特洛伊打仗,而年幼的我就只好留在克里特岛。我正是在那里遇见了奥德修斯。逆风让正赶往特洛伊的奥德修斯不得不登上了我们的岛。他想见伊多墨纽斯,但是我哥哥已经先行离开,所以我就不得不自己尽地主之谊来招待他。他和他的手下和我们一起待了12天,第13天时不再逆风,我们就此告别。"

奥德修斯就这样一直讲了下去,无数谎言脱口而出,而且一个比一个逼真。他讲到了自己漫长的流亡经历以及其中的艰难险阻和痛苦绝望。倾听这些故事的王后不禁流下了眼泪,因为这一切让她想起太多关于她丈夫的事情。

可怜的女人,她哪知道她亲爱的丈夫就坐在她身旁!虽然奥德修斯无比怜惜他的妻子,却只能尽力掩饰自己的悲伤,眼睛一眨也不眨地看着珀涅罗珀,不敢流下一滴眼泪。

这时珀涅罗珀问道:"异乡人,如果你真的招待过奥德修斯,请告诉我他当时的衣着,这样我才会相信你。"

"夫人,这可很难讲清楚,毕竟都过去20年了。不过我的确还记得不少事情。他当时身披红色斗篷,我还记得那上面别着一枚黄金饰针,饰针上刻着一只口衔小鹿的猎犬;他还穿着一件刺绣精美的短袍,衣料光滑无比,在阳光下闪闪发亮。他是如此迷人,女士们都无法把目光从他身上挪开!"

珀涅罗珀听到这里,强忍着的泪水又夺眶而出。好半天,才擦干眼泪说道:

"异乡人,我一看到你,同情之心就油然而起。今天起,你就是我的朋友和我们家的贵客。他当年穿的衣服的确如你所述。那些衣服都是我亲手所织,也是我亲手把那枚饰针别在他斗篷上的。天啊,为何命运如此残酷,硬要驱使着他赶往那该死的特洛伊城!"

"尊敬的夫人,悲伤只会使您肝肠寸断,容颜凋零。我绝无指责之意,没有哪位妻子失去丈夫后还能抑制心中的伤痛,更何况您失去的还是那位天之骄子。不过还请您擦干眼泪,容我把这个消息说与您听:奥德修斯还活着!他现在在塞斯普罗提亚,随时都会回来,他的船载满财宝,却无一位同伴,因为他们都溺毙在怒浪滔天的大海之中。他独自一人与海浪搏斗了几天几夜,直至被冲到了法伊阿基亚人的岛上。法伊阿基亚人对他敬若神灵,还拿出无数礼物相赠。他们也准备送他尽快回家。他本来已经可以回来了,但是他认为先去塞斯普罗提亚才是明智之举,而从那里再前去谒见多多那的先知,从宙斯的神圣橡树那里得到神谕,以决定到底是大张旗鼓还是不为人知地回来。这些话都是我从塞斯普罗提亚国王斐冬那里听来的。斐冬热情地招待了奥德修斯,正等着他从多多那返回,而我当时恰好也正在国王那里。他也确实向众神发誓,他已经在港口备好了护送奥德修斯回伊萨卡的船。但是我提早离开了,上了一艘开往杜利基昂的船,也就没能见到他。不过,我看到了他那足以养活十代人的财宝。所以说,奥德修斯他很安全,而且不久就会露面。我向宙斯发誓,我所说的一切都会成真。"

"如果你所说的都是实话,"王后答道,"那我会给你送上丰厚礼物,数量多到让所有人都艳羡不已。都过来,姑娘们,帮异乡人沐浴。帮他把脚洗了,用温暖舒适的被褥给他铺好床铺,好让他一觉睡到天亮。明天我要你们安排他坐在忒勒马科斯身边用餐,让那些看不惯的恶徒们尽管咬牙切齿去吧。"

"王后陛下,请不要因为我的缘故给您增添麻烦,"奥德修斯答道,"这么多年来我一直漂泊在海上的惊涛骇浪之中,已不习惯干净的床单和舒适的床铺。

我今晚随便找地方睡就好，这么多年来也一直如此。至于洗脚，我不想让您的侍女们来伺候我，除非您能找个和我一样饱尝艰辛的老太婆来帮忙，那样我倒是可以接受。"

"亲爱的客人，"珀涅罗珀答道，"来我们家的客人里，还没见过像您这样谨慎和善良的人。我确实有一个为人和善、通情达理的老侍女，她曾是我那不幸丈夫的奶妈。但是现在，可怜的她已经年老体弱，不过还能帮你洗脚。过来吧，好心的欧律克勒亚，给你的——我刚想说'主人'——洗脚。因为你和他的年龄差不多，异乡人，他的胳膊和腿脚现在也应该和你一样布满了皱纹，生活的艰辛总会在人们身上留下痕迹。"

"天啊，奥德修斯，我那好心的主人，"欧律克勒亚痛哭失声，"为何宙斯还要这般穷追猛打，难道你在祭拜众神的时候，供奉的祭品还不够丰厚吗？你只有一个愿望：看着你的儿子一天天长大成人，同亲人们一起颐养天年。都怪宙斯，是他让你的回归遥遥无期。谁知道他还在哪个异国的王庭被那些婢女们嘲笑，那些蠢货，同这里的贱货们没什么两样吧？她们晚上做的那些丑事真让我恶心，也难怪你不愿让她们来服侍你，异乡人。不过我很乐意给你洗脚，因为我同情你吃的这些苦。还有一个原因就是：在所有来过这里的客人当中，没有人比你更像奥德修斯，就连你的声音，对了，还有你的腿脚都像！"

"也有人曾对我这样讲过，亲爱的嬷嬷，"奥德修斯回答说，"在明眼人看来我们确实很相像。"

接着，欧律克勒亚拿了一个盆过来，向里面先倒入一些凉水，然后又加了些热水。而奥德修斯此时开始有些担心会被认出来，于是他把凳子从火炉旁挪开，转过身去，避开所有亮光。他的腿上有一块自出生就有的疤痕，如果让欧律克勒亚看到，隐藏身份的一切努力就都白费了。

老奶妈开始给他洗脚，突然间她的手摸到了那块凸起的疤痕。她大吃一惊，松开了奥德修斯的腿，水盆被踢翻了，水洒了一地。

老奶妈泪如泉涌,她用双手托住主人的脸颊,声音颤抖地说:"奥德修斯,我的孩子,在摸到你那块伤疤前我怎么就没认出你来啊?"

她赶忙转身去找珀涅罗珀,眼中满是喜悦,但雅典娜转移了王后的注意力,就没留意到老奶妈的举动。而奥德修斯则赶忙抓住那可怜的老奶妈,不让她出声,咬紧牙关低声说道:"你想坏了我的大事吗?奶妈,我历尽千辛万苦才回到家的啊!"

欧律克勒亚眼睛都没眨一下,马上明白了为什么主人要这副装扮。

"还用跟我说这个吗?我的孩子!"她回答道,"放心,就是野马也别想把这秘密从我心里拽出去。"

然后,她出去给奥德修斯又打了些洗脚水,等她洗完后,奥德修斯用布裹住了腿上的疤痕。

等他再次坐到火炉旁时,珀涅罗珀说道:"我现在陷入了两难的境地,亲爱的客人。我到底是该站在儿子这边,对我的丈夫忠贞不渝,不负子民对我的好感;还是应该从求婚者当中选择一个最善良、慷慨的人和他结婚呢?我压根不想再婚,只是现在我的儿子已经长大,也看到求婚者们正在让这个家走向灭亡。所以我必须选择他们其中一员,然后带他去见我父亲,好留下些能让忒勒马科斯继承的财产。我明白这可恨的一天已快要到来,而那时我就只能和奥德修斯的宫殿永别了。我想我可以安排求婚者们来一场比试。我丈夫以前常喜欢将12把斧头立起排成一排,用弓箭瞄准,然后射出笔直的一箭洞穿所有的柄孔。他从未射偏过一次。这就是我想给他们设下的挑战,谁可以射穿12个柄孔,我就选他做我的丈夫,离开这可爱的家,从此它带给我的美好回忆就只能萦绕在我美梦里了。"

奥德修斯答道:"尊敬的夫人,请快将您的计划付诸行动吧。因为我预计,奥德修斯定会在这关键时刻出现,他才是唯一能完成这一壮举的英雄。"

"亲爱的客人,我会的。但是我们已经谈至深夜了,都该休息去了。我要去睡了，唉，自从我丈夫离开后，那张床就每夜都被我的泪水浸湿。你就挑好地方，让她们为你铺上被褥。"

奥德修斯在羊皮垫上躺下了，但他辗转反侧，就好像自己躺在烧红的煤块上一般，因为他满脑子都在算计着如何向求婚者们复仇。直到雅典娜将甜美睡意吹入他的眼眸，奥德修斯才渐渐进入了梦乡。

珀涅罗珀也睡了过去，但天蒙蒙亮时，醒来后的王后又啜泣不已。她泪流满面地向阿尔忒弥斯祈愿。

"宙斯之女啊，"她恳求道，"昨晚我梦到奥德修斯回到了我身边。我是那么幸福，梦中的他如此真实。现在我又醒了，而悲伤依旧。请拿起您的弓箭结束我的生命吧，让我不用再取悦除他以外的第二个人！"

比武的那一天很快就到了，奥德修斯和忒勒马科斯都起了床，欧律克勒亚则忙着指挥婢女们干活："今天要把所有的东西都彻底打扫干净，给椅子铺上最精美的垫子，桌子要擦得干干净净，酒杯要洗到锃亮。我们要为所有参加比武的人准备一场盛大的宴会！"

之后不久，牧猪人欧迈俄斯也带着三只小猪从山上赶了过来。他把小猪留在外面，让它们东拱西刨找东西吃，然后就进来问奥德修斯是否和求婚者们之间有什么冲突，他们又开始侮辱他了没有。

"他们可以随便侮辱我，"奥德修斯答道，"但是他们给别人家带来灾难，终将得到报应。"

此时牧羊人墨兰修斯牵着几只小羊，朝求婚者们的桌前走去。他一看到奥德修斯，就又是劈头盖脸一阵辱骂："还赖在这里讨饭呢，老家伙？快滚开，否则我们会好好教训你一顿。想填肚子就滚到别桌去！"

奥德修斯一语不发，只是冷冷地摇了摇头，默默地酝酿着复仇的计划。

这时第三个人来了，他是菲洛提奥斯，牧人的头领。他也赶了许多牛羊过来。他一看到奥德修斯就问道："这新来的人是谁，欧迈俄斯？他似乎走了霉运，不过看他的面相，仍然不失尊贵。可是，世道本就如此。众神总是让流浪者的生活充满磨难，即便他们贵为王者。唉，残忍的宙斯！你对人类毫无怜悯之心，你先创造了我们，却又让我们历经各种不幸和困苦。"

接着，他又握住奥德修斯的手，说道："异乡人，你的模样让我突然想起了我的主人，一想到如果他还活着，可能就像你一样衣衫褴褛地四处流浪，我就冷汗直冒。他在离开前，让我统领所有牧人，还把他的牛群交给我照管。从那以后，那些牲口的数目也翻了好几倍，但是现在这里由其他人说了算，我只能把牛羊交给那些肆意挥霍国王财产的家伙。尽管主人的儿子还在这里，可我真有点儿想由我来执掌法度，把这些畜生赶到别处去，因为他们的所作所为实在令人发指。我忍耐到现在，就是希望我的主人能再回来，让他们血债血偿。"

"朋友，"奥德修斯说，"你看起来是个诚实正直的人，所以我就实话实说：我以宙斯、你不幸主人的火炉和我在他桌上吃的食物之名义发誓，奥德修斯归来时你一定在场，你还会亲眼见到求婚者们的毁灭。"

"愿宙斯开恩，让他真的回来，"菲洛提奥斯激动地回应，"到那时我就会让求婚者们见识一下我这双臂膀的力量！"

不久，求婚者们到了，他们开始宰杀各种牲口。肉食烤好以后，被切成一块块热气腾腾的肉，然后由侍女们端到桌上。

按照之前商量好的计划，忒勒马科斯给奥德修斯搬来一张小桌子和一个板凳，放在门口让他坐下。然后他给父亲拿过来一大份内脏和一杯酒。

大厅中有个叫克忒西波斯的，其卑鄙邪恶不亚于在场任何人。他见此情形，冷笑着站起身，大声叫道："看看吧，骄傲的求婚者们，那异乡人拿到的那份食物竟然和我们的一样，而且还是块好肉。要不我把我这份里的也给你点儿？"

他从自己面前的盘中抓起一只牛蹄，狠狠砸向奥德修斯的脑袋。奥德修斯及时闪开，嘴角带着一丝冷笑，怒目而视。这一笑预示了克忒西波斯的悲惨下场，但是他又怎会知道呢？忒勒马科斯则站起身来，威风凛然，气定神闲，霎时间震慑住了在场的求婚者们，他们都惊愕得张大了嘴。

只听他大声宣布："异乡人闪躲及时没被砸到就算你这次运气好，克忒西波斯，不然你父亲要准备的就是葬礼而不是婚礼了！"

求婚者们无言以对，他们假情假意地对此事嘲讽了几句，就又开始大吃大喝。他们一杯接一杯地喝酒，杯杯见底，直喝得双眼猩红、泪流不止。陷入酒醉癫狂的这帮人，似乎在为即将降临的悲惨命运而痛哭不已。

这时，同忒勒马科斯一道从皮洛斯回来的先知忒俄克吕摩诺斯喊道："可怜的家伙，笼罩在你们头上的是多么恐怖的灾难！无尽的黑暗蒙蔽了你们的双眼！看看从你们脸颊上倾泻而下的眼泪！悲恸的时刻已到！墙壁淌满鲜血！亡灵四散奔逃！光明已逝！黑暗遮天！死亡来临！"

欧律马科斯闻言跳了出来。

"这家伙疯了，"他冷笑道，"如果他觉得这里黑暗如夜，我们为什么不把他扔到太阳底下？"

"万物在我眼前都无比清晰，欧律马科斯，不要瞎说什么我神志不清。我不会再和你们这些蠢货待在一起了，你们在狮子的巢穴大摆筵席，将善意警告当作儿戏。"

言毕，他就离开大厅，向城里走去。

正当他离开之际，一个求婚者大声嚷道："你结交的这两个客人真是一对活宝，忒勒马科斯！一个吃喝无度，既无农作之力，又无征战之能，就是个不折不扣的懒汉；而另一个竟然跳出来冒充预言家！听听我的建议吧：把这两人都绑起来，送到西西里人那里。他们用来买这两人当奴隶的钱足够你发笔大财呢！"

这家伙如果看到忒勒马科斯全神贯注的样子，可能早就住嘴了。忒勒马科斯的注意力都集中在他的父亲身上，焦急地等待着他发出信号，好跑过去并肩作战。这段时间里，丝毫没起疑心的求婚者们都忙着吞咽美味佳肴，大吼大叫。但是，接下来要上的这道菜可会要了他们的命。

女神和他的乞丐勇士都已准备就绪。

这时雅典娜提醒珀涅罗珀去拿弓箭和斧头，准备开始那场比武，而这正是求婚者们的丧钟。

珀涅罗珀仪态万方地走上楼梯，用一把精锻的钥匙打开了那个珍藏着国王全部财宝的房间，奥德修斯的弓和一整囊的箭矢都在其中。这把弓曾属于著名的射手欧律托斯，他的射术冠绝全希腊，而他在和赫拉克勒斯比试时才终得一败。他死后，他的儿子伊菲托斯继承了这把弓。有一次，奥德修斯去伯罗奔尼撒时遇到了伊菲托斯。两人相见恨晚，离别前互换了武器以证明彼此的兄弟之情。

奥德修斯把自己的宝剑和长矛赠给伊菲托斯，伊菲托斯则将他的名弓送给奥德修斯。奥德修斯一直珍藏着这把弓，以纪念他的朋友，并没有将它带往特洛伊。20年来，它一直和奥德修斯的其他财宝一起躺在宫中，现在又终于被人拿出来，用来惩罚那些求婚者。

珀涅罗珀拿起这把弓，坐下来将它放在双膝之上。昔日的回忆让泪水又一次滑落她的面颊。片刻后，她起身擦干眼泪，握着弓走下楼梯来到大厅，向所有人宣布：

"都听着，你们这些贪图享乐的卑鄙小人，趁主人失踪于异乡之际，将他的财产吃干喝净。你们个个嘴里说着想娶我为妻，其实你们只不过是想不劳而获罢了。来吧，就用奥德修斯的弓来证明你们自己。如果有人可以拉弓、上弦，然后射出一箭，洞穿并成一排的12把斧头的柄孔，我就答应选他做我的丈夫，并离开这让我永难忘怀、魂牵梦绕的温馨之家。"

接着，王后让牧猪人欧迈俄斯把弓和12把斧头摆在求婚者面前。

欧迈俄斯眼里噙满泪水,将弓、斧头和满满一囊箭一起放在桌上;而菲洛提俄斯看到主人那把绝世神弓时,也不禁流下了眼泪。

见此情形,安提诺俄斯怒不可遏地大喊道:"你们在哭什么,可怜的家伙?要么滚出去,要么闭嘴别哭了。还有一场困难的比赛等着我们呢。想拉开那样一张弓绝非易事,因为我们之中可没有人能和我记忆当中的奥德修斯相提并论。记得他出发去特洛伊时,我还是个满脸崇拜地看着他的孩子。"

言语上倒是很客气——但他心里其实很确信自己能将弓弦上好,一箭洞穿所有的斧柄。

"空谈到此为止,"忒勒马科斯果决地打断他,"来看看比武优胜的奖品吧:全希腊无人与之相媲美的女子。既然你们已经十分了解她的举世无双,我就没必要再介绍一遍她了。让我们开始吧!我只要求第一个来试我父亲的弓。如果我能装上弓弦,将箭射穿斧头,我就不再反对我母亲再婚;而它也会证明我配得上我父亲的兵器,我也能骄傲地继承他留在这里的一切。"

说罢这番安抚人心的话,他就将斧头摆成笔直的一条线。求婚者们看到他虽然缺乏经验,却这么有条不紊、充满自信,都不由得暗暗吃惊。忒勒马科斯拿起弓来,背靠门柱,试着把弓弦装入槽口,他拼尽全力三次想把弓弦挂上弓柄,三次都失败了。第四次当他快挂上时,他看到了父亲警告的眼神,于是松开了弓弦。

"难道我这一生都注定是弱者吗?"他大声抱怨,假装对自己不争气的样子愤愤不平,"你们这些求婚者为什么不来试试呢?你们的臂膀可比我粗壮得多。"他把没上弦的弓靠在门框上后,回到了自己的座位。

"让我们以就座的顺序来比试吧。"安提诺俄斯提议道。

第一个起身的是琉得斯,但是他预言的本领显然要高过他的箭术,他只试了一次就放下了弓。

"让下面那个人试吧,"他嘟哝道,"这张弓会让很多人英年早逝,我才不做那个给它上弦的人。"

"得了吧，琉得斯，"安提诺俄斯讥笑他说，"你拉不开弓，就用死亡来警告我们？过来，墨兰修斯，去给我们拿块牛脂来，这样我们可以润滑下弓身，拉开就会容易些。"

他们把牛脂加热，然后使劲把油脂抹在古老干涩的弓木上。求婚者按次序去试那把弓，但都离所需的力量相差甚远。但是最强壮的两个选手，欧律马科斯和安提诺俄斯还都没有尝试。

这时，两位牧人——欧迈俄斯和菲洛提俄斯都走到了外面的庭院中，奥德修斯则走近两人。

"我想问你们点儿事情，"他由衷地说道，"但不知道为何我还在犹豫。告诉我，伙计们，如果奥德修斯意外地出现，你们会站在哪边——他那边还是求婚者那边？"

两人都不假思索地给出了答案：他们恳求众神让他们的主人回来，并以他们眼中最神圣的事物起誓，他们一定会站在奥德修斯这边。

这种自然流露出来的忠诚和勇气正是奥德修斯所需要的定心丸，他俯身靠近他们的耳朵，低声说道："好，我就在你们眼前——我已经回来了！没错，我就是那个人，奥德修斯，经过了20多年的艰苦旅程，终于又回到了伊萨卡。在我所有的手下里，只有你们对我的忠诚和热爱最为真挚。我一开始就信任你们，现在也依旧如此。为了向你们证明我真的就是奥德修斯，你们看，这就是我以前在帕尔纳索斯山被野猪咬的伤疤！"

说到这里，他解开缠在自己腿上的布条，那两人一看见伤疤，就确信主人真的回来了。他们立马冲过去拥抱他，喜极而泣。

奥德修斯温和地制止了他们，说道："听着——我们现在再回到里面，但是要一个一个分开进去，不能让别人看出来。比武到一定时候，我就得自己来试那张弓了。如果他们试图阻拦，欧迈俄斯就跑过去把弓拿给我。你做完这件事后就立马通知那些侍女们离开,并把她们身后的门闩牢。如果她们听到惨叫声和兵器的撞击声,也不能出来,继续忙她们自己的活就好。至于你,菲洛提俄斯,把庭院的门关死,再用根绳索加固。"

下完命令,奥德修斯就走回大厅,坐回到他的板凳上。很快两个牧人也一前一后走了进来。

欧律马科斯现在把弓拿在了手上。他把弓放在火上烘,想让弓木变得更有弹性。等他把弓上的每一处都烘热后,就开始使劲拉弓上弦,但他把脸涨成绛紫色也还是徒劳无功。

最后他把弓扔下,嫌恶地说:"我真恨自己和我们所有人,不是因为这会让我们失去这桩婚事——毕竟伊萨卡和附近岛上有的是漂亮女人——而是因为我们都被当成傻瓜愚弄了,显得我们跟奥德修斯相比,真是天壤之别。这奇耻大辱恐怕得几代人才能忘掉。"

"别担心,欧律马科斯,"安提诺俄斯试图安慰他道,"今天只是不宜给弓上弦,仅此而已。把它扔到角落里,让侍从给我们把酒满上。等明天我们杀掉几只羊献给神射手阿波罗,然后我们就能让比赛顺利结束了。"

安提诺俄斯的提议得到了普遍的赞同。酒被端了上来,盛入杯中。所有人都洒出些杯中酒献给众神,然后继续喝得酩酊大醉。

这时奥德修斯从门口的位置起身,说道:"听我说,少爷们,所有追求高贵王后的人们,特别是欧律马科斯和安提诺俄斯。但愿他们希望阿波罗能赐予选中之人胜利的想法是对的,不过请让我也来试试这把弓。我只想看看我的手劲是否还在,这么多年的航海和苦难是否已夺走我昔日的力量。"

求婚者们听到他的话顿时火冒三丈,安提诺俄斯第一个跳出来反对。

"你疯了吧,老泼皮?"他吼道,"难道你和我们这些贵族坐在一起享受大餐,偷听我们的秘密还不够吗?你是不是喝多了,已经不清楚你的身份地位了?难道你忘记了人马欧律提翁①喝醉酒，想要糟蹋珀里托俄斯宫里妇女的下场了吗？如果你碰巧安上了弓弦，难道你就不怕耳朵、鼻子被割掉？或者你想让我们把你送到无情的厄刻托斯国王那里？那可没人能将你从他的魔爪之下救出来了！快老实安分地喝你的酒吧，别自不量力地想挑战我们这些贵族。"

珀涅罗珀听闻此言，义愤填膺地打断了他："安提诺俄斯，你无权对忒勒马科斯的客人这般无礼——除非是你害怕异乡人能拉开那把弓，还会娶我为妻？不过我向你保证，这两件事情他都无望办到。所以把弓给他，别为此担心到连晚饭都无法下咽。"

"尊贵的夫人，"欧律马科斯答道，"我们才不会害怕这个衣衫褴褛的异乡人会把您娶走，很显然他配不上您。但要是这流浪汉真的拿起弓，射穿这些斧头该怎么办？那世人会怎么说？对我们而言，难道还有比被一个乞丐击败更丢脸的事吗？"

"欧律马科斯，"珀涅罗珀讥讽道，"你们每个人都毫无羞耻地赖在一位勇者的家里，趁主人不在就大肆挥霍他的家财，怎么还会怕世人嘲笑你们被异乡人打败呢？要我说，就让他试试。他看上去倒也健壮结实，而且还宣称他自己曾是个富甲一方的人物。我只希望他能拉开那把弓，而他若能做到，我就会赠给他一件上好的长袍和上衣，外加一把宝剑和一根尖矛，再送他去任何他想去的地方。"

"母亲，"忒勒马科斯插话道，"应该由我来决定异乡人能否给弓上弦，而如果我乐意的话，甚至会把弓当作礼物送给他，任何人都无权阻止我。所以就请您先回到房间，管好那些侍女。既然我现在是一家之主，就该由我来决断怎么处理那把弓和由它而起的事情。"

珀涅罗珀看到儿子发号施令的模样，感到很欣慰，就心甘情愿地回到了她

---

① 见本套图书中《诸神的故事》，第十四章《酒神狄俄尼索斯》。——编者注

楼上的房间，雅典娜则立刻让她进入了甜美的梦乡。

然后欧迈俄斯就把弓拿起来，准备交给奥德修斯。他的手刚一碰到那把弓，求婚者们中就爆发出一阵愤怒的抱怨之声，其中一个傲慢的年轻人更是大喊道："你要把它拿到哪儿去，你这肮脏的奴隶？你要是不小心点儿，我们就把你扔去喂狗，让你身无分文地下地狱，连冥河都过不去！"

其余的众人听闻此言，也都开始大声地咒骂他，吓得他把弓又掉在了地上。他的怯懦招来了在大厅另一边的忒勒马科斯对他的一通怒喝："把弓拿过去给他，老人家！别听他们的，不然就等着雨点般的石头砸得你躲都来不及！我也许比你年轻，但我肯定比你强壮得多。如果我的力量不逊于那些求婚者的话，他们不可能从这里逃走！"

于是欧迈俄斯鼓起勇气，再一次捡起了弓，拿过去，把它放在奥德修斯手里。然后他跑去找到欧律克勒亚。

"听好忒勒马科斯的命令，"他告诉她，"你和所有的侍女都要闩好门，躲在屋里不要出来。如果你们听到惨叫声或者其他声响，也不要出来偷看。只要专心做你们自己的事情。"

她赶忙表示会遵命行事。与此同时，菲洛提俄斯跑去关闭庭院的大门。在用一根船用的强韧绳索把门捆牢之后，他又回到了原先的位置，等着看奥德修斯下一步的行动。

此时，奥德修斯站在那里，仔细地检查自己的弓，翻看两边是否有虫蛀的地方。

一个求婚者对他身边的人小声说道："那家伙以前肯定是个猎人，因为他似乎知道自己手里是把好弓。也许以前他家中也有类似的弓。不过谁知道呢——也许他把弓翻来覆去地端详就是装模作样，这贪婪狡猾的老东西。"

"等着瞧吧，看他因为安不上弦而把弓放下时会怎么办。"另一个求婚者补了一句。

但奥德修斯熟练地抓起弓来,就像吟游诗人将琴弦绕在琴拴上一般轻松自如。他灵巧地拽直弓弦,并将其嵌入弓槽。然后,奥德修斯手抚弓弦来检试松紧,那声响好似雨燕呢喃般动听。

求婚者们个个吓得面色苍白,而就在此时,宙斯的一道霹雳如惊雷般炸响。听到天神的信号,奥德修斯不由得为之一振。他拿起桌上的一支箭,把余下的那些稍后用来送求婚者们上路的箭都整齐地放在箭袋里。他一只手将箭压在弦上,另一只手握住皮革包裹的弓把,用力将弓弦拉满。电光火石之间,只见他射出的那支铜质的利箭瞬间从第一个斧孔穿入,最后一个斧孔穿出。

完成了这一绝活,他转身对自己的儿子说道:"你看到了吧,忒勒马科斯?你的客人没有让你蒙羞。我不费吹灰之力就把弓弦上好,而且击中了目标。不管他们对我有多么鄙夷,我还是宝刀未老啊,他们对此又能怎么样呢?让他们先吃东西吧,然后他们可以想干什么就干什么。"

说话之际，他眼光一沉，向忒勒马科斯点头示意。见此，忒勒马科斯旋即将宝剑甩到肩上，握紧他那把锋利的长矛，身着明灿灿的盔甲，飞奔过去和他父亲会合。

　　至此，伟大的英雄甩掉身上的破旧衣衫，手里紧紧握着他的弓和装满箭矢的箭袋，飞身跃上门槛。他把箭袋中的箭都倒在脚下，取了一支箭搭在弓弦上，说道："现在让我先试个我中意的目标！"

　　顷刻间，他已如闪电般迅速瞄准安提诺俄斯，并向他射出了致命一箭，正中他的咽喉。

　　安提诺俄斯才刚把自己心爱的金杯举到嘴边，却没想到死亡来得比酒还快。然而，他们之中又有谁能想得到呢？这世上有谁能胆大包天到孤身一人，就敢把安提诺俄斯当着他所有朋友的面射死呢？

　　安提诺俄斯死前抽搐着掀翻了餐桌，酒杯从他手上掉了下来，酒全洒在了刚刚掉到地上的面包和肉上，弄得一片狼藉。惊呼一片的求婚者们手忙脚乱地起身，四下乱跑寻找武器，但墙壁上空空如也，根本看不到任何长矛和盾牌。

气得发疯的求婚者们开始恶毒地咒骂奥德修斯。

"你这恶徒，你怎能朝着人射箭？"他们叫嚣着，"那也是你能射出的最后一箭了，你这可怕的蠢货——你刚刚杀死了伊萨卡最出类拔萃的贵族，你的末日到了！"

他们说这话是以为奥德修斯刚才射出的那箭只是失手而已，丝毫没想到一张天罗地网已经牢牢地罩住了他们。

等奥德修斯再次说话时，他们终于吓得如坠冰窖："喂，你们这群恶狗，你们说我回不来了！你们吃光了我的家财！毫无廉耻地勾引我的婢女！甚至还想抢走我忠贞的妻子！你们这帮蠢货想不到吧，终有一日，你们会为自己的无耻

行径付出应有的代价！这一天已经到了！"

求婚者们站在那里，膝盖抖得跟筛糠一样，直到欧律马科斯壮胆说："如果你真是奥德修斯，那你确实有资格把你的怒火倾泻在那些对你做过卑鄙之事的家伙头上。但是你看！该受责备的那个人已经躺在那儿死了，这也是理所应当的。所有这一切都是安提诺俄斯一人的决定，他并不是急着结婚，而是因为他想杀死你儿子后再一统伊萨卡。现在他已经遭到了报应，我们其余的人会筹集钱财，把我们在这里吃喝的东西都还给你。除此以外，我们每个人还各罚 20 头牛，还有所有你想要的黄金和青铜。这一切都是你的，只是请不要把怒火发泄在我们身上。"

奥德修斯怒目圆睁地看着他，咬牙切齿地答道："欧律马科斯，就算你还回我的所有损失，再赔上你所有的财富，再把你所有的财产翻倍赔给我，你也难逃一死。"

听到这话，求婚者们个个面如死灰。

"伙计们，"欧律马科斯喊道，"他在没有把我们斩尽杀绝之前是不会善罢甘休的！我说，我们都像个汉子一样拼了！拿起你们的刀，把桌子当成盾牌，然后我们一起朝他扑过去，直到逼他离开门口。然后我们跑去召集众人——那时候死的就是他，而不是我们了。"

欧律马科斯抓起一把刀，狂号着向前冲去。但他没跑多远，奥德修斯就一箭射穿了他的胸膛。欧律马科斯——求婚者中的第二条"好汉"，一命呜呼。

安菲诺摩斯紧随其后，手里握着一把利刃冲了过去。但就在他要冲到奥德修斯身旁时，忒勒马科斯及时赶到，用长矛将其刺倒在地。

"我现在要赶快去楼上，把我们需要的武器拿下来，"忒勒马科斯对父亲喊道，"欧迈俄斯和菲洛提俄斯也需要武器。"

他跑上楼去拿长矛、盾牌和头盔，而父亲奥德修斯则不停地射出像冰雹一般的致命箭矢，百发百中。射完最后一支箭，他马上又把弓放下，抓起一面坚固的盾牌，迅速戴上头盔，弓身捡起两根长矛，继续向求婚者们发起了无情的攻击。

但是，狡猾的墨兰修斯偷偷溜上了楼，把盾牌和武器带下楼拿给了求婚者们。看到他们也有了武器，奥德修斯不禁心里一沉。

"谁把那些武器拿下楼的，忒勒马科斯？"他怒喊道，"是哪个侍女还是墨兰修斯？"

"这都是我的错，父亲，我忘记关门了。欧迈俄斯，快上去关门！"欧迈俄斯冲上楼时正好看到墨兰修斯来取更多的剑。他立刻喊人来帮助，而菲洛提俄斯及时赶到。两人一起扑向墨兰修斯，擒住他之后将他吊死在横梁上，然后又赶回去协助奥德修斯。

现在他们四人同仇敌忾，杀得求婚者们七零八落、血流成河。

此时，活着的求婚者已所剩无几，但阿格拉俄斯仍鼓动这些幸存者顽抗到底。他们把长矛一起投向奥德修斯,但奥德修斯有雅典娜守护,将这些攻击都一并挡开了。

"现在轮到我们了!"奥德修斯喊道,然后他们四人齐掷手中的战枪,全部命中各自的目标。求婚者们又一次投出他们的长矛,但依旧无一命中。而这四位英雄再次瞄准,又各自击杀一人。

这一次菲洛提俄斯格外高兴,因为他的长矛击杀了克忒西波斯,于是他嘲笑地喊道:"满意了吧,克忒西波斯!这一枪就是报应,主人在自己家中要点吃的,你还敢向他扔牛蹄!"

很快,求婚者皆毙命,无一幸免。

这时,奥德修斯让忒勒马科斯去把欧律克勒亚喊来。当看到求婚者们全部战败身亡,而她的国王像雄狮在他擒获的猎物中间闲庭信步时,她满心欢喜得只想大叫。

但奥德修斯让她平复情绪,说道:"奶妈,你要控制一下自己的情绪。在死尸上欢呼雀跃可不是该做的事,是命运让他们倒在了这里。当然了,同他们的恶行也脱不了干系。把那些让我家门蒙羞的婢女们叫来,让她们把这些尸体抬走,冲洗大厅和长凳,我要这个地方干干净净的!"

奥德修斯宫里有50名婢女,其中有12个寡廉鲜耻,同求婚者们任意胡来,还对珀涅罗珀和上了年纪的侍女粗暴无礼。欧律克勒亚召集的就是她们。等她们到了后,看到她们的靠山都横尸在地,无不哭天喊地,撕扯起自己的头发。但她们别无选择,只能按奶妈的命令行事。等大厅被她们打扫至光洁如初时,忒勒马科斯就命令两位牧人将她们带走并关入地窖,让她们在那里等待应有的惩罚。

"现在我该跑去叫醒珀涅罗珀,带她下来见你。"欧律克勒亚对奥德修斯谏言。

"不急,先把火种和硫黄拿来。我要清除房子里所有不祥的记忆。"

奶妈顺从地拿来火种和硫黄，而奥德修斯借着缭绕的硫黄烟气彻底熏去了大厅和庭院的血腥味。等他做完这件事后，那些对他忠心耿耿的仆人也提着灯赶到了。他们带着喜悦的泪水问候主人，亲吻他的头和肩膀，满怀热情地紧握他的手。

奥德修斯被他们发自内心的关爱深深地感动了，但他强忍泪水，因为他不想让他们看到自己哭泣的模样。

第 十 章

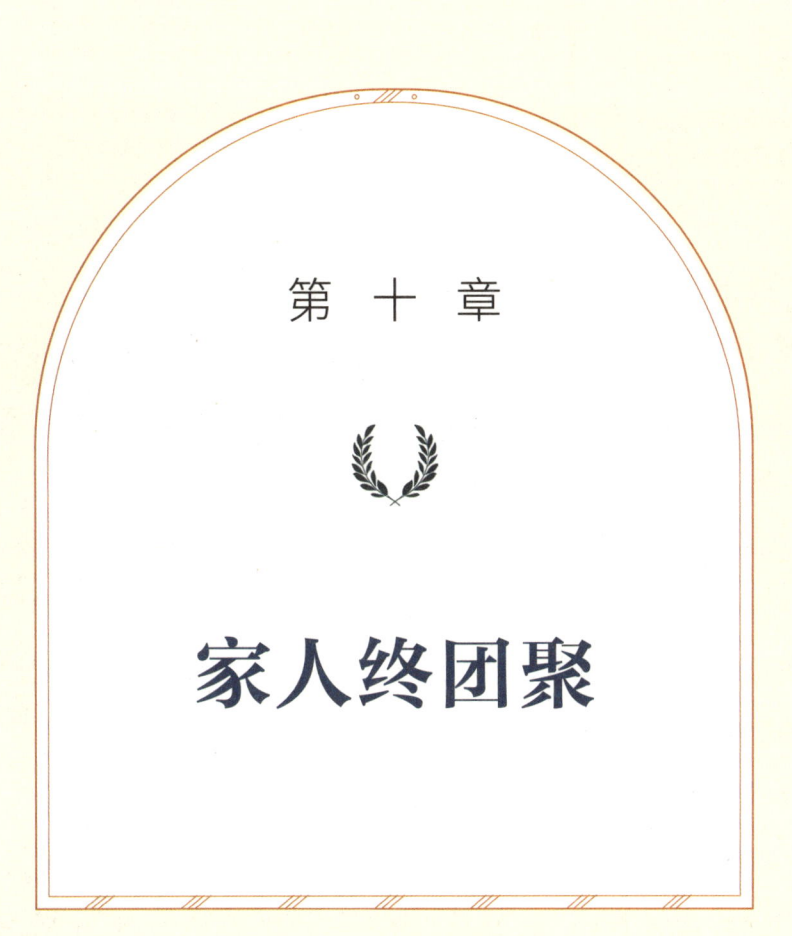

# 家人终团聚

**此**时，欧律克勒亚才上楼把珀涅罗珀唤醒。

"起来了，夫人！我有天大的喜讯要告诉您。这些年您一直翘首以待、盼其归来的那个人回来了！奥德修斯就在这里！那些让我们的生活苦不堪言的恶棍全死了！"

"亲爱的奶妈，众神让您失去理智了吧！"王后并不相信，"你为什么要拿我的痛苦开玩笑？自从我的爱人离开后，我就从未这样香甜地熟睡过，现在你为什么又过来把我叫醒？如果是其他的仆人这么对我，我肯定要让她哭着走人。但偏偏就是你，让我责怪不了。"

"我说的不是谎话，我的孩子。奥德修斯已经回来了，千真万确。谁又能猜到那个倒霉的乞丐就是他呢？他假扮落魄乞丐简直惟妙惟肖！忒勒马科斯早就知道，但是他一直保守着秘密，直到求婚者们为他们的罪行偿命后才让我们知道。"

珀涅罗珀一下从床上跳了起来。

"那么这是真的了，奶妈？"她惊喜地喊道，"但是他是怎么对付那么多人的？这简直太神奇了！"

"我也不清楚他是如何做到的，我也没亲眼看到。但是我听到了他们打斗时的喊叫和呻吟声，我们全都听见了。但是我们都躲在拴好的门后面，直到一切都结束后，忒勒马科斯才派人来找我。然后我就看到了难以置信的一幕。啊，您要是像我一样看见他的雄姿，肯定也会满心喜悦和骄傲：满身鲜血的他当时像一头雄狮一般矗立着，脚下尽是那些求婚者们的尸体！现在到处都已经清洗干净，物归原样。快跑下去欢迎他吧，同他一起享受这个最幸福的时刻，毕竟你们经历了这么多年的痛苦和绝望的日子。"

"啊，奶妈，我还是不相信。一定是某位神灵因为求婚者们做尽邪恶之事而将他们屠戮殆尽——而我的奥德修斯，天啊，他流落在遥远的国度无法归来。"

"善良而尊贵的夫人，我都已经说了您的丈夫正在楼下等您，您怎么还能说这样的话呢？让您相信这消息真的就那么难吗？那就听我说：我在给他洗脚时就已经认出他来了，因为我摸到了他腿上的那块伤疤。我都快要高兴得喊出声了，还好他及时捂住了我的嘴。"

"我亲爱的欧律克勒亚，众神行事神秘莫测，我们这些凡人很难理解他们的行为。我们现在还是下楼去找忒勒马科斯吧，让我看看死者，说不定会搞清楚到底是神灵还是人类夺走了他们的生命。"

说罢，珀涅罗珀朝楼梯走去，心乱如麻，既担忧又疑虑重重。下到大厅后，她走了过去，但快要到奥德修斯跟前时又停了下来。国王低着头坐在那里，无限期待挚爱的妻子的告白。但珀涅罗珀静静地站着，内心异常挣扎，她既有冲进丈夫怀抱的渴望，却又对他的真实身份心存疑虑，因为他身上的变化太大了。

忒勒马科斯此时已按捺不住心中的愤怒。

"母亲，难道您是铁石心肠吗？"他喊道，"当您的丈夫历尽无数艰难险阻回到您面前时，您怎能如此冷漠地站在那里？他整整经受了20年的磨难，现在才终于回到了家！"

"你给我弄糊涂了，我的孩子，我甚至不敢看他的脸，"她吞吞吐吐地说，"不过如果他真是奥德修斯的话，我们彼此相认应该不难，因为有些秘密只有我们两人知道。"

奥德修斯闻言不禁莞尔一笑。

"就让你母亲来考考我吧，忒勒马科斯，"他说道，"时机到了，她自然会认出我来。再说了，看看我这副蓬头垢面、裹着破烂衣裳的样子，也难怪她不信，所以就别怪她了。现在仔细听好，我还有别的事情要跟你说：我们这回把岛上一半的贵族子弟都给杀了，如果他们的族人得知此事肯定会前来复仇，到时我们就还会有一场恶战。今日屠戮之事传出去的时间越晚越好。所以，你们每个人都要穿上最好的长袍，让侍女们戴上她们的小首饰，头发上插上鲜花，让吟游诗人弹起欢快的曲调，让宫外的人也能听见。这样大家就都以为我们在搞庆祝活动，从而为我们赢得时间来做下一步行动的安排。"

于是，他们所有人在沐浴后都穿上了节日的盛装，然后开始跳舞并大声歌唱。毫无疑问，宫墙外已有风声传出，说王后终于做出了她的选择，正和选中的那个求婚者举行婚礼呢。没有一个人能想到奥德修斯已经回来了，并在没走漏丝毫风声的情况下将求婚者杀得一干二净。

此时，奥德修斯已沐浴完毕，身上也抹好了香膏，穿上了管家为他准备的精美束腰短衣。雅典娜和往常一样守护着他，她将不朽的精华注入了奥德修斯的血液，让他变得比之前更高大健壮、英俊潇洒。

焕然一新的奥德修斯回到妻子面前的座位上，满心柔情蜜意："你这眼盲的小傻瓜，你是我认识的女人中心肠最硬的那个。试问还有哪个妻子在苦苦等待了丈夫20年后，还离他远远的不肯相认？唉，好吧，嬷嬷，给我一张毯子，就让我随便找个地方睡吧，既然她更愿意对我不闻不问。"

"异乡人，"珀涅罗珀兀自犹疑，"我没有你想的那么冷漠和骄傲。只是你现在的样子和我记忆中你离家去打仗时的模样不同，所以还是认不出你来。但是，过来吧，欧律克勒亚，如果现在他需要的是睡眠，就把院子里那间房子外的床给他铺好吧，那床可是他亲手做的。在上面铺上镶边的床单，再给他加一个羊毛毯。"

但其实她的话只是为了试探她的丈夫，结果也确实得到了她期待的回答。

"爱妻，你的话真让我痛心，"他答道，"我们的床怎么会在你我的房间之外？没有谁能把它从原来的地方搬走，我当时把它建造得那样稳固坚实，就算是一位天神也挪不开那床架。这就是你说的秘密吗？如果是的话，那么听好：在庭院里原来长着一棵高大、粗壮、节瘤甚多的橄榄树，我用精凿的石块建起了四面石墙把它围住，然后又装上了几扇上好的门，在上面搭好坚固的屋顶，这才建起了一间屋子。然后我砍掉它繁茂的枝叶，从树干的根部开始将树皮铲掉，直到我把顶部和四周都处理平整了才开始做床。最后，我给它装上雕花的床脚，镶上金银的装饰。我就是这样把床做好的，这些事情也足以让你信服了。

但是我怎么能相信你竟然可以找到人,把那张床从原地连根抬走?"

珀涅罗珀听到奥德修斯的这番话,欣喜若狂,激动得浑身颤抖。她泪眼模糊地冲到丈夫身边,用雪白的手臂搂住他的脖子。她紧紧地抱住自己的丈夫,不停地亲吻他。

"别生我的气,亲爱的,"她恳求着,"众神一直嫉妒我们的爱情,接连不断地把绝望带给我们。所以,当我第一眼看到你时,我不敢贸然表达心中的喜悦。我亲爱的丈夫,一想到这可能是场骗局,我的心里就惊惧不已,因为有太多人对我包藏祸心。但是你已经说出了只有你我二人知晓的秘密——这个秘密除了你我之外,就只有为我们守门的忠实仆人阿克托里斯才知道。你完全说服了我,也融化了我心里的坚冰。"

在彼此倾诉衷肠的这段时间里,珀涅罗珀一直紧紧地搂着奥德修斯的脖子,奥德修斯也不肯放下妻子。他紧紧抱着珀涅罗珀,两人相拥而泣。他们的喜悦无法用言语来形容。如果不是雅典娜怜惜他们,把一晚上的时间延长至两晚,恐怕他们会一直抱头痛哭到天亮。

"是的,我回来了,亲爱的,"奥德修斯说,"虽然这等待对我们来说太过漫长和痛苦。但是我们的麻烦还没有结束,后面还有更多的难题,这是先知泰瑞西阿斯的灵魂亲口告诉我的。不过先不说这些了,让我们上床休息,美美地睡上一大觉。"

"床已经铺好,亲爱的,你想睡随时都可以过去。但先告诉我,那位先知泰瑞西阿斯跟你说的困难都有哪些?"

"你何必要操心这些事?"奥德修斯答道,"但是既然你问了,我就不妨告诉你:我必须还要去远方。波塞冬意欲如此,因为他对我的怒火到现在还未平息。我必须自己肩扛船桨,一直航行到一个地方,那里的人们从未见过海、吃过腌肉,对航海一无所知,甚至都不知道船会给他们一双前往未知世界的翅膀。但是,听好了,看我要等到怎样的信号才知道我的流浪算是真正结束:当有行

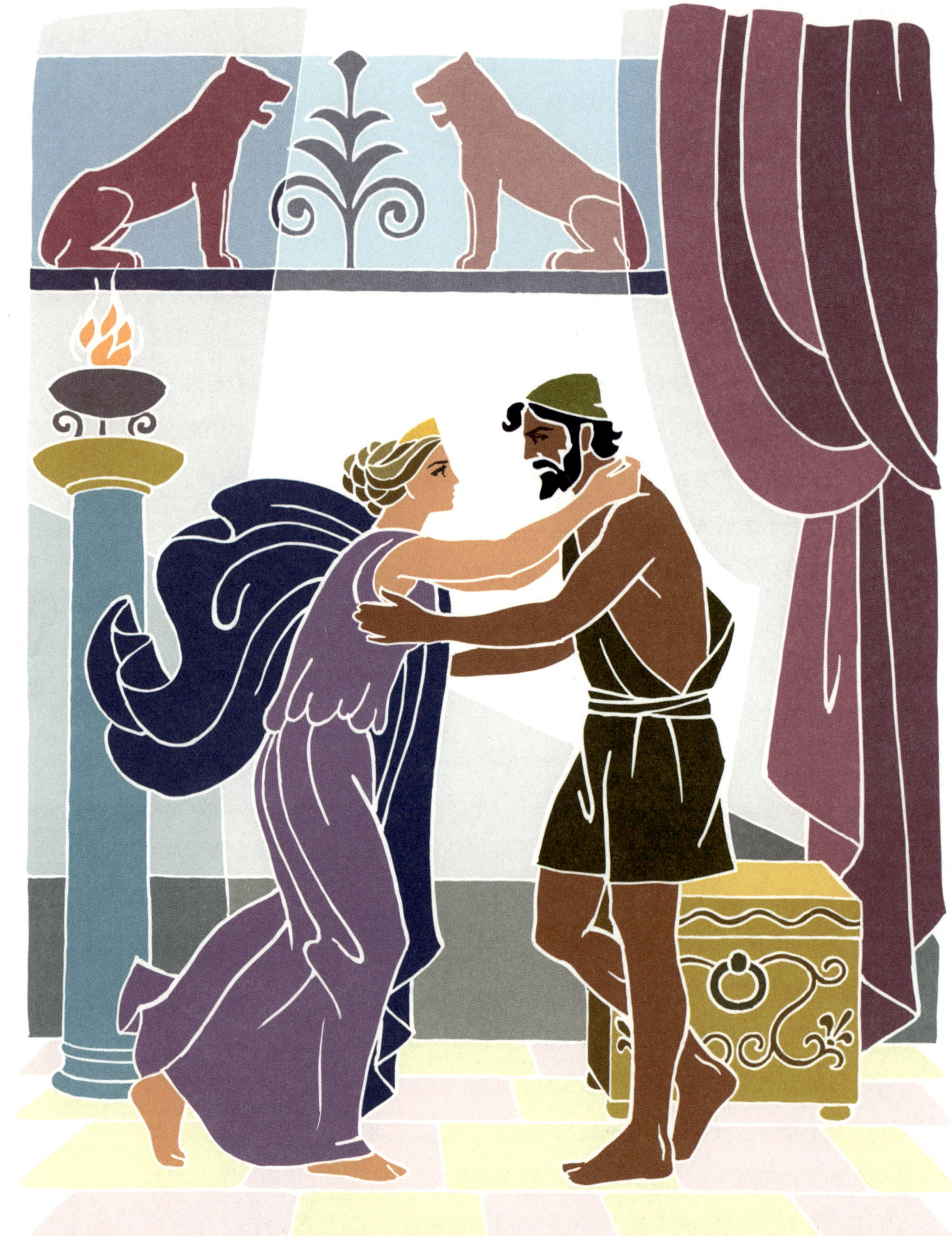

人在路上把我拦住,并问我肩上的东西是不是簸铲时,那时我就必须把船桨竖插在地上,并向波塞冬献上祭品:一头公羊、一头公牛和一头公猪。接下来,我就可以回家,并向众神依次献上丰厚的祭品,第一位要供奉的就是宙斯。然后我的苦难就到此结束了,我就可以安心地统治我的王国,为我那些丰衣足食、心满意足的人民所爱戴。而在我年衰岁暮之时,死神会从海上悄然而至。这就是先知所预见的,我生命的荣光结局。"

听完这番话,珀涅罗珀说道:"人能这样宁静地结束自己的人生该是多么幸福啊,无论他这一生经历过多少考验。"

他们继续谈啊谈,就这么整整谈了一夜。珀涅罗珀向他诉说自己这么多年是如何痛苦焦急地等着他回来,而奥德修斯则向妻子讲述了他经历的那些恐怖冒险,以及返乡之前漂泊流浪的所有艰辛。

第二天清晨,奥德修斯、忒勒马科斯和两位牧人出发前往莱尔提斯在山上的住处。奥德修斯迫切地想再见到他的父亲,但他此行还有别的目的。他知道宫殿里的那场屠杀瞒不了多久,求婚者的亲属到时肯定会煽动他人前来兴师问罪。他在高地上与之作战更有优势,而且在那里他也能找到帮手。

莱尔提斯的房子只是一间简陋的农舍,这郁郁寡欢的老人在这里过着清苦的生活。他凭自己的双手在田间劳作,身边只有一个从西西里来的老太婆照顾他的起居。同他们住在一起的还有一位忠实的仆人——老奴多利俄斯以及他的六个儿子。他们都在农场给莱尔提斯帮忙,有他们相伴,也让老人家心中因失去儿子和求婚者之祸而带来的痛苦有所减轻。

奥德修斯一行四人赶到小屋之后,却发现屋内只有老太太一人。奥德修斯留下忒勒马科斯和两位牧人在那里准备午饭,独自一人出门去寻找自己的父亲。他在一片精心照料的园地里撞见父亲正在给一棵小树锄草,莱尔提斯身上穿着缝制粗糙的穷人衣服,满身尘土。他的小腿上裹着防止荆棘刺伤的牛皮护胫,头上还有一顶山羊皮兜帽。奥德修斯看见父亲这番模样就心头一酸,眼泪夺眶而出。他的本能反应是要冲过去抱住这个已经驼背的老人，但他觉得还是先看看莱尔提斯是否还能认出他来更好。

于是他走到父亲跟前，说道："老人家，我看您在这里的花园打理得真不错，树旁也无一根杂草，长势喜人。但还请您原谅我的唐突，您可一点儿不像您的这些作物。似乎您这么大的年纪也无人照顾，您的衣服又破又脏，您的面容饱经风霜，但如果仔细一看您自带一股高贵之气。也许是您的主人疏忽了您，因为他知道无论是否关照好您，您也一定会忠心耿耿地辛勤劳作。但是请您告诉我，我登上的这座岛是叫作伊萨卡吗？我来这里的路上也问过别人，但是我一点也不明白他的话。您看，我曾经热情招待过一个非凡的男子——实际上我一生中从未见过另一个像他那样杰出的人。他告诉我，他来自伊萨卡，是莱尔提斯的儿子。当他同我道别离开时，我送给他珍贵的礼物和一尊祭拜众神用的金杯，希望他能记住我这个朋友。那是多年前的事了，但如果这里真的是伊萨卡岛，能久别重逢这位老友，我将会开心之至——当然，前提是他已平安到家，并且门庭昌盛。"

老莱尔提斯听到儿子的消息不禁老泪纵横。

"异乡人，这就是你打听的地方，"他答道，"但是一帮狠毒、贪婪的人把持着这里。你送给那位朋友的礼物和他一起都不见了。如果他在这里，你可以随时去拜访，而且按习俗，他也会向你赠送美好的礼物来回报你。但是他已暴尸在遥远异乡，他的亲生母亲和不幸的父亲都不能当面哀悼，忠贞不渝的妻子也不能为他合上眼睛，好让他入土为安。"

说到这里，他用双手挖起一把尘土，绝望地长叹一声，将土撒在自己的一头白发上。

看到父亲如此悲痛，奥德修斯为之心碎。他张开双臂抱住父亲，亲吻他并喊道："父亲，我就是您渴望再见到的儿子！20年过去了，多可怕啊！但是现在一切都已不同了，我已经将那群在宫中无法无天的求婚者们尽数杀死。"

这突如其来的幸福让老莱尔提斯大喜过望。

"如果你真是奥德修斯，就证明给我看。"他谨慎地回答。

"您看，"奥德修斯说，"这是我在帕尔纳索斯山被野猪咬的伤疤。等等，让我算算这里有多少棵树是您送给我的。有 12 棵梨树，再加上这些无花果树，一共 40 棵，还有 12 棵别的——苹果树，还有，对了，50 排葡萄藤都归我，这可是您说的，它们结出的是不同的葡萄。"

莱尔提斯高兴得腿一软，当他的儿子把证明自己身份的铁证如数家珍地一一道来时，他的心也激动得怦怦直跳，就好像是胸膛里有只小鸟在扑腾一样。奥德修斯抓住父亲虚弱的身体，将他紧紧抱在胸前。

等莱尔提斯缓过来之后，奥德修斯紧紧地扶着他，带他回到小屋，忒勒马科斯已经做好午饭在等他们回来。奥德修斯和莱尔提斯父子两人回来时，正好碰上前来的多利俄斯和他的 6 个儿子。老仆人泪流满面，不停地拍着奥德修斯的后背，还亲吻着他，然后他们所有人都坐到了桌前。

与此同时，求婚者被杀的消息也已全城尽知。他们的家人都聚在广场痛哭，随后很快也有老百姓加入进来。

安提诺俄斯的父亲——欧佩忒斯站出来说道："伊萨卡的人民！奥德修斯这个人一直都是我们的灾星。他把我们的军队全部带走，回来的时候却全军覆灭。他开走的所有快船也没有一艘返航，唯一回来的人就是他自己！他要是没回来就好了！他刚回到这里，就给我们造成了更大的伤害——他谋杀了伊萨卡岛和附近几个岛上所有贵族家的儿子！你们大家现在都不用怀疑我们的当务之急是什么：我们必须趁他还没逃到皮洛斯或者厄利斯之前就把他抓住。我宁愿死也不愿带着屈辱苟活，眼睁睁地看着杀害我们孩子的刽子手从我们手上溜走！快些行动吧！如果我们耽搁太久，他也许就有时间成功逃走。"

前来的百姓都很同情地听他说完了这番话，但这时先知阿里忒尔塞斯起身说道："听我说，兄弟们！降临到求婚者们身上的灾祸只能怪他们自己，甚至更应该归咎到他们的父亲身上。门托尔和我都曾劝谏他们的家族管住他们的孩子，不要放任他们纵情挥霍一位英雄的家财，还恬不知耻地追求他的妻子，可这些忠告他们听进去了吗？他们没有！他们以为奥德修斯永远也回不来了，就变本加厉地胡作非为。他们这是自掘坟墓！所以大家听我的，都回家吧，忙你们自己的事情！"

大部分人都听从了阿里忒尔塞斯的话，但是还有一些站到了安提诺俄斯父亲的一边，拿起了他们的武器。在欧佩忒斯的率领下前去寻找奥德修斯。在听说奥德修斯已去了莱尔提斯的农场后，他们就朝着那里进发。

此刻，莱尔提斯小屋里的众人也吃完了饭，奥德修斯吩咐一人出去查看情况，以防有敌人来犯。多利俄斯的一个儿子刚离开饭桌，就发现了向山上袭来的敌人。他大声警告奥德修斯，所有人也立即抓起武器，冲了出来。

奥德修斯一行四人，现在又增加了多利俄斯的六个儿子作为援兵。他们的父亲也武装了起来，甚至连老莱尔提斯也不例外。这么多年来，他们也一直迫切地希望能和其他人并肩战斗。虽然他们和敌人的人数相差悬殊，但雅典娜不会让他们孤立无援地保卫自己。

于是，当敌人靠近时，她在莱尔提斯心里轻声对他说道："老战士，许个愿吧，由你第一个掷出长矛。"

于是莱尔提斯用尽自己年迈躯体所残存的全部力量，举起了他那苍老的手臂，而就在此刻，女神也将力量灌入他的身体。他的长矛击中了欧佩忒斯头盔的护颚，直接穿透了青铜护甲，将欧佩忒斯刺倒在地，一命呜呼。

奥德修斯和忒勒马科斯此时也如狂怒的风暴般冲进敌群，一路所向披靡，其他的战士们则紧随他们身后，一起奋力杀敌。奥德修斯再次赢得了胜利，如果不是宙斯和急于制止更多杀戮的雅典娜亲自出手阻拦，奥德修斯肯定会把他们杀个精光。

最后，宙斯掷下一记霹雳，结束了这场战斗。紧接着，雅典娜化身为门托尔走到他们中间，宣布休战。奥德修斯看出其实是女神在讲和，想到所有人都能从此过上太平日子，由衷地感到高兴。

后 记

# 关于《伊利亚特》和《奥德赛》的作者

**学**者们认为，特洛伊战争大约爆发于公元前 1200 年前后，这场战争也标志着一个时代的终结。事实上，就在特洛伊战争结束后不到 100 年的时间里，迈锡尼文明逐渐消失，希腊文明的黑暗时期历时两到三个世纪。然而，尽管当时的文化处于黑暗的发展期，那些之前被人民遗忘的世界文化遗产却闪耀着光芒，最终顽强地生存下来，从而孕育出后来光辉灿烂的希腊文化。这些留存下来的精华被我们称为希腊神话。通过口头文学的形式，在一代代吟游诗人的传颂下，这些文化瑰宝直到公元前 7 世纪前后，才传到了荷马手中。荷马从中精心挑选出丰富的素材，最终创作了两部不朽的史诗：《伊利亚特》与《奥德赛》。尽管我们今天看到的这两部作品大都是经过后人删节修改之后的成品，但其中仍饱含极富灵性的深意。可惜的是，历史中有关荷马的记录只有他的名字。不过，既然我们能从他的作品中窥见他那深刻的灵魂，那么，他的身世如何、生于何处、失明与否……这一切对我们来说都不重要了。

荷马是一位天才诗人。无论是过去还是现在，几乎所有的批评家都认为荷马及其对世界文学遗产做出的巨大贡献处于世界顶尖水平，能与荷马齐名的文学家寥寥无几。仅有优美语言的文学作品并不能打动读者，其中必须有一些能够真实反映人性的内容。荷马在这两方面都十分出色。他的诗歌往往能让人感受到无与伦比的美。例如，赫克托耳与安德罗玛刻依依不舍的话别，还有普里阿摩斯恳求阿喀琉斯归还儿子尸体时泣不成声的哭诉。这样的场景饱含着多少人间的真情啊！不然那个曾经拖着赫克托耳的尸体在泥尘里四处狂奔、激怒钟爱自己的神灵阿喀琉斯会接受前来恳求的老国王吗？他会将满心的仇恨转化为同情吗？一个心硬如铁的战士会用善良接纳老国王吗？而这也正是这位生活在约 3000 年前的诗人向我们展示的答案。但荷马真正想告诉我们的是，人应该谨慎细心，体面优雅，公正待人。他曾说："在这个世界上，没有比故乡更幸福的乐土，也没有比父母更好的人。"因此，在战争中，交战的特洛伊人和阿开亚人相拥着赴死。对他而言，战争中的双方并无好坏之分，他们只不过是排列好的军队，为同胞而战。荷马热爱自己的祖国，但是他超越国界地爱着世界上所有的人，这一点并不矛盾。他深爱着自己的祖国和人民，而他们也同样深爱着他。曾经有不少人成就了伟大的事业，但他们并非都拥有一颗真诚的心灵，而荷马恰恰兼具二者。

关于这场战争，有一则神谕预言到，如果没有阿喀琉斯，特洛伊不会被战胜。另一则神谕却说，赫拉克勒斯的箭也是制胜法宝。还有一则神谕指示到，涅俄普托勒摩斯加入战斗才是获胜的必要条件。还有神谕说，没有那尊帕拉斯·雅典娜的神像，阿开亚人是不会获胜的。

然而，没有神谕预言奥德修斯的功劳。奥德修斯在这场战争中功不可没。正是他凭借着过人的毅力和智慧，用巨型木马骗过了特洛伊人。不仅如此，当阿喀琉斯的母亲把他藏起来时，也是奥德修斯找到了他。而且，也是他成功地把菲洛克忒忒斯带到特洛伊，设法从特洛伊的雅典娜神庙中偷回神像。虽然没有神谕预言到奥德修斯的功劳，可特洛伊确实是在奥德修斯的谋划下，一步步被攻陷的。经过10年的苦战，特洛伊才被攻克。胜利后，差不多有10位英雄已经返航回家，只有奥德修斯还没有找到回家的路，没有人知道他是死是活。

然而众神知道：奥德修斯还活着，他会回来的。

莫奈劳斯·斯蒂芬尼德斯（Menelaos Stephanides）

# 译 后 记

希腊神话历经数千年的口传心授，堪称世界上非常著名且庞大的神话体系，也是欧洲最早的文学形式，对西方社会的方方面面都产生了重要影响：希腊神话早已成为西方文学创作的重要源泉，很多西方作品的题材来自希腊神话；希腊神话也是西方语言表达的宝库，比如英语中的不少表达和比喻就来自希腊神话；希腊神话也是西方艺术创作的源泉，包括绘画、雕塑、音乐等。迄今为止，希腊神话已被翻译成世界多种文字，成为世界文明的重要组成部分。

本套《希腊神话全书》（全6册）的原版为希腊教育部认证图书，已被翻译成10余种语言进行出版。作者莫奈劳斯·斯蒂芬尼德斯用长达25年的时间致力于重述古代希腊神话故事。书中刻画了几百位个性突出、形象鲜活的神、人和英雄形象，讲述了众神之间、神与人之间、众英雄之间曲折动人的故事，展示了古希腊人睿智达观的生活态度及对幸福与自由的追求，生动地诠释了希腊先民对宇宙起源、人类诞生以及各种自然现象和社会奥秘的理解。

受中译出版社委托，我带领团队将出版社提供的英文版《希腊神话全书》译成了中文。本套丛书按照主题共分为六册，涵盖了希腊神话中的核心故事，译者如下：《诸神的故事》（刘婷婷、屈扬铭、李艳萍、王紫雯译）、《众神与人的故事》（朱桀、张美珍、李艳萍、郭彧斌、郭丞轩、刘恬译）、《英雄远征传奇》（刘恬、郭丞轩、郭彧斌、李葆卫译）、《古城与命运》（郭彧斌、郭丞轩、刘恬译)、《特洛伊之战》(彭萍、孙小荔译)、《奥德修斯归家记》(张尉帅、赵青译)。译者均按所译章节顺序排列。

　　本人除直接翻译了部分内容外，还对全部译文进行了审校、打磨和润色。考虑到本套《希腊神话全书》(全6册)主要面向广大中小学生，因此在翻译和审校的过程中，我们特别注重译文的可读性，使其尽可能符合新时代少年儿童的语言风格，满足新时代少年儿童的阅读需求。在各位译者和编辑的共同努力下，我们基本实现了这一目标。希望本套丛书能够为广大读者带去美好的文学体验，更希望读者通过阅读本套丛书了解希腊神话故事，继而对西方文化有更深入的了解。

　　当然，由于时间紧、任务重，翻译中难免会存在疏漏之处，恳请广大读者谅解。总之，本套丛书只要能够为读者打开一扇通往希腊神话的大门，能够促进中西文明交流互鉴，我们就倍感欣慰了。祝大家阅读愉快！

彭　萍

2024年仲夏于京郊平心斋